U0148238

内蒙古文学重点作品创作扶持工程

长城谣

胡刃 著

远方出版社

图书在版编目（CIP）数据

长城谣 / 胡刃著 . -- 呼和浩特：远方出版社，
2021.10
ISBN 978-7-5555-1644-6

Ⅰ . ①长… Ⅱ . ①胡… Ⅲ . ①长篇历史小说－中国－当
代 Ⅳ . ① I247.5

中国版本图书馆 CIP 数据核字 (2021) 第 209424 号

长城谣
CHANGCHENG YAO

作　　者	胡 刃
责任编辑	董美鲜
责任校对	蒙丽芳　王国庆
封面设计	李鸣真
版式设计	王改英
出版发行	远方出版社
社　　址	呼和浩特市乌兰察布东路 666 号　邮编 010010
电　　话	（0471）2236473　总编室　2236460　发行部
经　　销	新华书店
印　　刷	内蒙古爱信达教育印务有限责任公司
开　　本	152mm×230mm　1/16
字　　数	235 千
印　　张	19.5
版　　次	2021 年 10 月第 1 版
印　　次	2021 年 10 月第 1 次印刷
印　　数	1—2500 册
标准书号	ISBN 978-7-5555-1644-6
定　　价	58.00 元

如发现印装质量问题，请与出版社联系调换

序　言

内蒙古位于祖国北疆，广袤无垠的草原、葳蕤茂密的森林、浩瀚辽远的大漠、纵横千里的阴山组成内蒙古多姿多彩的地理风貌。千百年来，各族人民在此繁衍、生息，丰富着绵历之久、镕凝之广的中华文化。文学传承，生生不息。源远流长的内蒙古文学，在牧野上传唱，在群山中回响，点亮了祖国北疆一盏盏温暖的生命明灯。

进入新时代，在习近平新时代中国特色社会主义思想的指引下，内蒙古文学工作者坚持深入生活，扎根人民，把澎湃的现实生活、昂扬的时代精神、丰盛的经验和情感提炼造型。人、生活、岁月在他们笔下是砥砺行进的历史，是绵厚的家国之爱，是浓烈的人间烟火。一批批贴近时代、贴近人民、贴近大地的现实题材作品带着生活之感、时代之悟和人民之思传向全国。

为进一步加强文学的组织化程度，推出更多高品位的优秀作品，培养更多高素质的文学人才，内蒙古自治区党委宣传部牵头，内蒙古文联、内蒙古作协组织推进"内蒙古文学重点作品创作扶持工程"，汇集内蒙古众多优秀作家作品，努力推动内蒙古文学事业繁荣发展。该工程坚持以精品奉献人民，在宽广的世界视野中描绘中华民族精神图谱，有 121 部作品入选，已出版作品 53 部（57 册），部分作品荣获鲁迅文学奖、全国少数民族文学创作骏马奖、全国精神文明建设"五个一工程"奖、内蒙古自治区文学创作"索龙嘎"奖、内蒙古自治区精神文明建设"五个一工程"奖等，为满足人民文化需求、增强人民精神力量做出积极贡献。

伴随习近平总书记代表党和人民的庄严宣告，中国人民踏上了实现第二个百年奋斗目标的新征程。内蒙古大地焕发出前所未有的活力，人民创造历史的伟大实践为文学提供了丰沛的源泉和广阔的天地。讲好内蒙古故事，发出富有影响力和感染力的声音，创作出不负时代、不负人民的优秀作品，这是一个作家的光荣与梦想，也是推动内蒙古文艺蓬勃发展，汇聚建设亮丽内蒙古的精神力量。

"内蒙古文学重点作品创作扶持工程"入选作品，以无数真切的、鲜活的声音，书写着属于这个时代的、有质地的、有温度的内蒙古故事。这些作品从内蒙古脱贫攻坚的现实课题中来，从当代内蒙古的发展进步和人们的精彩生活中来，以体现精神高度、文化内涵和艺术价值相统一的书写，为无数创造历史的人们立传。

百年恰是风华正茂，百年初心历久弥坚。值此中国共产党成立 100 周年之际，衷心希望内蒙古文学工作者以深邃的历史眼光和宏阔的现实视野，倾听内蒙古从历史走向现在、走向未来的脚步声，创作一批见历史之大势、发时代之先声的优秀作品，展现新时代中国共产党和中国人民再创中华文化新辉煌、书写中华民族新史诗的文化自信和历史雄心；希望内蒙古文学工作者更加珍爱文学、诚实写作，记录内蒙古人民在建设美好内蒙古的奋斗姿态，把新的灵魂、新的梦想注入文学，努力为铿锵内蒙古书写新时代的史诗。

薪火传承，旗帜高扬。在习近平新时代中国特色社会主义思想的指引下，期待内蒙古文学工作者担当使命，以浩瀚的文学弘扬蒙古马精神，展示内蒙古文学弦歌不辍、日新又新的文化活力；期待更多的读者在文学世界中感受辽阔大地上的人文情怀，感受内蒙古文学的独特魅力；期待内蒙古文学在中华文学版图上绽放出绚烂的光辉。

内蒙古文联党组书记、主席　冀晓青

目/录

/ 第一章 /

> 浑邪王偷眼看汲黯，见汲黯二目如炬，似乎能穿透人的
> 肺腑。浑邪王的身子不由得一颤，仿佛被雷电击了一下。

寒霜过后，大地一片枯黄，数万匈奴人走在茫茫的草原上。

人流绵延十余里，有百姓，也有军兵。在百姓中，年长者，有八旬老人；年幼者，有吃奶婴儿。军兵骑着马；百姓有骑马的，有骑骆驼的，有坐车的，也有步行的。他们拖家带口，驱赶牛羊，缓缓向前走去。

这么多人，本该是喧嚣的、嘈杂的。然而，无论军兵还是百姓，都默默无语。每个人的脸像捆绑马鞍的皮条，绷得很紧；每个人的喉咙像塞了块生牛肉，咽不下去，吐不出来，说不出话。

"哇——"一个婴儿哭了起来，声音虽然不大，可如惊雷一般。人们惊恐地向这边张望。婴儿的母亲立刻拽开衣襟，把乳头塞进婴儿的嘴里。可是，这个婴儿的哭声刚停，另一个婴儿的哭声又起，草原的宁静被打破了。

汉武帝元狩二年（公元前121年）春，皇帝刘彻派骠骑将军霍去病进攻匈奴。霍去病率一万骑兵，自陇西郡出发，越过焉支山（今甘肃省山丹县、永昌县交界），向西北挺进。大军急行千余里，相继突袭了匈奴西部的浑邪部和休屠部。浑邪部、休屠部败走。两个月后，汉军探知浑邪部和休屠部新的营地，霍去病又以迅雷不及掩耳之势杀来，两部都遭到沉重打击，尤其是浑邪部，许多帐篷被烧，大批牲畜散失，死伤多达三万余人。

浑邪部游牧于今天的甘肃省酒泉市一带，方圆三千余里。休屠部游牧于今天的甘肃省武威市一带，方圆两千余里。这两个部落都是匈奴西部较为强盛的部落。

伊稚斜单于对浑邪和休屠两部寄予厚望。他以为浑邪部和休屠部即使不能大挫汉军，但挡住汉军的进攻应该不成问题。哪知，两部犹如羊群遭遇暴风雪，四散而逃。伊稚斜单于震怒，召浑邪王和休屠王到龙庭领罪。

龙庭又称龙廷、龙城、单于庭，相当于匈奴的京城。不过，匈奴是游牧民族，龙庭没有城墙，没有护城河，也没有房屋，只是一大片帐篷群。

不久前，有个部族首领降汉，被刘彻封为关内侯，赏赐大量田宅。前有车，后有辙。浑邪王担心赴龙庭有去无回，与其去龙庭送死，不如率部投降汉朝。浑邪王怕休屠王抄自己的后路，便拉休屠王一起降汉。浑邪王分析，汉朝皇帝对自己和休屠王的封赏，只能在那个部族首领之上，绝不可能在其下。

浑邪王还提到一件令休屠王内疚的事，休屠王的太子日磾与伊稚斜单于的孙女早有婚约，可是，日磾却另娶了一个普通牧民的女儿。浑邪王说，一旦他们到了龙庭，伊稚斜单于必然要追究这件事。

休屠王被浑邪王说动了，两人率全部部众投汉。

事前，浑邪王没有与汉军联系。两个部落出发之后，浑邪王才派人到边境寻找汉军。

有支汉军在黄河南岸筑城，浑邪王的使者走进汉营。汉军首领得知浑邪王和休屠王率数万部众来降，立刻飞报刘彻。

此时，刘彻正在甘泉宫。甘泉宫是一座行宫，位于长安城北三百里外的甘泉山，其规模仅次于长安城的皇宫。

汉朝和匈奴已经打了十二年，双方互不信任。匈奴的两个王突然来降，又带了这么多人，刘彻想，万一有诈，匈奴人将占领黄河渡口，前面就是秦长城，过了秦长城，匈奴铁骑就可俯视关中平原，长安的西大门就被打开了。

刘彻跟身边的近臣反复商量之后决定，命骠骑将军霍去病率三万骑兵出陇西郡，察看虚实。如果浑邪王和休屠王真来投降，就把他们接到长安；如果诈降，就地消灭。

休屠王的部众走在浑邪王后面，一个老将军策马而来。

老将军很急，问："大王，您的决定是不是太草率了？"

休屠王问："为什么？"

老将军道："我刚刚得知，先单于的太子逃到汉朝，汉朝皇帝封他为陟安侯，封地不过百里，食邑不过三千。大王到了长安，封地能超过太子吗？"

伊稚斜单于是军臣单于的弟弟。军臣单于死后，本应太子继位，可伊稚斜却篡夺单于之位。伊稚斜单于派人行刺太子，太子失踪多年，原来他也投降了汉朝。

又一匹马飞奔而来，马上之人道："大王，汉朝皇帝派霍去病率三万大军渡过黄河，直奔我们而来。"

老将军的双眉立了起来，说："霍去病杀了我们那么多人，还夺走我们的祭天金人，他来干什么？难道还要杀我们吗？"

休屠部把祭天金人视为通天之神，部落保护之神。失去祭天金人，休屠部就像一只草原上的孤羊，随时可能遇到危险，霍去病的到来就说明了一切。

休屠王又想到伊稚斜单于，虽然伊稚斜单于是篡位，可我一向听命于他，服从于他。浑邪王却与伊稚斜单于面和心不和。去年秋季的龙庭盛会上，浑邪王谎报牲畜数量，少交赋税，伊稚斜单于当众申斥了他。

休屠王又想到太子日磾另娶他人的事，已经对不起伊稚斜单于了，再这样不声不响地降汉，那就更对不起他了。

休屠王懊悔不已，说："我真是一头笨骆驼，为什么像母羊追逐公羊一样跟着浑邪王？我不能去，我要向伊稚斜单于解释清楚，即便他杀了我，我也了无遗憾。"

休屠王调转马头，带着部众往回返。

休屠部走出十几里，后面尘土飞扬。休屠王回头一看，见浑邪王率一队人马飞奔而来。

浑邪王来到休屠王面前，他的脸仿佛挂了一层霜，说："尊贵的休屠王，这是去哪呀？"

休屠王以手抚胸道："浑邪王，我想回老营。"

浑邪王腮边的肌肉滚动两下道："这么说，你不想投奔汉朝了？"

休屠王避开浑邪王的目光道："是……"

休屠王话音未落，浑邪王突然拔出弯刀，猛地刺向休屠王的胸膛，休屠王从马上摔了下去。

休屠王身边的老将军带领军兵杀向浑邪王，浑邪王的军兵随即往上冲，双方厮打在一起。

匈奴单于和诸王的夫人统称阏氏，阏氏是后妃的意思。

休屠王的阏氏和儿媳萨兰同坐在一辆车中。刚才，见浑邪王带着军兵气势汹汹地从旁而过，婆媳二人便觉不妙，她们的手紧紧地握在一起，各自的手心都湿漉漉的。

古人说年龄时，都讲虚岁。太子日磾是休屠王和阏氏所生，虽然只有十四岁，可他长得比同龄孩子都高。一年前，他娶了萨兰。

日磾骑在马上，正准备到前队察看情况，一个军兵惊慌失措地跑来说：“太子，不好了，大王被浑邪王杀了！老将军也战死了！”

日磾大惊道：“你说什么？”

军兵又说了一遍。

日磾拔出佩刀，往空中一举，对身旁的军兵道：“勇士们，随我去杀浑邪王！”

“不许去！”阏氏和萨兰下了车。

日磾圆睁二目道：“母阏氏，浑邪王杀了阿爸！”

阏氏很冷静，丈夫休屠王身边有数百军兵，还有老将军保护，可他们都死于浑邪王之手。日磾只有几十个人，去找浑邪王报仇，那不是羊入虎口吗？

硬拼只能自取灭亡，生存才有希望。

阏氏叫日磾带领部众往北逃。可是，刚过一道山梁，日磾却把马勒住了。阏氏撩起车帘，见浑邪王的人马横在前面。

日磾手握刀柄，要和浑邪王拼命。

萨兰把阏氏搀下车，阏氏感到儿媳萨兰的手在发抖。

阏氏以手抚胸道："尊贵的浑邪王，你终于来了。刚才刮了一阵风，起了沙尘，挡住了太阳的光辉，我们迷路了。请告诉我们，我们应该往哪个方向走？"

浑邪王生硬地说："跟我走！"

阏氏对日磾和部众说："浑邪王来接我们了，走，我们跟浑邪王走。"

萨兰怯怯地看着日磾，日磾瞪了瞪眼，但阏氏的话，他不能不听。

浑邪王冷漠地看了一眼阏氏，对身边的一个将领吩咐道："由你断后，如果再有人把路走偏了，就地砍头！"

这个将领高声道："是，大王！"

阏氏和儿媳萨兰上了车，日磾带着部众随浑邪王向南，向南……

红日西坠，浑邪和休屠两个部落的部众停了下来。人们从车上抱下木杆和毡子，男人支帐篷、宰杀牛羊，女人挤牛奶、生火煮肉。

草原的生活方式与中原不同，草原上的人绝大多数不会种地，奶和肉是他们的主要饮食。

阏氏没有胃口，喝了半碗羊汤，就进了帐篷。

阏氏的心无法平静，丈夫惨死，太子日磾尚未成人，浑邪王虎视眈眈，休屠部落随时都有灭亡的危险。我必须像老母羊保护自己的羔子一样保护日磾，保护萨兰，让他们生儿育女，传宗接代，把休屠王的血脉延续下去，把休屠部延续下去。

星光满天。阏氏跪在帐中，对着帐门，仰望夜空。阏氏默默祈祷，求长生天保佑一家平安，保佑整个部落平安。

日䃅和萨兰回来了。阏氏转过身，让黑暗遮住自己的脸，遮住自己的眼泪。萨兰放下帐帘。地上铺着毡子，一家三口躺在毡子上。

阏氏背朝儿子、儿媳，泪水无声地流着。她无法入眠，又不敢翻身，怕影响日䃅和萨兰入睡。

月亮升了起来，月光犹如一把刀，透着寒光，从帐帘的缝隙斜插进来。

阏氏耳畔传来窸窣之声，继而又听到萨兰低低的话语："你不能去，你不能去……"

日䃅低斥："放开我！"

阏氏的眼睛睁开了，见萨兰拉着日䃅的衣襟。阏氏翻身而起，一把抓住日䃅的手说："你要干什么？"

日䃅眼中燃着复仇的火焰说："母阏氏，我要杀浑邪王，为阿爸报……"

阏氏捂住日䃅的嘴，指了指帐门。这时，一个黑影从帐外闪过。阏氏的嘴贴在日䃅耳边，用只有日䃅才能听到的声音说："浑邪王的人在外面监视着我们！"

阏氏把日䃅按在毡子上，阏氏、日䃅、萨兰再次躺下。

一家人度过一个又一个不眠之夜。

霍去病率军渡过黄河，浑邪王前去迎接，日䃅趁机带领休屠部逃走。有人飞报浑邪王，霍去病和浑邪王率兵追上日䃅，双方一场厮杀，休屠部死亡八千多人，阏氏和太子日䃅、儿媳萨兰都被抓了回去。

霍去病把浑邪部和休屠残部带过黄河，来到陇西郡治所在地——狄道。

狄道位于今天的甘肃省临洮县。

狄道城原是秦朝时的军事重镇。狄道本是狄人生活的地方，秦献公元年（公元前384年），秦军打败狄人部落，设置狄道县。秦昭襄王二十八年（公元前279年），在这里设置陇西郡，汉朝时仍然沿袭着。

战国末期，我国北方有三个强大的部落，由西至东，分别是月氏、匈奴、东胡。月氏的南面是羌人。秦昭襄王为防御月氏和羌人的攻击，沿着洮河南端，经狄道转向东南，又蜿蜒向东偏北修筑了一条长城。这就是最早的秦长城。

秦长城在狄道城外呈三十度角，把狄道城从东、北、西三面保护起来，秦长城的对面是鸟鼠同穴山。霍去病命浑邪、休屠的所有部众驻扎在狄道城外。这里三面是长城，一面是大山，日磾再想逃走，几乎没有任何可能。

霍去病派兵把浑邪王送往甘泉宫，刘彻设盛宴为浑邪王接风。

汉高祖刘邦临终前，曾与群臣杀白马盟誓：非刘氏不得封王，非有功者不得封侯，如有违背，天下共诛之。因此，刘彻封浑邪王为漯阴侯，食邑一万户，赏钱三十万。

汉朝主要以金和铜为货币，不用银。汉朝的一钱就是一文铜钱。一万钱相当于一金，一金就是一斤黄金。人们买东西通常用铜钱。黄金"面值"太大，人们往往兑换成铜钱才能在市场上流通。所以，三十万钱相当于三十斤黄金。

食邑一万户，就是万户侯。按一户五口人计算，一万户就是五万人。五万人供养浑邪王一家，浑邪王既高兴又有几分哀伤。高兴的是，自己逃出伊稚斜单于的控制，又管这么多人，得到这么丰厚的赏赐；哀伤的是，离开自己的部众，要去一个陌生的地方赴任，和数万陌生的百姓生活在一起。

汉朝开国以来，封万户侯的人仅有萧何、曹参、周勃、卫青、霍去病五人。在这五人之中，除了曹参，其他四人都是两次或三五次加封，食邑才到万户。浑邪王一次就封万户侯，可见，刘彻对浑邪王是何等重视。

刘彻封完浑邪王，有位大臣说："陛下，浑邪和休屠两个部落来降，浑邪王得到封赏。休屠王虽然被杀，可休屠王太子还在，而且休屠部还有两千多人。为稳定休屠部，臣以为，也应该对休屠王太子有所封赏。"

刘彻抬头一看，说话之人是右内史汲黯。

内史是主管京城的官员，左右内史各管长安城一半。汲黯刚正不阿，刘彻对汲黯敬畏有加。卫青曾五次北击匈奴，五战五捷。卫青的职务是大将军。卫青入宫，刘彻见他时很随便，有时身着内衣，有时不戴帽子，有时趿拉着鞋。可是，汲黯觐见，刘彻不但穿着整齐，而且见汲黯之前，还要先照镜子，看看自己的帽子是否端正，衣服是否干净。

因为日碑率众逃走，刘彻不想封赏日碑，便问浑邪王："漯阴侯，你以为如何呀？"

浑邪王心想，我与休屠王太子日碑有杀父之仇，还和霍去病杀死那么多休屠部众，他一定恨我，不能让皇帝封他。

浑邪王道："陛下，日碑不是真心降汉，封赏他不妥吧……"

浑邪王偷眼看汲黯，见汲黯二目如炬，似乎能穿透人的肺腑。浑邪王的身子不由得一颤，仿佛被雷电击了一下。

刘彻借浑邪王之口说出自己的想法，便安慰汲黯："汲大人，朕听说匈奴人善于养马，先让休屠王太子到黄门署，看他马养得如何，再决定封赏。"

/第二章/

只见日碑身材魁梧，腰杆挺拔，头正颈直，鼻梁高耸，
两眼目视前方，那么多漂亮的官女，对日碑来说仿佛不存在
一样。

黄门署是掌管皇宫禁地的官署。黄门署在长安城外的上林苑有
个御马场，日碑和母亲、妻子被送到那里。御马场有十几个马倌，
每个马倌养七八十匹马。从此，日碑由王太子沦落为马倌。

上林苑是皇家园林，规模宏伟，不但自然风景优美，还有许多
宫殿亭阁可供游乐。

日碑每天早晨把马赶到水草茂盛的地方，晚上把马赶回圈中，
夜里还要添两次草料。马不得夜草不肥。一晃儿就是三个月，日碑
养的马，每一匹都膘肥体壮。

然而，日碑一家人的日子过得很艰辛。在草原，一家人吃肉
喝奶，还有数人服侍。现在，既没有肉，也没有奶，只有青菜和谷
子，谷子还要自己舂，去掉壳，使其成为小米。总之，一切都需要

自己动手。

阏氏虽是匈奴人，却深谙中原文化。

阏氏的阿爸是匈奴商人。当年，汉朝与匈奴和亲，双方贸易不断。匈奴没有自己的文字，阿爸的生意越做越大。为了记账，他从陇西郡请来一位儒生，专门教自己的几个子女读书识字。

阏氏的几个哥哥喜欢骑马射箭，不喜欢读书，唯独阏氏例外。她十四岁时，便通读了《孝经》和《春秋》，而且每笔账都记得十分详细。

日碑七八岁时，阏氏就教儿子读书写字。可是，来长安之前，阏氏的书都遗失了，她就给日碑和萨兰讲故事。以前，日碑对孔子、孟子、管仲、晏婴、赵盾、伍子胥等先贤只是听说，现在逐渐熟悉起来。日碑对中原文化产生了浓厚的兴趣，一家人苦中作乐。

这天中午，一队军兵押着一个人从御马场外走过。

两个马倌议论——

"那个被押的人好像是个当官的。"

"你不认识？他是长安县令。"

"长安县令？他犯了什么罪？"

"你没听说吗？匈奴浑邪和休屠两部投降，除了浑邪王和休屠王太子，还有四万匈奴人在狄道。陛下要征调八千车辆、一万匹马，把匈奴人接到长安。可长安县的有钱人都把车马藏了起来，长安县令没有征到足够的车辆和马匹，陛下发怒了。"

"征不到足够的车马，就多拉几趟呗！"

"那怎么行？陛下要一次把匈奴人接到长安，沿途要车马相连，以显示天子的颜面。"

日碑赶着马群从两个马倌身边经过，两个马倌对日碑指指点点——

"看，他就是休屠王太子。"

"落魄的凤凰不如鸡。什么太子？跟我们一样，都是马倌……"

日磾没有理会。

自汉朝与匈奴和亲以来，边境稳定，少有战争。经过文帝、景帝两朝，到刘彻继位，汉朝空前富裕，仓库中的粮食堆积如山，陈粮一年压一年，以致发霉不能食用；府库里的钱币数不胜数，花也花不完，以致穿钱的绳子烂掉。长安县普通百姓家家有马有车，母马既不拉车也不骑乘，只用于怀孕生驹。如果谁家用母马拉车或骑乘，很快就会传遍长安城，被人当成笑料。

汉朝与匈奴之间的战争是因王恢而起的。王恢边吏出身，后任大行令。

刘彻继位的第七年，也就是元光元年（公元前134年）。秋季，匈奴军臣单于派人到长安请求和亲。王恢向刘彻谏言：拒绝和亲，对匈奴开战。

汲黯、颜异等大臣认为，匈奴人逐水草而居，像鸟一样随处迁徙，与匈奴开战，劳师远征，耗费巨大，时间一长，很可能把国家的财力拖垮。刘彻思索再三，还是决定和亲。

雁门郡马邑县（今山西省朔州市）有个土豪，《史记》把他记作"聂翁壹"，《汉书》把他记作"聂壹"。聂通过王恢向朝廷上书说，匈奴与汉刚刚和亲，军臣单于一定疏于防范，正好利用这一时机，把军臣单于引诱到马邑城，对其实施斩首行动。

尽管许多大臣反对，但皇帝乾纲独断，定于一尊。刘彻在马邑城外埋伏了三十万大军，命聂去诱骗军臣单于。

聂假装被马邑官吏追杀，逃进匈奴龙庭。聂对军臣单于说，自己要斩杀马邑官吏，献城投降。此时，军臣单于与汉和亲才九个月，本无心南下，可是聂巧舌如簧，军臣单于被说动了。

聂返回汉朝，把几个囚犯的人头挂在马邑城上，谎称是马邑官吏。军臣单于信以为真，率十万骑兵南下。可是，沿途的汉境，牛羊遍野，却不见有人放牧，军臣单于起了疑心。

匈奴兵抓到汉军的一个尉史。尉史说出实情，军臣单于方知中计。军臣单于惊叹，这是长生天派尉史报告真相，使自己躲过一劫。于是，军臣单于将尉史封为天王，然后调转马头，返回草原。

王恢极力主张对匈奴发动战争，刘彻对王恢寄予厚望，心想，此次合围军臣单于，王恢定会身先士卒，勇往直前，奋不顾身，即使不能生擒军臣单于，也会把军臣单于打得落花流水。所以，刘彻给王恢三万精兵，将他部署在最前沿。哪知，见军臣单于军容严整，兵强马壮，王恢竟然临阵退却。

王恢一撤，三十万汉军也都跟着回来了。

刘彻怒发冲冠，将王恢下狱。王恢家里有钱，他行贿万金，甚至买通太后为自己求情，但刘彻坚决不饶，王恢畏罪自杀。

而聂自知造了孽，便躲了起来。聂家在历史上消失了，直到东汉末年，有个武将闪亮出场，他叫张辽。张辽先从吕布，后归曹操。据《三国志》载，张辽"本聂壹之后，以避怨改姓"。也就是说，张辽是聂家的后代。

此后，汉朝先后八次北击匈奴，八战八胜。但是，打仗打的是钱，正如汲黯所说，经过这八次战役，汉朝财力用尽，府库空虚，民力疲敝，百姓困顿。

浑邪和休屠两部来降，这是从来没有的盛事。刘彻要把声势做足，把排场做大，让匈奴人感受到大汉的热情，感受到大汉的富庶，感受到天朝的雄威。

然而，长安县竟然无法凑齐车马。刘彻怒了，要把长安县令问斩。

汲黯很不客气地说："长安县令没有罪，臣是长安县令的上级，要杀杀我！"

刘彻沉着脸说："汲大人，你这是什么意思？"

汲黯道："陛下，长安县令并非不尽力办差，是他办不了。不要说长安县令，就是臣这个右内史也办不了。归根结底就是两个字——没钱！"

刘彻真想大手一挥，潇洒地说，我给你万金，你马上去办！可是，府库实在没钱，底气不足。不要说万金，就是百金也拿不出来。刘彻想反驳，一时找不到合适的词；不反驳又如鲠在喉。

见刘彻这般尴尬，汲黯有些自责。君者，父也；臣者，子也。臣子怎么能用这种口气跟君父说话？

汲黯的态度和缓下来，说："陛下，微臣的意思是说，可以让沿途各县准备车马，前一个县送到后一个县，依次把这些匈奴人送到京城。一次送不完就多送几次，没有必要派那么多车马，讲那个排场。"

刘彻勉强同意了汲黯的主张。浑邪、休屠两部到了长安，汲黯把他们编入百姓，安置在城外。

长安城人来人往，买卖铺户一家挨一家，有卖金银首饰的，有卖绫罗绸缎的，有卖锅碗瓢盆的，有卖柴米油盐的，还有卖铁器和刀具的……因为百姓手中没钱，家家的生意都不好做，商户纷纷把货物摆在门外，向过往的行人兜售。

牲畜是匈奴人的财产，匈奴人走到哪里，就把牲畜赶到哪里。可是，长安城外闲置的土地太少，不能像草原那样随意放牧，浑邪、休屠两部的部众就把牲畜卖给当地富户。有了钱，匈奴人纷纷进城。尽管长安已经不像以前那么繁华，但匈奴人还是看得眼花缭乱。

不久，刘彻把归降的匈奴军兵编到汉军之中，把归降的匈奴百姓迁往陇西、北地（今甘肃省庆阳市）、上郡（今陕西省绥德县）、朔方（今内蒙古自治区乌拉特前旗）、云中（今内蒙古自治区托克托县）五郡。当地官府专门划出土地给这些匈奴人居住，并保持匈奴人原有的风俗习惯。这五处匈奴人聚居地被称为"五属国"。

这天，刘彻要到上林苑狩猎，刚出皇宫，见平阳公主的马车停在宫门外。平阳公主的车十分华丽，只是拉车的马毛色发暗，无精打采。

平阳公主是刘彻的大姐，姐弟二人是一母所生，平阳公主隔三岔五进皇宫看皇帝，皇帝有空时也到平阳公主府看平阳公主。

刘彻道："大姐，你的车不错，这几匹马可不怎么样。"

平阳公主道："前些日子叫人去买马，可各地的好马都被军队征走了，这几匹马就凑合吧。"

刘彻摇了摇头道："不不不，大姐的车马关系到朕的脸面，不能凑合。走，到黄门署，朕送给大姐几匹好马。"

刘彻和平阳公主来到黄门署。姐弟二人坐在高台之上，身后站着十几名宫女，每个宫女都打扮得花枝招展。所有的马倌把自己养得最好的马赶来，请刘彻和平阳公主挑选。

二人看了半天，也没有中意的马匹。这时，日䃅身穿汉服，赶着十六匹马走了过来。

这十六匹马排成四行，每行四匹，每四匹一种颜色，依次是红、黄、白、黑，红的像火，黄的像金，白的如雪，黑的如墨。这十六匹马昂着头，竖着耳朵，如生龙活虎一般，刘彻和平阳公主顿时喜上眉梢。

再看赶马之人，刘彻和平阳公主愣住了。只见日磾身材魁梧，腰杆挺拔，头正颈直，鼻梁高耸，两眼目视前方，那么多漂亮的宫女，对日磾来说仿佛不存在一样。

平阳公主脱口道："这个马倌不同凡响！"

刘彻也被日磾的气质和神态打动了，对宦官说："把这个马倌叫过来。"

黄门署把日磾带到刘彻和平阳公主面前。日磾双膝跪倒，两眼看着自己的膝盖，说："小人叩见陛下！叩见公主！"

刘彻问："你是哪里人氏？姓什么？叫什么？"

日磾道："回陛下，小人是匈奴休屠部人，无姓，叫日磾。"

刘彻想起来了，问："你是匈奴休屠王太子？"

日磾道："是，陛下。"

刘彻道："平身吧。"

日磾站了起来，但头低着。

刘彻又问："你的马养得这么好，有什么办法吗？"

日磾毕恭毕敬道："回陛下，没有什么办法，只是小人用心而已。白天小人把马赶到草最好的地方，夜里再给马加两次草料。"

刘彻点点头说："'用心而已'，说得好！世间诸事，只要用心，就没有做不好的！你这十六匹马朕全要了，从现在起，你就当御马监吧。"

日碑再次跪倒说："谢陛下。"

归来途中，平阳公主啧啧道："宫娥彩女这么多，那个叫日碑的马倌居然目不斜视，一看就是个正人君子。"

刘彻深有同感。

一个月之后，刘彻把日碑召到身边，任命为侍中。

侍中相当于现在的秘书，没有固定的级别，但可以参与朝政，随时出入皇宫。

刘彻的侍中是一个班子，没有人数限制。他们分别掌管皇帝的车轿、服饰、仪仗等。

日碑精明能干，刘彻一个手势或一个眼神，日碑就知道皇帝要什么，做什么，刘彻十分喜欢。因此，每次出行，刘彻都让日碑陪乘在车上，回宫后，又让日碑随侍左右。

这天，平阳公主又来了，见日碑服侍皇帝时，手脚麻利，眼明心细，叹道："这么好的小伙子，居然还有人说他坏话？"

刘彻问："大姐听到什么了？"

平阳公主道："有皇亲国戚背后议论，说陛下竟然宠幸一个有名无姓的匈奴人。"

刘彻一听，气不打一处来，说："不管匈奴人还是汉人，只要对朕忠心，对大汉忠心，朕就宠幸他。相反，一些人当面一套，背后一套，就算是皇家子弟，朕也不瞧他一眼……"

刘彻的心一动，他们说日碑无姓，那朕就给日碑赐个姓，赐个最尊贵的姓。

刘彻把日碑叫到近前说："你们休屠部落什么最尊贵？"

在休屠部落，祭天金人最尊贵，日碑低声道："回陛下，祭天金人。"

　　刘彻思忖着说："祭天金人，祭天金人……那朕就赐你姓金，从现在起，你就叫金日磾。"

　　日磾叩头道："谢陛下赐姓！"

/第三章/

历朝历代有把贝壳当钱的，有把丝帛当钱的，可从来没听说把白鹿皮当钱的。张汤的脑袋是怎么长的？怎么出了这么个主意？

匈奴失去浑邪、休屠两部后，流传出一曲悲凉的民歌，歌中唱道——

失我祁连山，
使我六畜不蕃息；
失我焉支山，
使我嫁妇无颜色。

伊稚斜单于不敢收复失地，但又心有不甘。他转而向东，兵分两路，一路进攻汉朝的定襄郡（今内蒙古自治区和林格尔县），一路进攻汉朝的右北平郡（今内蒙古自治区宁城县）。刘彻调遣汉军反击。然而，汉军一到，伊稚斜单于调头就走，不与汉军正面交锋。汉军离开后，他再次杀来，反反复复，令刘彻非常恼火。

刘彻准备第九次北击匈奴，可府库空虚，要钱没钱，要粮没粮，怎么办呢？

卖官鬻爵，即当权者出卖官职、爵位以聚敛钱财。人们常用这个成语形容政治腐败。可是，为了解决军队的钱粮，早在元朔六年（公元前123年），刘彻就开始卖官鬻爵了。

汉朝的爵位分二十级，依次是：一级造士，二级闲舆卫，三级良士，四级元戎士，五级官首，六级秉铎，七级千夫，八级乐卿，九级执戎，十级政戾庶长，十一级军卫，十二级左更，十三级中更，十四级右更，十五级少上造，十六级大上造，十七级驷车庶长，十八级大庶长，十九级关内侯，二十级彻侯。彻侯就是诸侯。刘彻登基后，为避他的名讳，改称列侯。这二十个等级爵位皆可世袭。

刘彻规定，十一级以下可以买卖，并明码标价，每级爵位的售价是十七万钱。当年，卖官鬻爵的收入达十三万万钱。

不但如此，刘彻还规定，凡抢劫、盗窃、贪赃枉法等，只要不是造反，都可以交钱免罪；购买七级以下爵位的，减免税赋、徭役；购买八级到十一级爵位的，全部免除赋税、徭役，并任命为官吏。

然而，几场仗打下来，再加上安置浑邪、休屠两部，不但花光了卖官鬻爵和免罪的钱，就连府库的钱粮也都掏空了。

伊稚斜单于骚扰边境，刘彻想与匈奴最后一战。因此，刘彻再次卖官鬻爵。可是，能买官爵的人基本都买了，贫苦百姓想买也买不起。一晃半年过去了，卖官鬻爵的收入还不够装备两万人马。

刘彻正在发愁，大农令颜异来了，说："陛下，有个不错的消息！"

当时，朝廷还没有三省六部，大农令相当于现在的财政部、税务总局、国资委、农业部、水利部、林业部等"大部制"的总部长，权力非常大。

刘彻心头一喜道："怎么，颜大人筹到钱了？"

颜异支吾一下，说："陛下，臣无能，还没有……不过，有人愿意捐献家产。臣以为，如果把这个人树为典型，给天下人做榜样，或许能筹到钱。"

颜异说的这个人叫卜式，是河南郡（今河南省洛阳市）人，以耕种、畜牧为业。卜式的弟弟长大后闹分家，卜式把家中的田宅财产都给了弟弟，自己仅带走百余只羊。卜式善于持家，几年后，便富甲一方。可弟弟吃喝嫖赌，败光了家产，卜式又把弟弟全家养了起来。

听说朝廷要北击匈奴，卜式无偿捐出二十万钱。二十万钱对普通百姓来说是不少，可对朝廷来说却是杯水车薪。刘彻觉得颜异的办法可以试试，但他不理解，卜式为什么不用这些钱买爵位呢？

颜异派小吏巡访卜式。小吏问："你想当官吗？"卜式说："我从小种田放羊，不懂做官的规矩，不愿当官。小吏又问，难道你家有冤情要申诉吗？"卜式说："我平生与人没有纠纷，遇到贫穷的人借钱给他，遇到为非作歹的人耐心开导他，周围的人都很尊重我，我没有冤情。"小吏再问："既然如此，你为什么要捐这么多钱？"卜式回答："陛下要与匈奴开战，我们老百姓应该有钱出钱，有力出力，这样才能国富民安，天下太平。"

多么朴实的话语！多么纯朴的百姓！刘彻大为感动，召卜式到京城长安，赐左庶长爵位，赏田地十顷，号召天下人学习效仿。

可是，这种"典型引路"的办法收效甚微，所得的钱还没有卜式一个人捐的多，刘彻很失望。

一年过去了，打伊稚斜单于的钱粮还是没有着落。

刘彻在高门殿内踱来踱去，金日磾在门口侍立。

刘彻停住脚步，问金日磾："伊稚斜的钱粮是不是比我们还困难？"

刘彻话一出口，又觉得自己问得唐突，当初汉朝那么富裕，可现在家底都被打空了，何况匈奴？这还用问吗？

金日磾道："回陛下，匈奴所收的赋税都是牲畜和皮毛，龙庭不存储钱粮，打仗也不用钱粮。"

打仗不用钱粮，这可出乎刘彻的意料。

匈奴的生活方式与中原的差异很大。匈奴人完全依赖牲畜，他们吃畜肉，喝畜奶，穿牲畜皮毛做的衣服。匈奴最怕的是灾。夏天怕旱灾，一旦发生旱灾，草场不好，牲畜减少；冬天怕雪灾，一旦刮起白毛风，下起暴风雪，牲畜就会大批冻死。在行军打仗方面，匈奴和汉也不一样。比如，汉军统一发放军装、刀枪、帐篷、马匹等。特别是粮食，大军未动，粮草先行，出兵十万，至少另有十万人运送粮草。匈奴打仗没这么复杂。第一，匈奴军没有统一的着装，平时穿什么，打仗穿什么。第二，匈奴军不带粮草，把牲畜的奶水做成奶酪，把牛羊肉做成肉干，将士带上这些食物，通常可以维持七到十天。第三，匈奴军打仗都是自备马匹、刀枪。

如果在汉境打仗超过十天，匈奴军兵随身携带的食物吃完了，就抢掠。如果在草原与汉军交战，即便随身携带的食物吃完了，也不用担心，因为草原上的牲畜有的是，宰杀之后就是军粮。

听了金日磾的话，刘彻明白了，怪不得匈奴八战八败，还能对大汉发动袭击。

刘彻对金日磾道："去，把大农令颜异叫来。"金日磾刚要走，刘彻又补充一句，"还有，把御史大夫张汤也叫来。"

"是，陛下。"金日磾答应一声，出了高门殿。

颜异来到高门殿时，张汤已经到了。

刘彻开门见山，对颜异说："朕要与匈奴开战。你是朕的大农令，你要想尽一切办法给朕筹钱。"

颜异问："陛下要出多少兵？需要多少钱？"

刘彻道："朕要出兵五十万，需要五万万钱。"

颜异吓了一跳，五万万钱！这可是朝廷一年收入的四分之一！就是把他的骨头砸碎，也凑不到五万万钱！

颜异看了张汤一眼，他的心一动。张汤身为御史大夫，监察各级官吏。他心黑手狠，专门整人，皇帝把他叫来，难道是给我施加压力不成？

颜异"扑通"跪倒在地，说："陛下，现在朝廷财力枯竭，民力用尽。要攒这么多钱，没有五年是不可能的。"

刘彻绷着脸说："五年？朕五个月也不想等！"

颜异意味深长地说："陛下，不战而屈人之兵，善之善者也。"

刘彻冷笑道："朕当然知道'不战而屈人之兵'，可伊稚斜天天在边境上烧杀抢掠，你让朕如何屈人之兵？"

颜异面露赤诚道："和亲。"

刘彻脸露愠色道："自大汉开创以来，先后给匈奴单于送了九位公主，可是边境从来没有安定过。"

颜异说："陛下，臣斗胆谏言，和亲并不一定要我大汉把公主嫁给匈奴单于，大汉也可以把匈奴公主娶过来……"

"啪"的一声，刘彻一拍几案道："大胆颜异，你让朕娶匈奴人，匈奴人再生几个匈奴人，如果哪个匈奴人继承大统，那大汉的江山岂不成了匈奴人的天下？"

张汤善于见风使舵，说："颜异，你居然说出这种话，你安的什么心？"

颜异不敢像汲黯那样顶撞皇帝，但他敢把火撒到张汤身上。

颜异站了起来，说："张大人，你问我安的什么心？好，那我告诉你，我安的是忠心！是忠于陛下、忠于朝廷的赤胆忠心！自从我当了大农令，与匈奴连年打仗，能进钱的办法我都想了；需要花的钱，除了军队的粮饷，我都压缩到最低。我能抠一文抠一文，能省一文省一文。"颜异一撩衣襟，"你看看，我的内衣都打着补丁！大汉创立快九十年了，哪个大农令穿这样的内衣？"

汉朝实行三公九卿制，三公是指丞相、太尉和御史大夫，九卿是指太常、郎中令、卫尉、宗正、太仆、大理、大行令、大农令和少府。

丞相负责行政，御史大夫负责监察，太尉负责军事。三人共同行使宰相职权。需说明的是，太尉沿袭秦制，汉武帝建元二年（公元前139年）后不再设置。元狩四年（公元前119年）置大司马，以冠"将军"之号。在三公之下是九卿。张汤是御史大夫，位列三公；颜异是大农令，位列九卿。颜异的官比张汤小一级，张汤直呼颜异的姓名，颜异出于礼节，称张汤为"张大人"。

颜异怼的是张汤，实际是给陛下听，刘彻当然听得出来。

张汤也明白颜异的意思，但是他不甘落于下风。

张汤斥问："颜异，那些大商人煮盐、炼铁，一个个赚得盆满钵满，却不肯资助朝廷。你身为大农令，为什么不向这些人征收高额赋税？"

颜异瞥了张汤一眼道："谁说我没向盐铁商征收高额赋税？以前向盐铁商征赋税是三成，现在已经加到六成。"

张汤道："为什么不能再加两成？给他们留两成利就不错了。"

颜异反驳："无论煮盐还是炼铁，都需要大量的人力。我早就算过了，盐铁商雇佣民夫，民夫要养家糊口，这笔支出达三成。朝廷征收赋税六成，两项加到一起是九成，我仅给盐铁商留了一成利。"

张汤支吾一下道："那就把盐和铁收为朝廷掌管，所有的收入全归朝廷！"

颜异讥笑道："请问张大人，以前朝廷没煮过盐吗？没炼过铁吗？可是，凡是由朝廷掌管的盐场、铁矿，各项开支占六成，是盐铁商的两倍！还有官吏的贪污，不法之徒的偷盗，惊人的浪费，朝廷所得的收入仅三成。而由盐铁商掌管，朝廷可以征六成赋税。哪个多哪个少，这笔账你张大人不会算吗？"

颜异句句在理，无懈可击，张汤又道："就算盐铁商的收入只有一成，可他们哪个不是家财万贯？朝廷还可以向他们募捐嘛！"

颜异努力使自己平静下来，说："张大人，为了向这些盐铁商募捐，下官向陛下讨过三道圣旨，可他们捐出的钱只够五万人马的需要。"

刘彻的火又上来了，说："奸商！奸商！都是些奸商！"

见刘彻发怒，张汤也表现出气愤的样子，说："对于这些奸商，就得用严刑峻法！"

刘彻没有接张汤的话，颜异既没反驳也没肯定，金日磾只是静静地听着，大殿里安静下来。

张汤眼珠一转，说："陛下，臣有个办法。"

刘彻道："说！"

张汤道："陛下，把旧的铜钱作废，改铸新钱；把以前的一文，铸成两文。这样，朝廷一年的收入就相当于两年。"

刘彻眼前一亮道："这倒是个办法。"

颜异却摇了摇头道："旧钱可以作废，可那些商人同样会把手中旧的铜钱改铸新钱，他们的财富根本不会减少，亏的是没有能力铸钱的老百姓。"

张汤挠了挠脑袋，怎么才能从那些盐铁商中把钱抠出来呢？张汤的目光移向金日磾道："金日磾？"

金日磾道："下官在。"

张汤问："你们匈奴人，是不是用牲畜皮换锅碗瓢盆？"

金日磾点点头道："是，张大人。"

张汤茅塞顿开，说："陛下，少府中是不是有很多白鹿皮？"

刘彻有点不耐烦道："张汤，你问这个有什么用？朕要的是钱，白鹿皮能卖几个钱？"

张汤连连摇头道："陛下，要卖白鹿皮是卖不了多少钱，可一张白鹿皮要换十金、二十金，还是三十金，那只是陛下一道圣旨的事。"

一张白鹿皮的价格不过千钱，张汤却抬得如此之高，颜异呆住了，金日磾也愣住了。

刘彻的心豁然开朗道："对呀！"

得到皇帝的肯定，张汤兴奋起来，说："陛下，把少府里的白鹿皮都拿出来，那不都是钱吗？"

刘彻有点激动，说："对对对……"

可刘彻屈指一算，上林苑养白鹿是这十来年的事，每年宰杀的白鹿大约十只，少府里的白鹿皮也就百余张，这百余张白鹿皮，最多能当三千金，我需要的是五万万钱，也就是五万金，这差得太远了！

在草原上基本是以物易物，用钱的地方极少，金日磾对钱的数量没有概念。

颜异觉得这简直是无稽之谈！历朝历代有把贝壳当钱的，有把丝帛当钱的，可从来没听说把白鹿皮当钱的。张汤的脑袋是怎么长的？怎么出了这么个主意？

张汤眼珠一转道："陛下，把一张白鹿皮剪为十块，每块三十金，不就是三万金吗？"

刘彻一喜，说："张大人，你真有办法！"

可是，还差两万金呢？

张汤想了想，说："陛下，那就把一张白鹿皮剪成十六块，每块三十金，一百张白鹿皮就是四万八千金，再凑一点儿，就差不多了。"

刘彻摇了摇头，一只成年白鹿体长六尺，把剥下的皮剪成十六块，太小了。刘彻灵机一动，说："哎，张大人，朕的少府中还有锡和银，盐铁商手中可没有。白鹿皮不够，把锡和银熔化后混在一起，铸成新币，是否可行？"

张汤惊喜道："陛下圣明！陛下圣明啊！"

刘彻思索片刻，说："这是不是有点儿像抢劫呀？可别激起民变！"

颜异心中道，这哪是有点像抢劫，这简直就是江洋大盗！这样下去，老百姓非造反不可！

颜异还没开口，张汤又说话了："陛下，臣有个主意，可保不会引起民变。"

/ 第四章 /

> 唯独汲黯，虽然他既非三公，又非九卿，可这老头儿
> 认准的道理，你怎么说也没用，他软硬不吃、油盐不进，而
> 且，说话直来直去，无论多少人，从不给人面子。

商朝中晚期，冶炼技术成熟，中国出现金属货币。到汉朝，黄金和铜作为货币已使用近千年，即使把白鹿皮和锡银充当货币，那也需要较长的过程，百姓才可能接受。然而，刘彻眼下就要用钱买战马，买粮食，制刀枪，他等不了那么长时间。

为了不引起民变，张汤建议，白鹿皮和锡银币不在民间流通，把白鹿皮向王侯皇族推行，把锡银币向商人推行。这样一来，对普通百姓没有影响。

刘彻觉得张汤说得有理，王侯皇族享受高官厚禄，理应为朝廷分忧。商人，尤其是盐铁商，向来一掷千金，拔几根毛，翻不起大浪。他对张汤大为赞赏。

西汉前期，采用秦朝历法，每年阴历十月初一是新年第一天。

这种历法有很多弊端，直到太初元年（公元前104年），刘彻才废除秦历，改阴历一月为岁首，称正月。阴历正月初一过大年的习俗由此形成。

当时刘彻还没有改秦历，按照汉朝规定，每年岁首阴历十月，王侯皇族进京朝觐皇帝。朝觐时，每位王侯皇族都要献上一块玉璧。

张汤建议先拿白鹿皮试水。他提出，这次朝觐，就向王侯皇族宰第一刀——在献玉璧时，要求他们必须以白鹿皮做衬底，把玉璧放在白鹿皮上，然后，把玉璧连同白鹿皮一起献给皇帝。

刘彻和张汤暂定每张白鹿皮剪成十块，每块白鹿皮收四十万钱。没有白鹿皮做衬底，所献的玉璧一律不收。如果哪个王侯皇族没带这么多钱，限他一个月之内把钱送到少府。

颜异和金日磾听得目瞪口呆。

刘彻的心情好多了，他想得到几句夸赞，便转过头问金日磾："金日磾，你觉得如何？"

金日磾忙道："回陛下，微臣年少无知，不懂货币，不敢妄加评论。"

刘彻觉得金日磾挺谦虚，又面向颜异问："大农令，说说你的看法？"

颜异皱着眉头道："陛下，一块玉璧一万钱，一块白鹿皮四十万钱，这似乎不是进献玉璧，而是进贡白鹿皮。这岂不是本末颠倒吗？"

刘彻的脸立马沉了下来。

颜异躬身施一礼，道："陛下，古人云：国虽大，好战必亡；天下虽安，忘战必危。自汉与匈奴开启战端以来，耗费钱粮数不胜数，府库空虚，民生凋敝，百姓多有怨言。臣冒死谏言，请陛下还是像几位先帝那样，以和亲为上。"

刘彻的眼睛立马瞪了起来，连珠炮似的斥责颜异："匈奴是什么地方？那是苦寒之地！是兔子都不拉屎的地方！和亲，和亲，说得好听，嫁到匈奴的都是我皇家公主，怎么不把你女儿送去和亲？"

最初提出汉匈和亲的是刘敬。刘敬本叫娄敬，是汉高祖刘邦的开国功臣之一，被赐姓刘。

匈奴冒顿单于统一草原后，刘邦手下有个异姓王逃到匈奴，此人蛊惑冒顿单于进攻汉朝，因此匈奴大举南下。刘邦派一些探子去打探匈奴虚实，这些探子看到的都是匈奴的老弱残兵和瘦弱的马匹，于是他们回来说，匈奴没什么了不起，完全可以战胜。

刘邦又派刘敬出使匈奴，刘敬也目睹了同样的情景。不过，刘敬认为，双方交兵，应展示自己的强大，以在气势上压倒对方。可冒顿单于却反其道而行之，这不是引诱汉军进攻吗？既然冒顿单于引诱汉军进攻，那他一定有埋伏。

刘敬尚未归来，四十万汉军就出发了。刘邦率十万大军走在最前面。刘敬一见到刘邦，立刻谏言退兵。刘邦大骂刘敬扰乱军心，并把刘敬押进大牢，只等凯旋后诛杀刘敬，让他心服口服。

果不出刘敬所料，刘邦刚到平城（今山西省大同市），匈奴的老弱残兵和瘦弱的马匹都不见了，冒顿单于率三十万精兵突然杀出，汉军被围困在白登山七天七夜。天降大雪，内无粮草，外无救兵，被冻掉手指的汉军达十之二三，其状惨不忍睹。幸亏陈平出奇计，刘邦才得救。

刘邦归来后，亲自到大牢向刘敬承认错误，并封刘敬为建信侯，食邑二千户。刘邦的这种胸襟在历代帝王中是罕见的。也许是刘氏家族的血液中有这种基因，刘彻暮年，国力大衰，盗贼四起，生灵涂炭，他下了一道《罪己诏》，检讨自己的过失。

此是后话，暂且不提。

刘邦以最大的诚意向刘敬问计，如何才能避免与匈奴的冲突。刘敬建议和亲，把刘邦和吕后生的鲁元公主嫁给匈奴冒顿单于，再送上丰厚的陪嫁。刘敬认为，以鲁元公主的身份，一定会成为冒顿单于的阏氏，阏氏生的儿子必是太子。冒顿单于在位，他是汉朝的女婿；冒顿单于死了，太子继立单于。太子是刘邦的外孙，外孙不可能和外祖父对抗。

刘邦舍不得亲生女儿。刘敬说，如果不是皇帝的女儿去和亲，冒顿单于就不可能把她立为阏氏，她生的儿子也不可能被立为太子，匈奴和汉之间的冲突就难以避免。

刘邦去跟吕后商量，吕后日夜哭泣，说什么也不答应。刘邦无奈，只好找一个相貌出众的"家人子"，也就是没有册封为嫔妃的宫女，把这位宫女封为公主，嫁给冒顿单于。

刘邦没把真公主嫁过去，冒顿单于当然也不会按真公主对待。

史书上明确记载，从汉高祖刘邦到汉武帝刘彻，先后有九位女子到匈奴和亲，出身皇室宗族者三人，另外六人中，一人是"家人子"，其他均身份不明，无一人是皇帝的女儿。

颜异心想，陛下，从高祖、惠帝、文帝、景帝到你，没有一位皇帝把亲生女儿送去和亲，你怎么说"嫁到匈奴的都是我皇家公主"？

颜异心里这么想，嘴上却不敢这么说："如若陛下恩准，臣愿把女儿嫁给匈奴单于。"

刘彻碰了个软钉子，气得手指颜异，说不出话来。

张汤见刘彻动怒，大喝一声道："颜异，你居然想把女儿嫁给匈奴单于，你想造反吗？"

颜异当即反驳："造反？这顶帽子还不小嘛！张大人，你的耳朵没有毛病吧？我再说一遍，如若陛下恩准，颜异愿把女儿嫁给匈奴单于。你听清了吗？"

刘彻一气之下将几案掀翻。金日磾忙上前把几案扶起，把茶碗、笔砚等重新摆到几案上。

刘彻向颜异喝道："你出去！"

颜异向刘彻拱了拱手，转身出了大殿。

刘彻愤愤地说："这个颜异，简直就是一块木头！"

张汤居心叵测道："陛下，臣听说，颜异倒卖长安县仓库里的粮食中饱私囊。"

刘彻责问："那你为什么不查？"

张汤诺诺道："是，陛下。"

张汤亲自调查粮仓，账上果然少了一些谷子。可再一查发现，这些谷子都是几年前的库底子，颜异把这些陈年的谷子拨给御马场喂马了，颜异没贪污一粒粮食。

没查出颜异贪赃的证据，张汤不死心，仍命御史暗中调查颜异。

一连数日，刘彻把张汤召到高门殿，二人研究推行白鹿皮和锡银币的细节，张汤常常待到深夜方才离去。

汉朝设有博士。刘彻采纳董仲舒的建议，罢黜百家，独尊儒术。于元朔五年（公元前124年），太学设立。太学是汉朝的最高学府，专门培养高级官员，每年只招收五十名太学生。博士的职责是保管文献档案，编撰书籍，教授太学生。

博士算什么级别的官员呢？汉朝的官员没有品级，而是以俸禄的多少区别职务的高低。

明朝以前，官员的薪俸不以金银和铜钱计算，而是以粟计算。粟就是谷子。古代为什么要以谷子作为薪俸的标准呢？因为谷子是五谷之首。谷子脱了壳就是小米。江山社稷的"稷"就是谷子。

丞相、大将军、御史大夫年俸最高，为万石。然后是九卿，年俸是中二千石。"中"是指在中央做官。接下来是真二千石，是赵王、燕王等诸王所属丞相的俸禄。之后是二千石和比二千石官员，这是郡守级别官员的俸禄。

三公虽称万石官员，但实际上月俸是三百五十石，一年是四千二百石；九卿即中二千石官员，月俸是一百八十石，一年是二千一百六十石；真二千石官员，月俸是一百五十石，一年是一千八百石；二千石官员，月俸是一百二十石，一年是一千四百四十石；比二千石官员，月俸是一百石，一年是一千二百石。下面依次是千石、比千石、六百石、比六百石、四百石、比四百石、三百石、比三百石、二百石、百石、斗食、佐史等。

汉朝的一石也称一斛，为汉制一百二十斤，汉朝的一斤约是现在的二百四十八克，将近半斤。因此，一石约合现在的六十斤。

所以，丞相、大将军、御史大夫一年的俸禄约是二十五万二千斤谷子；中二千石官员一年约是十二万九千六百斤；真二千石官员一年约是十万八千斤；二千石官员一年约是八万六千四百斤；比二千石官员一年约是七万二千斤。

不过，官员的俸禄并不都是领谷子，通常是一半谷子，一半铜钱，按月发放。

汉朝超过一万户人家的县设县令一人，俸禄为六百石到一千石；不足一万户人家的县设县长，俸禄为三百石到五百石。

博士是比六百石官员，相当于县官。

颜异有位好友叫狄山。狄山身为博士，颜异官居九卿。两人虽然身份悬殊，但都赏识对方的为人和才干，对国家大事往往不谋而合。比如，在对匈奴的问题上，两个人都主张和亲。

这天晚上，狄山来到颜异家。

颜异问："狄兄，是什么风把你吹来了？"

狄山没好气地说："是阴风，是你向皇帝吹的阴风！"

颜异莫名其妙地问："狄兄，何出此言？"

狄山一脸不高兴地说："你给陛下出这种祸国殃民的主意，你还问我何出此言？"

颜异一头雾水道："我给陛下出什么主意了？"

狄山更生气了，说："你让陛下把白鹿皮和锡银当钱花，你以为天下人不知道吗？"

颜异一脸冤枉，说："我的狄兄，这哪是我给陛下出的主意？陛下把我和御史大夫张汤召进高门殿，是张汤提出来的，我不同意，陛下把我轰了出去！"

"原来是张汤！"狄山忙向颜异道歉，"颜公，狄山错了，狄山还以为是颜公，抱歉抱歉！"

颜异道："狄兄，你来得正好，我们一起商量商量，怎么才能阻止这件事。"

刘彻对金日磾非常信任，不但让他服侍在自己身边，还赐给他不少钱。他在皇宫附近买了一套宅院。这一日，金日磾从皇宫回来时，已经是半夜了。金日磾房中的蜡烛还亮着，他走进屋中，见母亲和妻子萨兰正在为自己缝制斗篷。

萨兰向金日䃅打了个招呼，就给金日䃅打洗脚水去了。

金日䃅对金母道："孩儿的斗篷不急着穿，让萨兰慢慢缝就行了。母阏氏要多注意身体，不要太操劳。"

金母道："日䃅，你是侍中，是陛下近臣中的近臣，我们全家也都成了汉朝的臣民，凡事咱们都要按汉朝礼仪行事。你应该像汉人那样叫我娘，以后就不要再叫母阏氏了。"

金日䃅道："是，娘。"

"唉！这就对了。"金母发现金日䃅面带愁容，便问，"日䃅呀，你怎么这么晚才回来？"

金日䃅道："娘，陛下要与匈奴开战，但府库中根本拿不出钱。这些日子，陛下和御史大夫张汤天天商议用白鹿皮和锡银币当钱的事。明天朝会，群臣就要通过。张大人不走，陛下就不能休息，我就不能离开。"

金母长叹一声道："日䃅呀，愁也没有用，这是朝廷大事，我们左右不了。我们能做的只有向长生天祈祷，求老天爷赐福给匈奴和汉朝的百姓。"

第二天，天还没亮，金日䃅就早早地起来了。他穿戴整齐，来到皇宫大门前。金日䃅拿出腰牌，宫门的军兵把他放了进去。

金日䃅提着灯笼，奔向椒房殿。椒房殿外，一队金甲武士和几个宦官及宫娥彩女正在等待刘彻出来上朝。

皇后卫子夫把刘彻送出椒房殿。金甲武士开道，刘彻带着金日䃅和宦官、宫娥彩女走向宣室殿。

未央宫宣室殿是皇帝和群臣处理朝政的地方。宣室殿很大，可同时容纳百余人。几十支蜡烛燃着，殿中如同白昼一般。群臣有站着的，有坐着的，有打盹儿的，有养神的，还有三五成群闲聊的。

这时，一个宦官高声道："陛下驾到——"

群臣立刻按照各自的位置，文东武西分立两厢。刘彻在金日磾及十几个金甲武士的簇拥下走进大殿。

刘彻坐下，宫娥彩女站在他的身后，金甲武士站在殿门两侧，金日磾和宦官各就各位。

群臣跪倒道："臣等叩见陛下！"

刘彻道："各位大人平身吧。"

刘彻要和群臣商议白鹿皮和锡银币的事。他想，最好是朕一提出，群臣齐声道"陛下圣明"，这件事就通过了。王侯皇族和商人即便有怨，也不能怨朕一人，因为这是群臣共同的决定。

刘彻表面平静，心却跳得厉害。他不担心别人，别人不同意，他一瞪眼，一拍几案，就能将其震住。唯独汲黯，虽然他既非三公，又非九卿，可这老头儿认准的道理，你怎么说也没用，他软硬不吃、油盐不进，而且说话直来直去，无论多少人，从不给人面子。刘彻暗道，如果汲黯反对，我该怎么办？杀他？罢官流放？把他贬到外地？

/ 第五章 /

汉军进入大漠，一是容易迷路，二是找水困难，三是远
离汉境，粮草运输漫长。只要汉军渡过大漠，必然成为疲惫
之师，强弩之末。到那时，我们再向卫青发起突然袭击⋯⋯

刘彻往下看了看，不见汲黯，心中窃喜，汲黯没来上朝，这
可太好了。不过，他还是装出一副严肃的样子问："汲黯怎么没来
呀？"

丞相李蔡出班道："陛下，汲黯因身体有恙，告假了。"

刘彻顺水推舟道："那好，就让汲大人安心在家养病吧。"

丞相李蔡应道："是，陛下！"

刘彻又往下看了看，在文班之中，张汤面带微笑，颜异站在
张汤身后，狄山站在最末；他的目光又转向武班，在武官之中，卫
青、霍去病、李广等挺胸抬头，威风凛凛。

刘彻清了清嗓子，然后道："去年，伊稚斜两路大军进攻右北
平和定襄，烧杀抢掠，无恶不作。朕决定，对匈奴开战！众位大人

有什么异议吗？"

丞相李蔡、大将军卫青和御史大夫张汤同为三公，刘彻话音刚落，张汤跪倒道："陛下圣明！陛下圣明啊！"

如果是平时，皇帝提出一件事，群臣是不需要跪的。见张汤如此郑重，朝堂有点骚动。

上有所欲，下必甚焉。刘彻力主对匈奴开战，朝中几乎所有的武将都是主战派。卫青心潮澎湃，也"扑通"跪下了。卫青后面的骠骑将军霍去病、卫尉李广等武将随之跪倒。

丞相李蔡往左右看了看，见所有武将都跪下了，那自己也跪吧。最后，只剩下颜异和狄山站着。两人犹豫再三，还是跪下了。

在张汤的带动下，人们高呼："陛下圣明！陛下圣明！"

刘彻一抬手道："诸位大人平身吧！"

群臣站起。刘彻想，关键时刻到了，我该说白鹿皮和锡银币的事了。

刘彻话题一转："打仗就要用钱，车马粮草，沿路运输，还有对将士的赏赐，对阵亡家属的抚恤，没有钱寸步难行。大农令颜异说，府库中已经没有钱了。但是……"刘彻猛然把手一挥，"不管怎么样，这仗必须打！"

一阵风吹来，金日磾觉得脊背上冒出一股冷气。

"朕有心向诸位大人借钱，充作军用……"刘彻停顿一下，用犀利的目光扫视每个人。大殿内一片安静，群臣都低着头，不敢正视刘彻。大家感到，今天的宣室殿仿佛变低了，似乎一抬头，脑袋就能碰到天花板似的，每个人都十分压抑。

刘彻缓缓地说："但朕考虑到，诸位大臣的日子也不是很宽裕，也要养家糊口，只好另想办法了……"

"吁——"众人松了一口气。

刘彻控制着大殿的气氛，说："朕打算启动皮币，铸造白金币……"

许多人感到莫名其妙，什么皮币？什么白金币？听也没听过。

刘彻说的皮币就是白鹿皮，白金币就是锡银币。只不过，刘彻和张汤换了一种好听的说法。君臣二人反复商议后决定，把一张白鹿皮，裁成十片一尺见方的小块，四边绣上五彩花纹，面值定为四十万钱，推向王侯皇族。锡银币分大中小三种：大币为圆形，以龙为图案，面值三千钱；中币为方形，以马为图案，面值五百钱；小币椭圆形，以龟为图案，面值三百钱，推向商人。

刘彻问："谁有异议吗？"

没有人回答。

刘彻怕夜长梦多，想尽快通过，便道："既然众位大人都没有异议，这件事就这么定了！散朝。"

群臣刚要往外走，颜异高声道："且慢！陛下，臣有异议！"

刘彻脸一沉，说："你有什么异议？"

颜异跪倒在地，声如洪钟："陛下，皮币是离间王侯皇族与陛下之谋，白金币是挑拨商人痛恨朝廷之策。御史大夫张汤给陛下出的主意没安好心，祸国殃民啊！"

颜异的话，不亚于往沸腾的油锅里倒进一勺水，朝堂一下子就炸开了。

张汤仿佛被人打了一闷棍，"扑通"就跪下了，说："陛下，这是忌妒！是诬陷！是人身攻击！"他又转向颜异，"颜异，你身为大农令，没有办法筹钱，为陛下分忧，为社稷解难。别人绞尽脑汁为陛下出主意，想办法，你却危言耸听，恶意诋毁。你以为你粮仓案子了结就没事了吗？"

颜异站了起来，胸脯一挺说："张大人，我一没贪赃，二没枉法，你能奈我何？"

张汤道："你没贪赃枉法，我就不能办你的罪吗？"

颜异嘲讽道："公正无私的张大人，请问，我犯了什么罪呀？"

张汤两眼放出凶光，说："你曾经顶撞陛下，现在又对陛下心怀不满。就在刚才，陛下提出皮币和白金币，你又向陛下撇嘴！"

颜异冷笑道："撇嘴犯法吗？朝廷哪条律法规定不让人撇嘴？"

张汤也站了起来，手指颜异道："你撇嘴就是心里诽谤陛下，就是腹诽。无论以什么方式，只要诽谤陛下，就是死罪！"

"哈哈哈……"颜异哈哈大笑，仿佛宣室殿都被震得发颤。

金日磾惊骇！

群臣惊骇！

"啪——"刘彻把几案上的茶碗摔了，手指颜异道："大胆颜异，你多次顶撞朕，朕都原谅了你，可你却得寸进尺，现在又……又腹诽于朕，简直是反了！来人！"

"有！"金甲武士应道。

刘彻道："把颜异推出去，斩！"

金甲武士架起颜异就要往外拖，颜异仰天长叹道："好一个腹诽，千古未闻！千古未闻哪！颜异能为大汉江山而死，为万民福祉而死，死得其所！死而无憾！"

说完，颜异迈大步走向殿外。

丞相李蔡、中大夫令李广、博士狄山三人跪倒——

"陛下息怒，陛下息怒啊！"

"陛下三思，陛下三思啊！"

"陛下，颜大人赤胆忠心，请陛下从轻发落……"

刘彻意在杀一儆百，谁求情他也不理。不多时，颜异的人头被拎了进来。颜异是什么身份？九卿！古人讲，礼不下庶人，刑不上大夫。九卿位在大夫之上，皇帝一句话，命就没有了。

金日磾呆了！

满朝文武呆了！

张汤却得意地笑了。

汲黯在家中养病，得知颜异被杀，大怒。他让家人抬着自己去见皇帝。可是，刘彻早就吩咐宫门守卫，不得让汲黯进宫。然而，一连三日，汲黯天天在宫门口大叫。

刘彻想，挡住今天，挡不住明天。他一道圣旨，把汲黯贬为淮阳郡守。几年后，汲黯死在淮阳。

皮币、白金币得以推广，张汤在朝中一手遮天，王侯皇族和天下商人，无不大骂张汤。

有了钱后，刘彻征调十万骑兵、三十六万步兵，并把这十万骑兵分成两支，一支交给大将军卫青，另一支交给骠骑将军霍去病，两支骑兵每日操练。刘彻又下令，用谷子喂这两支骑兵的战马。马吃到粮食，一匹匹膘肥体壮，打响鼻儿如同放二踢脚一般。刘彻觉得气势还不够，又征调四万骑兵作为后援，总共五十万大军。

匈奴的最高统治者是单于，单于的全称是"撑犁孤涂单于"。匈奴语与蒙古语有一定的渊源，"撑犁"对应蒙古语"腾格里"，是"天"的意思；"孤涂"对应蒙古语"忽"，是"儿子"的意思；"单于"是"广大无边"的意思。"撑犁孤涂单于"意为"拥有广阔无边领土的天子"。

单于之下最尊贵的是左贤王和右贤王。左贤王统领东部，右贤王统领西部，单于居中部。以前，浑邪王和休屠王的驻地都是右贤王的辖区，浑邪、休屠两部投降，右贤王就一蹶不振了。这次出兵，刘彻的目标就是针对伊稚斜和左贤王。

这是汉朝第九次北击匈奴，也是规模最大的一次。在以往北击匈奴过程中，卫青功高至伟，就连卫青三个襁褓中的儿子都封了侯。刘彻担心卫青权力太大，难以控制。这次出征，他有意限制卫青，抬高霍去病，以维持权力平衡。

刘彻命卫青和霍去病各领一支人马，互不隶属。他又把李广之子李敢、赵破奴等青年将领集中到霍去病麾下，把李广、公孙贺等年龄较大的将领交给卫青指挥。

不但如此，刘彻还把难啃的硬骨头给了卫青。伊稚斜单于身边集中了大批将领和谋士，刘彻命卫青率西路军，出定襄郡北上，进攻伊稚斜单于。匈奴左贤王帐下，能打的将领不多。刘彻命霍去病率东路军，出代郡（今河北省蔚县）北上，进攻左贤王。

这就形成了兵力相对较弱的卫青进攻强敌伊稚斜单于，兵力相对较强的霍去病进攻弱敌左贤王的态势。

刘彻已有打算，卫青歼灭伊稚斜单于的可能性不大，待霍去病歼灭左贤王之后，回师和卫青共同把伊稚斜单于铲除。这样一来，卫青的战功就会在霍去病之下。

早在匈奴开国单于冒顿时期，匈奴龙庭就没在头曼城。头曼城说是城，其实除了一些简单的土墙和栅栏之外没有其他建筑。元光六年（公元前129年），军臣单于时期，汉朝与匈奴的战役爆发。卫青攻入匈奴龙庭，一把大火把头曼城烧了。从此，龙庭到处迁徙，没有固定地址。

不过，从空中俯视，龙庭是半圆形的帐篷群。东边是半圆的"直径"，西边是半圆的"弧面"。金顶大帐是单于和群臣议事的地方，金顶大帐位于"圆心"。从金顶大帐往外，大致有五个层次，第一个层次居住的是众阏氏，第二个层次是龙庭卫队，第三个层次是单于的子女，第四个层次是诸王、将军和首领，第五个层次是百姓。

金顶大帐的帐门朝东，这是匈奴与中原最主要的区别。中原王朝的宫殿都是坐北朝南，而匈奴单于的金顶大帐则是坐西朝东。这与匈奴人崇拜太阳有直接关系，匈奴人每月的初一都要祭拜初升的太阳。

金顶大帐之中，正对帐门有一面屏风，屏风上是一幅皮画，皮画上方是太阳，太阳之下是雄鹰，雄鹰圆睁犀利的眼睛，张开双翅，探出双爪，一副捕猎的姿势。

屏风前，匈奴单于伊稚斜坐在一把宽大的虎皮椅上。大帐之中站着几十个人，他们散发披肩，衣服左衽。古代人的衣襟都是一侧大，一侧小，大襟垂于左腋下，为左衽；大襟垂于右腋下，为右衽。左衽是匈奴人衣着的标志，中原人的衣服都是右衽。

伊稚斜单于神色严峻，目光凝重，说："诸王、各部首领、各位将军，卫青和霍去病各率骑兵五万深入草原，另有四十万人马跟在后面。他们像斗牛一样，要和我匈奴一决生死。大家都说说，这仗我们怎么打？"

伊稚斜单于有三个儿子，老大乌维，老二句犁湖，老三且鞮侯。自从刘彻当了皇帝，汉朝八次北击匈奴，伊稚斜单于及三个儿子虽然多次与汉军交战，也取得过胜利，但从未与卫青正面交锋。

乌维道："我听大单于的，大单于让我怎么打，我就怎么打。"

伊稚斜单于没有说话。

句犁湖不以为然，说："听说奔我们来的是卫青，人们都传卫青像老虎一样勇猛，我一直没有见过。大单于，给我一万骑兵，哪怕他就是一只老虎，我也要掰掉他几颗牙！"

伊稚斜单于还是没有说话。

且鞮侯面有忧色道："大单于，不能硬拼哪！我记得，去年秋季龙庭盛会上，我们统计出的人口是一百一十万，而且，女人多，男人少，上至八旬老翁，下至吃奶的男童，总共也不到五十万人……"

句犁湖抢话说："老三，你像土拨鼠一样胆小，还算是冒顿大单于的子孙吗？卫青有什么可怕的，难道他长着三个脑袋、六条胳膊吗？"

伊稚斜单于对句犁湖道："不要打断老三。老三，你说下去，你觉得这仗应该怎么打？"

且鞮侯道："大单于，我觉得，不能和汉军正面冲突，我们可以派人到卫青营中请求和亲，稳住汉军，然后再寻找机会，偷击汉军。"

伊稚斜单于摇了摇头道："汉朝出动这么多军队，这是要把我们消灭，请求和亲是稳不住他们的。"他的目光落在赵信脸上，"自次王，你有什么好主意？"

赵信，本名阿胡儿，是匈奴贵族。在汉朝第一次北击匈奴的战役中，阿胡儿不敌卫青，战败降汉，被刘彻封为翕侯，改名赵信。赵信成为一员汉朝将领，为汉朝立下不少战功。元朔四年（公元前125年），卫青率汉军第四次北击匈奴，与匈奴展开一场恶战，赵信所率汉军大败，他复降匈奴。伊稚斜单于不但没有杀他，反而觉得赵信久在汉朝军中，熟悉汉军的作战方式，便封赵信为自次王。意思是，赵信的地位仅次于单于。不仅如此，他还把自己孀居的妹妹嫁给赵信。赵信感激涕零，从此，死心塌地地为伊稚斜单于效命。

赵信向伊稚斜单于以手抚胸道："大单于，汉朝有句话，逢强智取，遇弱活擒。面对强敌，我们只能智取。"

伊稚斜单于眼前一亮，问："怎么智取？"

赵信道："大单于，匈奴南部是草原，中间是数百里的大漠，我们可撤到大漠以北，诱汉军追击。汉军进入大漠，一是容易迷路，二是找水困难，三是远离汉境，粮草运输漫长。只要汉军渡过大漠，必然成为疲惫之师，强弩之末。到那时，我们再向卫青发起突然袭击。"

听了赵信的话，匈奴诸王、首领、将军都振作起来。

伊稚斜单于脸上露出笑容，说："好！各部准备，就按自次王说的办。"

众人散去，帐中只剩伊稚斜单于和乌维两人。伊稚斜单于站了起来，对乌维说："走，阿爸带你去看一个人。"

/ 第六章 /

　　卫青穿过数百里大漠，见前方有一支匈奴骑兵排着整齐的队伍，列在草原上。队前有个男子，花白的胡子，头戴一顶展翅飞鹰盘龙金冠，冠下垂着两条洁白的狐狸尾，宽衣大氅，一脸怒气。

　　伊稚斜单于要带长子乌维见的人叫中行说，被匈奴人誉为国师。

　　在匈奴雄踞草原的四百多年间，有三个人特别受匈奴单于的敬重，他们分别是中行说、赵信和卫律。

　　中行说的一生是传奇的一生。他辅佐老上、军臣和伊稚斜三任单于，这三任单于对他可谓言听计从。中行说是个宦官。汉文帝时，匈奴与汉和亲，汉文帝派中行说随嫁，中行说心里惦念着一个女人，所以很不情愿。

　　中行说找人向汉文帝求情，汉文帝一听就怒了。一个小小的宦官，居然跟朕讨价还价？就让中行说去！

中行说别无选择，扬言："如果非让我去，我就成为汉朝的心腹大患。"

在汉朝，中行说没有展示出他的才能，因此无人把他的话当回事。可到了匈奴，中行说的才能得到充分发挥。他说到做到，给单于出了许多对汉朝极其不利的计谋。

第一，放弃对汉朝丝绸和粮食的依赖。汉匈和亲之后，匈奴喜欢上了汉朝的丝绸和粮食。中行说把汉朝的丝绸做成衣裤，让穿上这种衣裤的人在荆棘中纵马奔驰，丝绸衣裤全被划破了。中行说便说，瞧瞧，汉朝的丝绸远不如匈奴的皮衣结实。中行说还说，汉朝的粮食也不如匈奴的牛羊肉好吃，尤其是行军打仗，匈奴的奶酪、肉干都比粮食耐饿。

第二，在书信往来上压汉朝一头。汉朝皇帝给匈奴单于的书信写在木牍上。木牍，就是小木片，在纸没有发明之前，人们写信通常用木牍或竹简。汉朝皇帝用的木牍长一尺，宽一寸。中行说让单于专门制作比汉朝长出二寸的木牍，匈奴单于用这样的木牍给汉朝皇帝回信。汉朝皇帝给匈奴单于写信的称呼是"汉朝皇帝敬问匈奴大单于无恙"，中行说让单于给汉朝皇帝回信的称呼是"天地所生，日月所置，匈奴大单于敬问汉皇帝无恙"。此外，在印章的尺寸上，匈奴单于的印也比汉朝的玉玺大出一圈。

第三，批驳汉朝使臣毫不留情。汉朝使者指责匈奴不尊重老年人，年轻人吃好的、穿好的。中行说说，这没什么奇怪的，在汉朝，人们远行，其父母也把最好的衣食给他们。

最令汉朝咬牙切齿的是，中行说蛊惑匈奴大举南下。汉文帝十四年（公元前166年）冬，匈奴发生雪灾，中行说建议抄掠汉朝。老上单于率十四万骑兵攻入汉朝的朝那县（今宁夏回族自治区南部），杀北地郡都尉，兵锋逼近长安，京师骚动。匈奴骑兵在汉朝境内掠夺一个多月方才离去，汉朝损失惨重。

在一定程度上，中行说是汉武帝北击匈奴的诱因之一。直到中行说死前，他还给伊稚斜单于出了一个计谋，致使霍去病英年早逝。此是后话，暂且不提。

中行说已近暮年，身体每况愈下，很久没有参加单于的廷议了。不过，伊稚斜单于凡遇到大事，都要向中行说请教。

中行说躺在榻上，四个侍女服侍着。见伊稚斜单于和乌维来了，中行说让侍女把自己扶起来。

伊稚斜单于忙道："国师，你躺着，你躺着。"

中行说老态龙钟，说："大单于，老朽躺了半天，也该坐一会儿了。"

伊稚斜单于和乌维一起把中行说扶起来。

中行说问："大单于，是不是又要打仗了？"

伊稚斜单于点了点头，把汉军北上的情况详细地告诉中行说，中行说一笑，说："大单于不用担心，匈奴虽然人少，但是我们有广阔的大漠。我们撤到大漠以北，汉军长途奔袭，必然人困马乏；我们以逸待劳，不要说来五十万，就是一百万，大单于也可立于不败之地。"

伊稚斜单于激动道："自次王赵信一个人这么说，我还有点儿不放心；国师也这么说，我的心就像见到太阳一样明亮。"

中行说道："自次王是个难得的人才，大单于重用他就对了。"

伊稚斜单于心中欢喜，又派一支人马把中行说送往漠北，并再三叮嘱，一定要确保中行说的安全。

伊稚斜单于派出若干快马,通知匈奴所有部落北迁。

匈奴地广人稀,诸王之间,各部落之间,近的百余里,远的千余里。各部落接到通知需要时间、后撤也需要时间。而且,现在是春季,正是牲畜繁殖的时节,母马要生驹,母牛要下犊,母羊要产羔……

这是匈奴历史上的大撤退。

伊稚斜单于率领一支人马,掩护百姓和牲畜正往北走,忽然看到后面一匹快马箭一般飞驰而来。

这匹马来到伊稚斜单于近前,他一看,是自己的孙子狐鹿姑。

狐鹿姑是伊稚斜单于三子且鞮侯的儿子,今年十七岁。狐鹿姑身材高大,肩宽背厚,皮肤偏黑,二目炯炯,乌亮的头发垂于脑后,额头上系着一条皮绳,皮绳的中间镶着一块白玉。他身穿一袭棕色皮袍,衣襟左衽,脚上穿着鹿皮靴,看上去威风凛凛,超凡脱俗。

狐鹿姑聪明睿智,相貌出众,伊稚斜特别喜欢这个孙子。

狐鹿姑满脸尘土道:"大单于,汉军来了!"

各部人马还没到齐,伊稚斜单于身边只有一万骑兵,他不由得心跳加快,但又强装镇定地说:"不必惊慌!这支汉军的主将是谁?有多少人?"

狐鹿姑道:"大单于,这支汉军的主将是卫青,他率一万骑兵,现在离我们还有八十里。"

伊稚斜单于很意外,卫青是汉朝的大将军,即使不在后队,也应该在大队的中间,现在冲到最前面,说明他没把我放在眼里。他眼睛一瞪,心想,卫青带一万骑兵,我也率一万骑兵。他多次像狼一样掠杀我匈奴,今天我要让他知道,我才是狼,是草原之狼!

伊稚斜单于吩咐乌维："你带百姓赶着牛羊先走，其他将士随我列队迎敌！"

汉武帝元狩四年（公元前119年）春，卫青、霍去病各率二十五万大军北上。霍去病打击匈奴，常常把大队人马抛在后面，自己率精锐骑兵，长途奔袭，直插敌人的心脏。其实，这是孤军作战，是兵家大忌，但是霍去病行踪隐秘，往往出其不意，大破敌军。

卫青领兵打仗，谨慎沉稳，很少冒险。这次，卫青率骑兵走在大队前面。他一边走，一边想，陛下要消灭伊稚斜单于，我这仗应该怎么打呢？

正想着，他们已来到秦长城。秦长城的墙体多处坍塌，仿佛在告诉人们，每一处残垣断壁，都是一场残酷的战争，每一块石头都曾经是个鲜活的生命。

卫青登上长城，放眼望去，见群山茫茫，长城立在山巅，向东西两个方向延伸，无法看到尽头。

卫青心中有苦，却无处倾诉。近年来，陛下冷落了自己。这次出征，陛下又偏向霍去病。霍去病是卫青的外甥，是卫青一手培养出来的。卫青不嫉妒霍去病，卫青只是觉得陛下对自己不公。

得意忘形，失意消沉，人往往如此。

得意淡定，失意坦然，人很难做到。

在消沉中，有人一蹶不振，有人回归理性。一旦回归理性，便产生深层思索，思想上迸发出灿烂的火花。

卫青浮想联翩——

当初，陛下轻信王恢之言，以聂壹之计，诱军臣单于到马邑城，试图围歼，从而挑起汉匈战争。人常说，天时不如地利，地利不如人和。匈奴占尽天时，草原寒冷，尤其是冬季，汉军难以承受，匈奴却习以为常；匈奴占尽地利，地域辽阔，汉军一到，他们就躲起来，汉军一走，他们又出来袭扰。

这本不是消灭匈奴的时机，但陛下执意要灭掉匈奴，卫青无可奈何。

在和匈奴开战之前，朝廷是何等富裕！可这十几年，朝廷的府库被打空了。几年前，为了筹钱，陛下不惜卖官鬻爵。现在，卖官鬻爵都无法筹到钱了，陛下又强推皮币和白金币。

卫青又想到和亲，从高祖到当今皇帝，匈奴与汉多次和亲。在和亲期间，双方大体是和谐的。在中行说的挑唆下，匈奴与汉朝发生过两次大规模的战争。此外，偶尔有小股匈奴人南下抢掠，这没什么奇怪的，各郡县发生灾情时，也会出现盗贼。

有人说，和亲是男人的耻辱，是男人的无能。对此，卫青十分不屑。皇帝八次派兵北击匈奴，八战八捷。

能说皇帝无能吗？

能说我和霍去病无能吗？

能说将士们无能吗？

能说汉朝的男人无能吗？

知己知彼，方能百战百胜，我们只知自己的强大，却不知对手的强大。

卫青仰望长空，但愿苍天佑我，希望这是最后一仗……

一个军兵飞马而来，说："启禀大将军，前方探知伊稚斜动向。"

卫青把放飞的思绪收了回来，说："伊稚斜在什么地方？"

军兵道："伊稚斜在大漠深处，正在组织匈奴百姓向北撤退。

他试图把我军拖得筋疲力尽，然后反戈一击。"

卫青眉头一皱，这招可够狠的！我必须马上追击，不能让他的诡计得逞。

卫青从五万骑兵中选出一万精锐，命每人携带三天的粮食，轻装追击伊稚斜单于，其他四万骑兵紧随其后，另外二十万人马加速前进。

卫青下了长城，旋风般向北而去。

漠北的春天，没有中原的温暖，更没有江南的柔情。寒气像占了鹊巢的斑鸠，就是赖着不走。刚刚吐出嫩芽的青草，蜷缩在沙土里，不敢露头。本该追逐嬉戏的百灵鸟藏在沟坎中，眨着怯怯的眼睛。西垂的太阳，露出白森森的面孔，仿佛骷髅一般。

四野茫茫，一马平川，却看不到天边。

卫青穿过数百里大漠，见前方有一支匈奴骑兵排着整齐的队伍，列在草原上。队前有个男子，花白的胡子，头戴一顶展翅飞鹰盘龙金冠，冠下垂着两条洁白的狐狸尾，宽衣大氅，一脸怒气。一看这个男人的穿着，卫青就知道他是伊稚斜单于。

卫青传令："列阵！"

汉军迅速分成左右两个"营垒"，每个"营垒"的第一排是盾牌手，第二排是弓箭手，第三排是长枪手，第四排是操刀手。卫青立马于两个"营垒"中间。

前后不过一瞬间，汉军的变化太快了。伊稚斜单于不由得倒吸一口凉气，卫青治军如此之严，军兵训练如此有素，怪不得我匈奴铁骑总吃败仗。

伊稚斜单于正看着，卫青高声道："将士们，伊稚斜就在眼前，我们立功的时候到了，杀——"

卫青左手的令旗往前一挥，左侧的五千骑兵潮水一般冲向伊稚斜单于。

卫青没有挥动右手的令旗，他想让右侧的五千骑兵暂时休整一下。

无论府库怎么没钱，刘彻对战场上杀敌立功者从不吝啬，既赐爵，又赏钱。

秦朝商鞅变法，实行军功爵制，拎回敌人一颗脑袋，升爵一级。因此，出现"首级"一词，即一颗"首"就是一级爵位。不过，拎着人头打仗既不方便，又增加危险。

后来把拎人头改为割左耳。耳朵既小又轻，往兜里一揣，什么也不影响。军功封爵的第十九级是关内侯，也就是累计杀敌十九人，就封关内侯。关内侯是侯爵中的最低等。封为关内侯，可得到二百至八百户食邑，子孙世袭，如果不犯重罪，代代继承。累计杀敌二十人以上者封列侯，列侯的食邑就更多了。这是指斩杀敌军的士兵。

军中还规定，斩杀敌将者封侯，夺得敌军战旗者封侯。因为，斩杀敌将和夺旗，能直接动摇敌人的军心，瓦解敌人的斗志。

汉朝沿用秦法，用的还是商鞅的制度。

"李广难封"。李广一辈子没有封侯，可他的儿子李敢在这次北击匈奴中，夺得匈奴左贤王的帅旗，被封为关内侯，食邑三百户。如果能杀了伊稚斜单于，那必然是万户侯。因此，汉军打起仗来，人人奋勇，个个争先。

伊稚斜单于正在愣神之际，狐鹿姑提醒道："大单于，汉军杀过来了！"他这才如梦方醒，拨出弯刀道："英雄无畏的匈奴勇士们，杀——"

一万匈奴骑兵全部压了上来。

霎时，血光四溅，断臂乱飞，人头翻滚，战马嘶鸣，喊杀声直上九霄。

/第七章/

　　伊稚斜单于三步并作两步迎了出去，见中行说躺在一辆车上，双眼紧闭，眼窝深陷，脸色蜡黄。自次王赵信和且鞮侯、狐鹿姑父子立在车旁，三个人面带忧色。

　　匈奴统治者对战场上立功者的赏赐也不薄。匈奴百姓以物易物，几乎所有的生活用品都用牲畜交换，很少使用货币。因此，匈奴单于一般不用黄金和铜钱赏赐军兵。匈奴地处寒冷地区，匈奴人都爱酒，鉴于此，他们规定：斩敌一人，赐酒一壶。另外，谁缴获的战利品归谁，谁俘获的敌人就是谁的奴仆。这对匈奴军兵具有很强的吸引力。

　　所以，伊稚斜单于手下的将士非常剽悍，个个手持弯刀，前面的人倒了下去，后面的人立刻冲上来；后面的人倒下去，再后面的人又冲上来。不多时，五千汉军就抵挡不住了。

　　然而，意外的事情发生了。突然，狂风骤起，沙尘铺天盖地，眨眼之间，双方的军兵全被吞没了。沙砾打在脸上，如同猫咬的一般，三步之外竟然无法分辨谁是汉军谁是匈奴军。双方的兵找不到将，将找不到兵，跟没头的苍蝇一样乱撞。

足足一盏茶的工夫，风才变小，视线才逐渐清晰。

卫青见敌军还处于混乱之中，就把右手令旗晃了晃，右侧的五千骑兵立刻分成两队，一队攻击伊稚斜单于的左翼，一队攻击伊稚斜单于的右翼。这五千人马就像一把巨大的钳子，向伊稚斜单于掐了过去。

天黑下来，汉军与匈奴将士仍在激烈搏杀。打着打着，卫青发现伊稚斜单于不见了。他询问身边的校尉，校尉说有一小队匈奴骑兵离开了战场。卫青顿悟，伊稚斜跑了！

"追！他就是跑到天边，也要把他追回来！"

伊稚斜单于为什么临阵逃跑？因为他太相信鬼神了。他觉得卫青千里奔袭，自己以逸待劳，汉军的战斗力应该大打折扣。可是，汉军竟如虎狼一般。他心中疑惑，难道汉军有鬼神相助？更奇怪的是，自己明明占了上风，可沙尘暴突然出现。他心惊胆战，莫不是长生天在向自己示警？不让我打这仗？

就在伊稚斜单于胡思乱想之际，自次王赵信担心伊稚斜单于的安危，便说："大单于，这里危险，你先走！"

伊稚斜单于正中下怀，乘一匹强壮的骡子，在百余名骑兵的保护下，向西北方向飞奔而去。

卫青带领一支骑兵追了一夜，直到第二天天亮，也没有发现伊稚斜单于的踪迹。卫青只得原地休整，派人打探伊稚斜单于的去向。

寘颜山（今蒙古国杭爱山南麓）有座城，叫赵信城。

匈奴人逐水草而居，祖祖辈辈居住帐篷，从不筑城建屋。没有城，没有房屋，就没有地方储存辎重，所以匈奴人打仗都是自带刀枪、马匹和食物。赵信复降匈奴后认为，匈奴与汉的战争将会旷日持久，没有作战物资储备不行。

赵信修筑了一座城，伊稚斜单于把这座城赐名赵信城。

伊稚斜单于来到赵信城，想调动东部的左贤王前来增援，然而探马来报，霍去病扔掉大队人马，率五万骑兵急行两千多里，大败左贤王，左贤王下落不明。

卫青的后续军队相继赶到，几天后，卫青探知伊稚斜单于在赵信城，便率军杀了过去。伊稚斜单于心想，敌众我寡，而且匈奴兵没有守城经验，一旦卫青攻破赵信城，自己插翅难逃。

干脆，接着跑吧！伊稚斜单于弃城而走。

卫青兵不血刃地占领了赵信城，并一把火把赵信城烧了。赵信城在草原上只存在几年，就消失在历史长河中。

长安离前敌数千里，战报如雪片一样飞往长安。

金日磾把一个个战报呈送给刘彻——今天卫青追杀伊稚斜单于，明天卫青火烧赵信城，后天卫青杀敌八千……刘彻刚看完卫青的战报，金日磾又把霍去病的战报送了上来。前一个战报说霍去病大败左贤王，后一个战报说霍去病追到狼居胥山（今蒙古国肯特山），接着又一个战报说霍去病逼近北海（今俄罗斯贝加尔湖）。

刘彻大喜道："好！打得漂亮！"

这时，有个宦官向金日磾招手，金日磾走出殿外。

宦官低声道："金大人，尊夫人难产，找了两个接生婆，还是生不下来。你府上来人找你，让你赶紧想办法，不然，两条命就都没了！"

金日磾心急如焚，当即想到太医，可又不敢向刘彻说，这可怎么办……

刘彻听到后，便问："什么两条命？"

金日磾转身，紧走几步"扑通"跪倒在地，说："陛下，微臣贱内难产，大人和孩子生命垂危。"

刘彻眉头一皱，说："这么大事，你怎么不早说？"

金日磾道："微臣服侍陛下，不敢须臾离开。"

刘彻道："快！传旨，叫太医马上过去！"

金日磾给刘彻磕了三个响头，说："谢陛下！谢陛下！"

刘彻急道："谢什么？还不快去？"

太医归属太常寺。金日磾跑出皇宫，跑进太常寺。金日磾和太医跳上马，飞奔而去。

萨兰躺在床上，婴儿出来一只脚，萨兰被折腾得奄奄一息，金母一个劲儿地向长生天祈祷。

"嗒嗒嗒……"金日磾和太医来到院外，各自下马。侍女迎上前来，说："大人，你可回来了。"

金日磾顾不上和侍女说话，一边跑，一边喊："萨兰，你要挺住！太医来了！陛下派太医来了！"

侍女把太医领进产房，金日磾也要进去，金母把金日磾推了出来，说："男人不能进产房！"

金日磾在外面等了足足一个时辰，这一个时辰仿佛比一年还长，金日磾急得浑身是汗。

"哇——"产房终于传出婴儿的啼哭声。萨兰生了个女孩，可是，萨兰却停止了呼吸，金日磾悲痛欲绝。

刘彻对萨兰之死深表惋惜，便取"惋"的谐音，给这个孩子赐名婉儿。

　　卫青的军队离长安四千里，霍去病的军队离长安五千里，可匈奴军还在往北撤。尽管汉朝后方男女老少齐上阵，昼夜不停地往前线运送粮草，然而战线太长，去掉沿途消耗的，送到军中，连十分之一都剩不了。

　　双方打了四个月，朝廷的府库又见底了，卫青、霍去病两支汉军的粮草供应日益困难。军中没粮，军心必慌。刘彻见消灭匈奴无望，又担心伊稚斜单于和左贤王反扑，只得命卫青和霍去病班师回朝。

　　这场战役，史称漠北大战。史书载："匈奴远遁，而漠南无王庭。"这里说的"王庭"不是龙庭，龙庭与王庭不是一个概念。《史记》《汉书》有明确记载。匈奴单于之下，有左贤王、右贤王、左谷蠡王、右谷蠡王、左日逐王、右日逐王等几十个王，诸王各有王庭。龙庭是整个匈奴的政治中心，而王庭则是匈奴诸王的驻地。

　　当然，经过这次战役，漠南既没有王庭，也没有龙庭了。

　　虽然汉军胜了，但是有件令人揪心的事，被匈奴称为飞将军的一代名将李广自杀了。

　　卫青出征前，刘彻叮嘱卫青，李广年迈，不能让他与伊稚斜单于正面交战。因此，在进攻伊稚斜单于时，尽管李广强烈要求当主攻，但卫青坚决不答应，李广快快而去。谁料，在双方交战的关键时刻，李广在沙漠中迷路，贻误战机，一仗没打。卫青要将李广问罪，李广不肯受辱，自刎而亡。

　　这次北击匈奴，卫青军杀敌一万九千人，霍去病军杀敌七万多人。霍去病麾下，有四人被封为列侯，从骠侯赵破奴等二人增加食邑，校尉李敢晋升关内侯，低级军官和士卒升官受赏者不计其数。

卫青没有增加食邑，所部将领无人封侯，士卒受赏者也比霍去病少得多。

那么，汉军损失多少人马呢？史书没有记载，只说卫青和霍去病出塞之前，汉军出动十四万匹战马，归来时，包括缴获匈奴的马匹在内不到三万匹。如果按一匹马一个军兵计算，汉军的骑兵至少战死十一万人。步兵阵亡的人数没有任何记录。

虽然没有达到预定目标，但刘彻还是很高兴。他增置大司马官职，把卫青和霍去病晋升同一职务，两人不分正副。

刘彻本是个讲排场的人，但目睹空空的府库，不得不节约。他节俭膳食，减少宫中乐队，裁撤侍卫，压缩宫廷开支。即便如此，朝廷的各项开支还是难以为继，刘彻又陷入烦恼之中。

这天，张汤兴冲冲地来到高门殿，说："陛下，不必烦恼了。"

刘彻急忙问："怎么，你筹到钱了？"

张汤摇了摇头说："陛下，臣没有筹到钱，但臣请来一个人，陛下有了这个人，就不用为钱发愁了。"

刘彻并不相信，问："谁有这么大本事？难道他能点石成金吗？"

张汤笑着说："这个人倒不能点石成金，但是他确有筹钱的办法。"

张汤向刘彻推荐的人叫桑弘羊。

桑弘羊出生于洛阳的一个富商家庭。西汉时的洛阳是一个商业大都会。桑弘羊十一岁时，就能帮助家中掌管买卖。他对数据特别敏感。当时的人们计算较大数据时，通常用竹筹，竹筹也叫算筹，就是竹片。算盘就是在竹筹的基础上发明的。别人计算数据都用竹筹，可桑弘羊用心算，而且算出的结果又准又快。

桑弘羊十三岁时，就因"精于心算"闻名洛阳。时逢朝廷选拔神童，桑弘羊有这般特长，加之家里有钱，上下打点，便入宫当了侍中。他比刘彻大一岁，景帝想拿桑弘羊来鞭策刘彻，于是让桑弘羊给刘彻当伴读。景帝驾崩，刘彻继位，桑弘羊离开皇宫，在颜异手下当了个百石的小吏。渐渐地，刘彻把桑弘羊忘了。刘彻当皇帝二十多年，桑弘羊的官职还是百石。

这是为什么呢？因为当时重农抑商，商人属于"七科谪"。七科谪就是七种人：一是有罪的官吏，二是流亡者，三是男入女家为婿者，四是商人，五是曾经在集市上摆过摊的，六是父母在集市上摆过摊的，七是祖父母在集市上摆过摊。一般情况下，这七种人不但不能当官，而且还要服徭役。徭役就是无偿为官府从事体力劳动。

颜异是颜回的第十世孙。颜回是孔子七十二门徒中最贤能的一位，也是孔子最喜欢的学生。孔子曾赞扬颜回："贤哉，回也！一箪食，一瓢饮，在陋巷，人不堪其忧，回也不改其乐。"真是个大贤人哪！用一个竹筐盛饭，用一个瓢喝水，住在简陋的巷子里。别人都忍受不了那种贫困的日子，颜回却过得很快乐。

颜异根正苗红，对于桑弘羊这样有"原罪"的人，不予提拔也就不难理解了。

颜异被张汤害死之后，新任大农令叫孔仅。当初，孔仅是个冶铁大贾，刘彻为筹钱打匈奴，卖官鬻爵。孔仅出手非常大方。刘彻不得不放弃原有的阶级立场，允许孔仅入朝为官。

孔仅在颜异手下，颜异根本瞧不起孔仅。但孔仅办事谨慎，很有才干，而且只要朝廷用钱，孔仅毫不吝惜家财。刘彻认为孔仅忠心可嘉，因此，打破汉朝九十年惯例，把孔仅提拔为大农令。

桑弘羊和孔仅出身相同，都遭受过别人的白眼和排挤，同病相怜。张汤和孔仅关系不错，孔仅把桑弘羊介绍给张汤。张汤和桑弘羊一番交谈，对桑弘羊十分赏识。

刘彻传旨，叫金日磾把桑弘羊带进大殿。

桑弘羊向皇帝提出，要想朝廷增加收入，又不会引起百姓怨言，实行盐铁专卖是最好的办法。盐和铁是人们生活的必需品，尤其是盐，几乎一顿饭也离不开。桑弘羊说的盐铁专卖，不是盲目地把盐铁收归国有。官府生产盐铁效率太低，人力物力开支太大，容易滋生贪腐和浪费。桑弘羊的盐铁专卖是：盐铁生产仍交给商人，商人自己生产，就会计算各种成本，精打细算。不过，商人只能生产盐铁，不准他们销售，只要销售，就处以极刑。官府从商人手中低价收购盐铁，高价卖给老百姓。这一低一高，就可使朝廷的收益大增。

桑弘羊的这种办法很有欺骗性，表面上，朝廷没有对百姓增加一分赋税，实际上把赋税隐藏在盐铁之中。只要你吃盐，只要你用菜刀、铁锅、犁、铧等，朝廷就赚了钱。

刘彻对桑弘羊大加赞扬，并擢升他的官职。从此，民间的钱财如水一般，源源不断地流进朝廷的府库。

汉军撤走，匈奴安定下来，伊稚斜单于扎下龙庭。

在这场战役中，匈奴阵亡将近九万人，对匈奴是个重创。因为这个数几乎是匈奴全部人口的十二分之一，更何况死在沙场的匈奴将士，大多数是青壮年男子，他们是匈奴的中坚力量。

下一步该怎么办呢？伊稚斜单于一筹莫展。他又想到了国师中行说和自次王赵信，他们的主意像天上的星星一样多，一定有办法走出困境。

正想着，一个军兵来报："大单于，国师和自次王来了。"

伊稚斜单于三步并作两步迎了出去，见中行说躺在一辆车上，双眼紧闭，眼窝深陷，脸色蜡黄。自次王赵信和且鞮侯、狐鹿姑父子立在车旁，三个人面带忧色。

"国师？国师？"伊稚斜单于连叫两声，中行说没有反应。

伊稚斜单于大惊，难道中行说死了不成？

/ 第八章 /

刘彻怒火万丈，当即就要调兵北击匈奴。可是，桑弘羊的盐铁专卖刚刚推行，虽然府库之中有点积蓄，但要大规模北击匈奴，还远远不够，这可如何是好？

见伊稚斜单于急切的样子，赵信忙说："大单于，国师一路奔波，又上了年纪，病得很厉害。刚才清醒了一会儿，现在又昏过去了。"

草原上缺医少药，人得病，被认为是恶鬼缠身，匈奴人往往请萨满为其驱鬼。

萨满教是一种原始的民间信仰活动，主张万物皆有灵，萨满教以通过巫师跳神的方式驱魔、占卜、祈福。萨满也被称为巫师，是一种职业。萨满有男有女，一般是由老萨满在本氏族中物色具有神相的青年，举行"领神"仪式，一个新萨满就诞生了。

伊稚斜单于请萨满为中行说驱鬼。可是，半个时辰过去了，中行说还是没醒。

伊稚斜单于很着急，向赵信询问匈奴下一步应该怎么办。

赵信说："还是和亲吧。"

伊稚斜单于摇了摇头说："汉军杀了我们那么多人，我怎么会和他们和亲？"

赵信注视着伊稚斜单于，说："大单于，和亲只是缓兵之计。这次战役，我们损失很大，我们要像狼一样，舔舐伤口……"

伊稚斜单于顿悟，打断赵信的话："你是说，等我们把伤养好了，我们再像狼一样把他们咬死？"

赵信点点头说："大单于圣明。"

"好，就按自次王说的办。"

伊稚斜要派且鞮侯出使长安，狐鹿姑以手抚胸道："大单于，我跟阿爸一起去。"

伊稚斜单于觉得长安路途遥远，一路很辛苦，狐鹿姑年少，有点舍不得。

狐鹿姑却说："大单于，汉朝依靠的是卫青和霍去病。如果这两个人死了，我们就再也不用怕汉朝了。"

伊稚斜单于为之一振，说："怎么？你能让卫青和霍去病死吗？"

狐鹿姑道："大单于，孙儿不敢保证能让卫青和霍去病死。不过，休屠王太子日磾是我的结义兄弟，听说日磾在汉朝当了侍中，每天服侍在皇帝身边。我去找日磾，说不定他有办法除掉卫青、霍去病。"

伊稚斜单于喜上眉梢。

五原郡是汉匈边境最大的郡，那里有一条大路直达长安，这就是秦直道。据研究，秦直道的起点是京畿长安的淳化县，终点可能是五原郡的九原县（今内蒙古自治区包头市九原区麻池古城），全长一千四百多里。从淳化到长安城还有一百四十里。也就是说，从九原县经淳化县到长安城，共一千五百四十多里。

秦直道被誉为古代的"高速公路"，通常情况下，如果骑马从九原到长安五天左右就能到达。如果中途换马，最快仅需三日。这种速度在两千年前简直无法想象。

九原县是五原郡治所在地。九原县的历史可追溯到公元前300年的赵武灵王。经胡服骑射改革，赵国强盛起来，赵军打败了匈奴，横扫今天的山西北部和内蒙古西南，并在所占领的地区设立了云中郡。为了巩固这大片领土，赵国沿阴山山脉筑起长城，并在重要的山谷口附近修建城堡，九原城就是在这样的背景下诞生的。

赵武灵王死后，赵国衰落，匈奴复取该地。

秦始皇统一六国后，实行郡县制，把全国划分为三十六个郡，其后又南征百越，主要是江苏南部、上海、浙江、福建、广东、海南、广西及越南北部大片区域，于公元前214年，设置桂林、象郡、南海三个郡。公元前215年，秦朝大将蒙恬北击匈奴，占领了九原，秦朝又增设了九原郡。秦始皇为有效控制九原地区，开始修筑这条秦直道。史学家通常认为，昭君出塞所走的路线就是秦直道。

秦朝灭亡，匈奴开国单于冒顿收复九原及周边地区，不久，统一草原，九原之名消失。汉武帝元朔元年（公元前128年），卫青率军占领此地，汉朝设九原郡，但仅仅一年，汉朝就把九原郡拆分为朔方和五原两郡。

有史学家认为，秦时的九原郡是由九个"原"即九个县组成，故名"九原"；汉武帝从九原郡中划出四个"原"，与其他几个县组建朔方郡，九原郡剩了五个"原"，故更名为五原郡。同期，汉朝又增设数个县，重建九原县，这些县统归五原郡，九原县为五原郡治驻地。

且鞮侯、狐鹿姑父子一行抵达五原郡九原城，五原郡守快马飞报长安。经刘彻同意，且鞮侯和狐鹿姑父子来到长安。

在宣室殿上，文武百官分立两厢，刘彻端坐在上，面前的几案上放着伊稚斜单于请求和亲的信牍。

刘彻说明情况，然后问："各位大人，匈奴派使者请求和亲，你们以为如何？"

自从颜异被杀、汲黯被贬，主张和亲的大臣微乎其微。然而，博士狄山却坚定自己的看法。

狄山是比六百石官员，他和金日磾都站在群臣的最后面。

博士狄山出班道："陛下，匈奴地广人稀，来去如风。朝廷大军一到，他们便向北逃遁。我军战线拉长，粮草补给困难。朝廷虽然经过九次北征，仍无法将其消灭，反拖得财枯粮竭，府库空虚。微臣以为，与其长久耗下去，不如答应和亲。"

张汤瞥了狄山一眼，觉得狄山官职太低，跟他辩论，有失身份。他说道："陛下，匈奴形同禽兽，大汉乃君子之邦，君子岂能与禽兽为伍？我大汉虽然艰难，但匈奴一定比我大汉还难，否则，他们也不会前来请求和亲。因此，臣以为，绝不能答应。"

两位大司马卫青和霍去病也站在下面，刘彻看了一眼卫青，又把目光转向霍去病，问："霍大司马，你认为如何？"

霍去病话语铿锵："陛下，臣同意张大人的看法，绝不能与匈奴和亲。臣愿做陛下的一把利刃，只要陛下一道口谕，刀山敢上，火海敢闯，油锅敢下，臣绝不后退半步！"

刘彻点点头道："好！"

刘彻又看了看卫青，说："卫青，你以为如何呀？"

霍去病才二十三岁，刘彻却称他"霍大司马"，而卫青已年过四旬，又是霍去病的舅舅，刘彻却直呼其名。卫青心生凉意，但脸上没有显露出来，说："陛下，臣还没有想好。"

这时，从文班之中走出一人说："陛下，臣有话要说。"

刘彻往下一看，见是任敞。任敞官居丞相长史，是比千石官员，其职责是协助丞相掌管文书机要等事务。

刘彻道："嗯，说吧。"

任敞道："陛下，臣以为，匈奴遭受我天朝重大打击，必然是万物凋零，百姓疲敝。微臣不才，愿赴匈奴，让伊稚斜前来请降，使其成为我天朝的属国。这样，既不需和亲受辱，也不必劳师远征，不亦乐乎？"

刘彻心花怒放，说："好！这个主意好！"

天黑了下来，且鞮侯和狐鹿姑换上汉装，悄悄地出了驿馆，来到一所宅院门前。见左右没人，狐鹿姑上前敲门。

"梆梆梆""梆梆梆"……

院中人来到门前问："谁呀？"

狐鹿姑道："是我。"

门被打开一道缝，那人露出半张脸，挑起灯笼，见两个陌生人，便问："你们找谁？"

狐鹿姑问："请问，这是侍中金日磾金大人家吗？"

那人道："是，你们是什么人？"

狐鹿姑道："我是金大人的结义兄弟，请你进去通禀一声，就说我要求见金大人。"

那人上下打量狐鹿姑，问："请问先生尊姓高名？"

狐鹿姑说出自己的名字，那人关上门，转过身奔上房而来。

金日磾家是座四合院，上房和东西厢房各五间，南面四间，东南角开门。以往，金日磾和妻子萨兰住在正房西屋，萨兰难产死后，就金日磾一人居住了，正房东屋的里间是金母，外间是奶妈和小婉儿。

受金母的影响，金日磾非常喜爱中原文化。自从萨兰死后，金日磾常以看书打发时光。

金日磾在灯下看书，那人走了进来，说："大人，门外来了两个人，其中有个年轻的小伙子叫狐鹿姑，他说是大人的结义兄弟，想见大人。"

金日磾一下子站了起来，说："狐鹿姑……"

话音刚落，金母走了进来，说："狐鹿姑不是伊稚斜单于的孙子吗？他怎么来了？"

金日磾把且鞮侯和狐鹿姑来长安请求和亲及朝堂的情况简单地向母亲说了一遍。

金母的目光闪烁着，说："日磾，你打算怎么办？"

金日磾向母亲敞开心扉，说："娘，狐鹿姑是我的结义兄弟。他千里迢迢来到长安，孩儿应该见他。"

金母没有否定金日磾，说："你是陛下的侍中，天天跟在陛下身边，如果狐鹿姑想从你的口中探知陛下的想法，你讲还是不讲？"

金日磾眉头一皱，说："这……孩儿不能讲。"

金母又问："万一陛下知道你暗中和狐鹿姑见面，陛下会怎么想？"

金日磾一时语塞。

金母又道:"匈奴称雄塞外八十多年,从没吃过这样的败仗。我们生在匈奴,长在匈奴,在汉朝,没有人比我们更了解匈奴。匈奴人崇尚狼的齐心,崇尚狼的睿智,也崇尚狼的孤傲。狼从不被驯服,而且复仇心极强。伊稚斜请求和亲,很可能是缓兵之计,想喘口气,舔舐伤口,等他伤好了之后,一定会更加凶残。陛下那么器重你,如果你暗中与狐鹿姑相见,会认为你背叛了他。"

金日磾思索着说:"孩儿绝不会背叛陛下,孩儿只想在匈奴和汉之间做些事,使匈奴和汉不要打仗,和睦相处。"

金母一脸慈祥道:"你的这种想法没错,可是,一株草长在两块石头中间,久而久之会怎样?"

金日磾道:"可能……可能会被两边的石头挤死吧。"

金母循循善诱:"如果是一棵参天大树呢?"

金日磾道:"那……那就可能把两块石头撬起来。"

金母道:"这就对了。你现在官职低微,还只是一株草,你想撬动任何一块石头,都是不可能的。要想做有利于匈奴和汉百姓的事,就要等你长成参天大树。"

金日磾醒悟:"娘,孩儿明白了。"

一连三个晚上,且鞮侯和狐鹿姑天天来金日磾家,那人都以各种借口婉言拒绝。

刘彻以任敞为汉使,命他带领十几个人,随且鞮侯和狐鹿姑赴匈奴,且鞮侯和狐鹿姑只得返回匈奴。

在路上,且鞮侯和狐鹿姑一再追问任敞,汉朝是否答应和亲。任敞说,他只对伊稚斜单于一个人讲,且鞮侯和狐鹿姑莫名其妙。

到了匈奴,任敞就对伊稚斜单于侃侃而谈:"大单于,匈奴向大汉称臣有七利。第一,大单于可以迁回漠南,不用受漠北严寒沙暴之苦；第二，大单于能够安享晚年，再也不用四处漂泊；第三，大单于世世代代统御匈奴，子孙永享太平……"

伊稚斜单于一摆手道："停停停！你是来谈和亲的，还是来劝降的？"

任敞未置可否："大单于，听我把话说完，第四……"

伊稚斜单于大喝一声："住口！我再问你一遍，你是来谈和亲的，还是来劝降的？"

任敞道："好吧，那我就实话实说，我是来劝降的。"

伊稚斜单于勃然大怒道："匈奴宁可站着死，也绝不跪着生！匈奴是打了败仗，可是，狼从来都不会摇尾乞怜。你想劝匈奴投降，除非高山变成平地，绵羊变成骆驼！"

乌维埋怨且鞮侯："老三，大单于让你们去请求和亲，你怎么带回个劝降的？"

且鞮侯和狐鹿姑父子一脸无辜。且鞮侯说："大哥，我和狐鹿姑一路都在问任敞，可任敞就是不说，我们根本不知道他安的什么心！"

句犁湖拽出弯刀，咬着牙，怒视任敞道："你再说一句，我宰了你！"

任敞把脖一扬道："我既然来了，就已把生死置之度外。要杀开刀，吃肉张嘴！"

赵信上前阻拦句犁湖道："二公子，杀他太便宜他了，北海的羊还没人放，让他以天为帐，以地为床，披着雪花，吹着西北风，和羊一起做伴不是更好吗？"

伊稚斜单于点点头道："就按自次王说的办！"

伊稚斜单于让任敞的随从徒步回长安报信。当众随从步行两千多里，进入九原城时，这些汉使都瘦成了皮包骨，衣服也破烂不堪……

五原郡守给他们换了衣服，又安排马匹，把他们送往长安。

刘彻怒火万丈，当即就要调兵北击匈奴。可是，桑弘羊的盐铁专卖刚刚推行，虽然府库之中有点积蓄，但要大规模北击匈奴，还远远不够，这可如何是好？

刘彻召集群臣商议对策。

狄山出班道："陛下，臣仍以为和亲才是上策。"

刘彻面无表情道："嗯，说说看。"

狄山朗声道："陛下，匈奴没有储藏钱粮的仓库，居无定所，如候鸟一样迁徙不定，很难制服。这次我们虽然重创匈奴，但占领的土地不能耕种，俘获的民众不能设置官府掌管。自大汉开基以来，历朝都与匈奴和亲，边境安定，国家兴旺，百姓富庶，万民乐业。因此，臣坚持认为，应恢复与匈奴和亲。"

张汤当即反驳："什么是和亲？和亲就是用公主贿赂匈奴，换取匈奴不打我们。狄山，这种混蛋办法你也能说出口？"

狄山对张汤害死颜异之事一直愤愤不平，一听张汤出言不逊，狄山的火就压不住了，说："和亲是高祖确定的，经孝惠帝、孝文帝、孝景帝，一直延续到当今陛下，即便陛下初登大位之时，也曾与匈奴和亲。张汤！你这一句话，骂了汉家五位皇帝，你这是忤逆！是造反！该灭九族！"

/ 第九章 /

霍去病生性好斗，只要我们杀了狄山，霍去病绝不会不
管；只要霍去病有所行动，我就让他死无葬身之地……

狄山的话比刀子还锋利，张汤这才觉得自己话语有失，吓得
"扑通"一声给刘彻跪下了，说："陛下，臣绝无此意，绝无此意
呀！高祖时期，大汉初立，国力虚弱，孝文、孝景二帝时府库虽然
充盈，但军队并不强大。现在我大汉兵强马壮，再与匈奴和亲，实
在是有辱陛下，有辱几位先帝呀，陛下！"

刘彻神色木然，训斥狄山："狄山，你危言耸听了！"

狄山诺诺道："是，陛下。"

刘彻一摆手道："张大人平身。"

金日磾知道张汤心黑手狠，见陛下袒护张汤，不禁为狄山捏把
汗。金日磾想为狄山说话，可自己位卑言轻，又是匈奴人，只得低
下头。

张汤站了起来道："谢陛下圣恩。"

刘彻点点头道："嗯。"

见刘彻没怪自己，张汤来劲儿了，手指狄山，像呵斥孩子一样："你这个愚笨的儒生，除了和亲，你什么都不懂！"

狄山针锋相对："我不是愚笨，是愚忠，而你张汤乃是诈忠！"

狄山再次直呼张汤的姓名，张汤气坏了，声嘶力竭道："胡说八道！我对陛下的忠心天地可鉴！"

狄山寸步不让："天网恢恢，疏而不漏。不是不报，时辰未到！"

刘彻一拍几案道："行了！"

狄山和张汤都不说话了。

刘彻逼视狄山道："朕让你掌管一郡，你能不让匈奴进犯吗？"

狄山心想，陛下这是什么意思？难道想借匈奴之刀杀我不成？不要说我掌管一郡，就是卫青、霍去病掌管一郡，也不敢说不让匈奴进犯。

狄山实话实说："不能。"

刘彻又问："让你掌管一个县呢？"

狄山又道："不能。"

刘彻的话冷得直冒寒气，说："那掌管一个要塞呢？"

狄山看了刘彻一眼，见他的目光如刀一般，暗道不好，如果我再说不能，陛下眼睛一瞪，说我只会高谈阔论，却畏敌如虎，一句话就会把我下狱。我一旦入狱，就落到张汤之手，张汤不可能放过我。与其在张汤手上受辱而死，还不如在边境为国尽忠。

狄山把胸脯一挺道："能！"

"那你就到五原郡守一个要塞吧。"刘彻的话仿佛是从牙缝里挤出来的。

"是!"狄山大义凛然。

金日磾大吃一惊,狄山是博士,是文官,从没领过兵,让他去五原郡,还能活着回来吗?

朝堂上唇枪舌剑,谁也没注意武将之中的关内侯李敢。

李敢站在卫青身后,看着卫青的后脑勺,想到父亲李广之死,暗中发狠,卫青啊卫青,你逼死我爹,我和你不共戴天!

李敢正想着,刘彻袖子一甩道:"散朝!"

李广少年时就与匈奴作战,一生征战七十多次,历任七郡郡守,当了四十多年二千石官员。汉军第九次北击匈奴之前,李广是郎中令。郎中令是九卿之一,是皇帝身边的高级武官,负责宫廷安全。

在汉朝,无论是文官还是武将,封侯是他们最大的人生追求。封侯是爵位,不是官位。无论三公还是九卿,都有离职的时候。爵位则不然,一旦拥有,只要不触犯律法,就可子孙世袭,封妻荫子,代代相传。

然而,命运常常捉弄人。李广虽然英勇善战,多次立功。可是,在汉朝第一次北击匈奴时,匈奴重兵合围,李广受伤被俘。匈奴人深知李广的威名,想收降他,因此,单于命军兵把李广放在两匹马中间的网上,准备把他带回营中治疗。李广趁匈奴兵不注意,突然从网上一跃而起,跳上一匹马,用夺来的弓箭射杀追兵,得以逃脱。就是这次,李广被匈奴人称为"飞将军"。然而,李广所部损失惨重,他本人被擒,按律当斩。他交纳赎金,被贬为庶人,从前的战功全部归零,眼看就要到手的侯爵没了。

经过十年的汉匈战争，李广部下一个个封侯，李广非常着急。可是，"非有功者，不得封侯"，这是硬性规定。在第九次北击匈奴时，李广已年过六旬，这是他封侯的最后机会。因此，李广非常想当主攻。当了主攻，他就能正面与伊稚斜单于交锋，立功的机会就大大增加，封侯的希望也大大提高。

可是，出征前，刘彻向卫青交代，不得以李广为主攻。其实，不当主攻，也并不见得就不能立功。然而，命运死活跟李广过不去，就是这样一位与匈奴打了一辈子仗的老将，居然在行军途中迷路，贻误战机，寸功未立。卫青要向李广问责，李广拔刀自刎。

李广有三个儿子，长子、次子都已过世，仅剩三子李敢。刘彻没想到李广如此刚烈。在内疚之下，他让关内侯李敢接替其父当了郎中令。

李敢知道，是陛下不准父亲当主攻，但他不能也不敢恨刘彻，只能恨卫青。

下了朝，卫青乘轿回府。行至半路，李敢飞马而来，一下子把卫青的轿掀翻了，卫青从轿里摔了出来。

李敢从马上跳下来，举剑就刺，卫青躲闪不及，中剑受伤。卫青身边的人一拥而上，把李敢围在当中。

卫青对李广之死深感自责，呵斥家人："不要伤害李大人！"

李敢见这么多人保护卫青，杀他已无可能，上马而去。

卫青、李敢，一个是三公，一个是九卿，九卿当街行刺三公，长安城很快就传遍了。

这可把霍去病气坏了。几天后，陛下到上林苑打猎，李敢和霍去病、金日磾护驾。李敢、金日磾随刘彻走在前面，霍去病故意落后，举箭射向李敢，李敢一下子从马上摔了下去。

金日磾跳下马，扑上前，李敢张了张嘴，身亡了。

刘彻火冒三丈，说："霍去病，你居然当着朕的面，无端射杀郎中令！你以为你有功就胆大包天了吗？你这般嚣张跋扈，你将朕置于何地？"

刘彻真想把霍去病处死，可又一想，匈奴未灭，还得用霍去病，只得忍了下来。这毕竟是件丑事，刘彻告诉身边的人，就说李敢是在打猎时被鹿撞死的。

刘彻回到宫中，仍余怒未消。酒菜都摆了上来，他看也不看。金日磾小心提醒："陛下，该用膳了。"

刘彻气哼哼地说："一顿不吃，朕饿不死！"

金日磾不敢再说了。

刘彻思索着，那么多人看见霍去病射杀李敢，真相是瞒不了多久的。霍去病在朝中人缘不好，如果群臣揪住这件事不放，朕就是想保他，也没有充分的理由。怎么办呢？刘彻想到狄山。狄山有学问，有胆识，但他毕竟是一介书生，他说他能守住一个要塞，那是我在激他。我心中有数，狄山是不可能守住要塞的。

刘彻对金日磾道："传朕口谕，叫霍去病去巡视五原。"

刘彻让霍去病巡视五原有三层意思：一是躲避射杀李敢这件事；二是保护狄山；三是打探匈奴情况，择机第十次北击匈奴。

金日磾应道："是，陛下。"

金日磾刚要走，刘彻把他叫住了："你也准备一下，随霍去病一起去五原。切记！你要留意他的一举一动，一有情况，随时向朕密报。"

密报？陛下对我如此信任！金日磾十分感动，说："是，陛下。"

霍去病和金日䃅到五原郡没多久，匈奴就知道了。

伊稚斜单于惊问："霍去病和金日䃅带了多少人马？"

探马以手抚胸道："回大单于，只有三百骑兵。"

伊稚斜单于感到奇怪，就算霍去病有通天的本领，也不可能带三百骑兵进攻匈奴。可是，不进攻匈奴，他到五原干什么？

伊稚斜单于的长子乌维、次子句犁湖、三子且鞮侯，以及自次王赵信和狐鹿姑都在。众人想了半天，也没有一致的结论。

就在这时，一个军兵来报："启禀大单于，国师求见。"

伊稚斜单于带领众人把中行说接进金顶大帐。中行说脸上的皱纹如刀刻般，虽然老态龙钟，但往日的病容不见了。

中行说道："恭喜大单于！贺喜大单于！"

伊稚斜单于心想，这一年多，我就没有好时候，哪有什么喜事？

中行说见伊稚斜单于一脸懵懂，笑道："大单于，霍去病射杀李敢。这不是一喜吗？"

伊稚斜单于一愣道："国师从哪里得的消息？"

中行说道："长安，平阳公主府。"

伊稚斜单于惊道："怎么？国师跟平阳公主有交情？"

中行说摇了摇头道："大单于，你听我说……"

中行说是邯郸人，小时候，家道殷实，衣食无忧。十岁那年冬天，天降大雪，有一位父亲和他的八岁女儿昏倒在中行说家门前。中行说一家救了这对父女。这对父女姓杨，父亲叫杨富，女儿叫杨姬。杨富有个弟弟叫杨贵，杨贵在长安做生意，杨姬随父亲要去长安投奔叔叔，因为途中盘缠被歹人劫走，父女二人没钱住店，流落街头。

中行说的父亲没有女儿，见小杨姬聪明伶俐，就把她收为义女，杨氏父女暂住在中行说家。第二年，中行说家着了一把大火，家产几乎全部烧光。中行说的父母急火攻心，都去世了，中行说成了孤儿。杨富投桃报李，带着中行说和女儿杨姬奔赴长安。

在长安，杨富找到弟弟杨贵，兄弟重逢，欢天喜地。可是，好景不长，仅仅过了三年，杨富病入膏肓。临终前，杨富把女儿杨姬许配给中行说，叫弟弟杨贵好好照顾这两个孩子，等他们长大之后，给他们圆房成亲。

杨富死后，弟弟杨贵对中行说和杨姬还是不错的。可是，杨贵的老婆看中行说和杨姬不顺眼，总是对杨贵说，中行说好吃懒做，杨姬小偷小摸。

有一天，杨贵的老婆满院子吵吵，说自己丢了一对镯子。全家上下到处翻，结果在杨姬的衣柜里找到了。杨贵的老婆又哭又闹，杨贵信以为真，把中行说和杨姬赶出家门。

当时，中行说十四岁，杨姬十二岁，两个孩子无依无靠，只能沿街乞讨。杨姬的嗓子特别好，就到酒肆客栈唱小曲。两个孩子过着有上顿没下顿的日子。

中行说不忍心靠杨姬吃饭，想出人头地，让杨姬过上好日子。在一次给人唱小曲的时候，中行说听说皇宫里招宦官。中行说对杨姬说，自己要阉割进宫。杨姬吓坏了，说什么也不答应。然而，那天晚上，杨姬唱小曲时遇到一个无赖，这个无赖不但不给钱，还对杨姬动手动脚，中行说上前与无赖辩理，却遭一顿打。

中行说牙一咬，心一横，走进一家专门阉割男人的地方。可是，阉割是需要花钱的，中行说连饭都吃不饱，哪有钱呢？他跪了一天，人家见他实在可怜，就满足了他。

中行说顺利入宫。然而，一入宫门深似海，整整十年，他才找到出宫的机会。在一家酒肆里，中行说见到杨姬。然而，杨姬已经嫁给一个叫李喜的艺人。李喜优伶出身，精通音乐，全家以歌舞为业。杨姬经常随李喜演出，虽然处于社会底层，但生活也算稳定。

中行说和杨姬抱头痛哭，从此，两个人成了异姓兄妹。李喜得知中行说和杨姬的经历，尤其是中行说为杨姬成了宦官，很感动，把中行说当成亲大舅哥一样看待。

中行说在宫中腿脚勤快，眼里有活。汉文帝六年（公元前174年），冒顿单于去世，其子稽粥继位，号老上单于。老上单于派人到长安请求和亲，汉文帝把宗室女子封为公主，远嫁匈奴。汉文帝觉得中行说机灵能干，就让他随侍公主。

凡是随公主去匈奴的宦官侍女，没有一个回来的。中行说心中牵挂杨姬，实在不想去。可是，胳膊拧不过大腿，中行说怀恨在心，便产生了报复之心。

临行前，中行说见了杨姬一面，两人都哭成泪人。

是锥子，只要放在兜里，就会冒出尖儿来。在匈奴，中行说得到三位单于的重用，被尊为国师。但这么多年，他无法忘记杨姬，二人一直保持秘密联系。

杨姬和李喜只生了一个儿子，这个儿子生了三子一女。因此，杨姬的孙辈有四个人，长孙李广利，次孙李延年，三孙女李妍，四孙李季。

受家庭熏陶，李氏四兄妹吹拉弹唱，无一不精，特别是李延年，不但精通多种乐器，而且由他谱的曲子唱遍长安城。

平阳公主府中养了一批能歌善舞者，听说李延年的才华后，平阳公主便把李延年召进府中。平阳公主经常出入皇宫，朝中发生的事她都知道。平阳公主在和李延年闲聊时，李延年知道了狄山、张汤在朝堂上的辩论，知道了霍去病射死李敢，也知道了霍去病和金日磾去五原。

老百姓对朝中的事无不津津乐道。李延年回到家中，就对全家人说了。

伊稚斜单于打了败仗，中行说病危。伊稚斜单于请萨满治好了中行说，中行说派人潜入长安，一方面看看妹妹杨姬，另一方面打探汉朝的动向。当听说汉朝发生的这一系列事件之后，中行说喜从天降，这才来找伊稚斜单于。

中行说说："大单于，霍去病生性好斗，只要我们杀了狄山，霍去病绝不会不管；只要霍去病有所行动，我就让他死无葬身之地……"

中行说把自己的想法一说，伊稚斜单于拍手叫绝。

/ 第十章 /

> 卫妻移花接木，把这三个私生子冠以卫姓，他们分别叫
> 卫青、卫步和卫广。你没看错，卫青的生身之父不是卫郎，
> 而是郑季。

狄山来到五原郡，五原郡守把他安排在石门塞。石门塞位于今内蒙古自治区包头市昆都仑河谷。阴山山脉的乌拉山与大青山交汇于此。石门塞是匈奴南下的重要通道之一。

石门塞驻扎着四百汉军。狄山依靠两个头领，修筑营垒，组织军兵训练。可是，两个头领以为匈奴刚打了败仗，没有能力南下，也不敢南下，因此放松了警惕。

一天夜里，乌维率一千骑兵，突然杀进石门塞，汉军措手不及，狄山殉难，四百军兵只逃脱三人。

消息传到五原郡九原城，霍去病火冒三丈，要立刻调集五原郡的军兵追杀乌维。金日磾劝霍去病上报朝廷，请陛下定夺，五原郡守也同意金日磾的主张。

当时，由于经常对外发动战争，朝中重武轻文，丞相、大司马、御史大夫虽然都是三公，但是大司马的权力高于丞相和御史大夫。年少轻狂是人的通病，尤其是年少得志者。霍去病二十二岁晋升为大司马，哪把金日磾和五原郡守的话放在心上。

霍去病想，等把消息送到长安，圣旨再传回五原郡，乌维早就跑了。他背着金日磾和五原郡守，率三百骑兵追了下去。

霍去病两天两夜跑出九百多里。此时，烈日当空，天上一片云也没有，在太阳的烘烤下，草叶都耷拉下来。霍去病低头一看，见地上有零乱的马蹄印，还有马粪。他扯住缰绳，跳下马，用脚碾了碾马粪，发现马粪中间还是湿的。他大喜，乌维离我们最多不超过二十里。

霍去病下令："追！"

霍去病带领的三百骑兵又累又渴又饿。累可以坚持，饿也能忍耐，渴却极其难熬。军兵每个人的嗓子都跟着了火似的，马也一个劲儿地打响鼻儿，不往前走。

霍去病把佩刀拽了出来，用刀背狠抽马的后胯，马又向前飞奔而去，其他军兵只得紧随其后。

霍去病又跑出十几里，他胯下的战马突然鬃毛乍了起来，速度猛然加快。霍去病多次远征漠北，他知道，马通过空气中的水汽，能发觉附近的水源。霍去病也渴极了，想让人马先喝点水，然后再追。

霍去病信马由缰，其他的战马也都兴奋起来，纷纷向前跑去。

又跑了一里多，果然，前面出现一个水潭。霍去病想拉住马，人喝完再让马喝，可根本拉不住。他索性放开了，人马一起狂饮。

他喝了一肚子水才发觉，这水有股臭鸡蛋味。可是，一切都来不及了，他的肚子疼了起来，而且疼得越来越厉害，仿佛有人揪自己的肠子一般。

他大叫："水中有毒！"话音未落，几个军兵和几匹战马相继倒下。

就在这时，前面尘土飞扬，乌维率匈奴兵围了过来。霍去病有心拔刀，可浑身没有一点力气。

乌维一阵冷笑道："霍去病，你的死期到了！"

乌维举起弯刀，向霍去病砍去。

人畜死后，如果不及时掩埋，很容易引发瘟疫。这次战役双方死了那么多人，有相当一部分暴尸荒野，匈奴有的部落出现了瘟疫。中行说给伊稚斜单于出主意，把疫区的死尸埋到这个水潭边，然后把水潭中的水放过来，没过尸体。天气炎热，尸体在水中迅速腐烂，水潭成了毒潭。

乌维把霍去病引到这个水潭，霍去病等三百军兵和战马全部中毒，当场死亡一大半。霍去病仗着年轻，身体强壮，勉强还能站着，但已经手无缚鸡之力了。

眼看乌维的刀到了霍去病的头顶，就在这千钧一发之际，金日磾纵马而来。他摘弓搭箭，"嗖"的一声，这箭正中乌维的右臂，乌维手中的刀落在地上。

在金日磾身后，五原郡守率大队人马也跟了上来。乌维见势不妙，负伤而去，匈奴兵也跟着跑了。

一见金日磾，霍去病再也坚持不住了，身子一软，倒在地上。

金日磾跳下马，抱起霍去病的头说："大司马！大司马！大司马……"

霍去病的脸色发青，嘴唇发紫，昏迷不醒。

金日䃅派人飞报长安，同时，命军兵把霍去病抬回九原城。医官给霍去病灌下解毒药，但没有起作用。刘彻派太医赶往九原城，然而已经来不及了。

元狩六年（公元前117年）秋，霍去病离开人世，年仅二十四岁。

刘彻怒发冲冠，当即就要调兵，张汤道："陛下，北击匈奴不难，可是由谁领兵？"

此时，卫青已经娶了平阳公主。刘彻想了想，除了卫青，别人根本不行。

张汤又问："如果卫青再破匈奴，陛下给他什么爵位？封他什么官？"

刘彻的眉头皱了皱，卫青现在是长平侯，食邑一万六千三百户。他三个未成年的儿子全部封侯，每人一千三百户，卫家食邑总共两万零两百户，已经超过诸王。卫青身居大司马高位，是人臣中最大的官，已经封无可封了。不但如此，卫青的妹妹卫子夫是皇后，卫青手下的副将及校尉九人封侯，每个人都身居要职。刘彻想，虽然卫青娶了平阳公主，可万一有变，不是自掘坟墓吗？

刘彻又想到钱，昨天桑弘羊来报，现在府库中的积蓄可供二十万人马用三个月。第九次北击匈奴，卫青、霍去病各领二十五万人马，打了四个月。这次卫青一个人领兵二十万，打三个月，能有几分胜算？

刘彻长叹一声，只得作罢。

霍去病的死讯传到匈奴，中行说大笑三声，一口气没上来，死了。

就在伊稚斜单于厚葬中行说的同时，刘彻按照祁连山的形状，为霍去病修建了一座高大的坟墓，并把霍去病的弟弟霍光召到皇宫，封他为侍中，与金日磾一起随侍在身边。

霍光与霍去病同父异母。霍光的母亲是谁，史书上没有记载，但对霍去病母亲及外祖母的身世却写得清清楚楚。

霍去病的母亲叫卫少儿，卫少儿的母亲是卫媪。媪就是老太太。卫媪，即"老卫太太"或"卫老太太"。显然，这不是人名，而是其上了年纪时，人们对她的俗称。史书上没有留下卫少儿父亲的名字，我们姑且称之为"卫郎"。我们把这对夫妻称为"卫郎""卫妻"。

卫妻童年时就卖身于平阳侯府，做了小丫鬟。平阳侯是汉高祖刘邦开国功臣曹参的封号，曹参是汉朝的丞相。成语"萧规曹随"，意思是按照前人的规定办事。萧就是萧何，曹就是曹参。

萧何是刘邦创立汉朝时的三大功臣之一。刘邦曾说："运筹帷幄之中，决胜千里之外，吾不如子房；填国家，抚百姓，给馈馈，不绝粮道，吾不如萧何；连百万之军，战必胜，攻必取，吾不如韩信。三者皆人杰，吾能用之，此吾所以取天下也。"子房就是大谋士张良。

萧何是汉朝的第一任丞相，他病逝后，曹参继任。曹参觉得萧何确立的制度太完善了，因此当了丞相之后，对萧何所有的制度一字未改，完全照搬，汉朝被治理得井井有条。"萧规曹随"，就是这么来的。

汉朝的爵位可以世袭。从曹参开始，平阳侯传到第四代曹参的曾孙曹寿时，刘彻的大姐嫁到平阳侯府。从此，刘彻的大姐因丈夫的封号而称平阳公主。平阳公主未嫁之前，卫妻就是平阳侯府的使女。

卫妻与卫郎生了一男三女：长子卫长君，长女卫君孺，次女卫少儿，三女卫子夫。后来，卫妻与平阳公主府当差的县吏郑季私通，又生了三个儿子。这三个儿子本该姓郑，可是卫妻移花接木，把这三个私生子冠以卫姓，他们分别叫卫青、卫步和卫广。你没看错，卫青的生身之父不是卫郎，而是郑季。

卫青的三姐卫子夫能歌善舞，因为母亲卫妻的缘故，卫子夫成为平阳公主府的歌女。那时，李氏兄妹还没有长大，并不为人所知。

建元二年（公元前139年）春，十八岁的刘彻祭祖归来，顺路到平阳侯府看姐姐。酒宴前，平阳公主让卫子夫唱歌助兴，刘彻一眼就看上了卫子夫，并把她带进皇宫。

皇宫美女如云，没几天，刘彻就把卫子夫忘到九霄云外。一年后，刘彻觉得宫中的美女太多，想把一些宫女放回民间。他让宫女们站成几排，亲自确定被淘汰者。可是，刘彻发现卫子夫也在其中，便将她留下来。

不久，卫子夫时来运转——怀孕了。刘彻后宫佳丽三千，却广种薄收，仅卫子夫一人怀孕。这引起刘彻的皇后陈阿娇的强烈不满。陈阿娇和刘彻青梅竹马，但二人成亲多年，未能生育。卫子夫抢占先机，陈阿娇妒性大发，便向刘彻摔桌子砸碗，刘彻理也不理，转身就走。陈阿娇又在母亲馆陶公主面前哭闹。

馆陶公主是汉景帝的同母姐姐，是刘彻的姑姑兼丈母娘。当年，汉景帝废掉太子刘荣，立刘彻为太子，馆陶公主起了很大作用。虽然如此，馆陶公主还是不敢对卫子夫下手，也不好责怪平阳公主。可是，怎么给女儿出气呢？馆陶公主派人去抓卫青。此时，卫青在平阳公主府打工。馆陶公主要处死卫青，有人飞报刘彻。

对于陈阿娇的刁蛮和骄横，刘彻早就忍无可忍了。他派人救了卫青，封卫青为侍中，又封卫子夫为夫人。从此，卫家青云直上。

卫子夫第一胎生了个女儿，这是刘彻的第一个孩子。初为人父，刘彻非常高兴。一晃就是十年。十年中，后宫那么多美女，刘彻还是颗粒无收。随着春天的来临，卫子夫给刘彻生了第一位皇子。刘彻时年二十九岁。他激动得眼泪都要下来了，并为皇长子起名刘据。这年，陈阿娇已被废三载，母以子贵，卫子夫被立为皇后。

卫青的二姐卫少儿在平阳侯府做丫鬟时，平阳县吏霍仲孺也在平阳侯府当差。卫少儿爱上了霍仲孺，生下威名赫赫的霍去病。卫少儿本以为有了儿子，就可以成为霍仲孺的正妻。哪知，霍仲孺在离开平阳侯府时，都没和卫少儿打声招呼，而且一去便无音讯。

霍仲孺走后，卫少儿带着霍去病，孤儿寡母，生活艰辛。卫少儿又看上一个人，他叫陈掌。陈掌是汉朝开国功臣曲逆侯陈平的庶曾孙。陈掌的弟弟陈何是第四代曲逆侯，因强抢他人妻子，被弃市处决，侯爵被废。陈掌落魄，也跑到平阳公主府打工。卫少儿和陈掌你情我愿，搭伙过日子。

卫少儿请三妹卫子夫给陈掌谋个差事，卫子夫向皇帝通融，刘彻召陈掌入宫为官，并使这对露水夫妻结为百年之好。

为什么霍去病不随继父姓陈呢？这其中还有一段故事。相传，霍去病出生后，卫少儿十分伤心，一直没给孩子起名。有一天，卫少儿抱着孩子去皇宫探望三妹卫子夫。皇宫之中十分安静，宫女宦官说话低声细气，走路也很轻。然而，孩子突然大哭，哭声如同打雷一般。刘彻因染风寒躺了好几天，孩子的哭声把他惊出一身汗，顿觉神清气爽。刘彻见卫少儿跪在地上直哆嗦，就叫她把孩子抱过来。刘彻一逗孩子，这孩子咯咯地笑了，刘彻很高兴。得知孩子还没起名，刘彻灵机一动说："这个孩子霍然大哭，把朕的病吓跑了，这孩子就叫霍去病吧！"

就这样，霍去病歪打正着，姓了霍。

霍去病少年时就精于骑射，刘彻很喜欢他。十八岁时，霍去病入宫做了侍中。不久，随卫青北击匈奴，因功被封为冠军侯。

元狩二年（公元前121年），霍去病被封为骠骑将军，位同三公。在北击匈奴的途中，霍去病被河东郡守接回，并派人请来霍仲孺，父子得以相认。凯旋后，霍去病再次看望父亲霍仲孺，并将异母弟弟霍光带回长安，推荐给刘彻当了郎官。霍去病死后，刘彻对霍光特别关照，霍光对刘彻也特别忠心。

卫青的大姐卫君孺也在平阳公主府当丫鬟。因为卫子夫的原因，刘彻将卫君孺嫁给公孙贺。

早在刘彻还是太子的时候，公孙贺就被封为太子舍人，成为刘彻的保镖。刘彻即位后，公孙贺升任太仆，位列九卿。公孙贺先后七次随军北击匈奴，因功被封为南奅侯，后来当了丞相。公孙贺与卫君孺生了个儿子，叫公孙敬声。公孙敬声极不争气，后来因为他，公孙家被满门抄斩，皇后卫子夫自杀，太子刘据上吊。

卫青有两个弟弟叫卫步、卫广。他们和卫青一样，都是卫妻和郑季的儿子。史料没有记载卫步。刘彻冷落卫青之后，有位中郎将叫卫广。他在平定南越、攻打昆明的两次战争中立了功。史学家猜测，这个卫广可能是卫青的弟弟。

再说卫青。卫青小时候被送到亲生父亲郑季家中。郑季家虽然不是名门大户，但郑季在县里当差，家境还不错。郑季看不上这个儿子，在卫青童年时，天天让他放羊。郑季的其他儿子也不把卫青当成同胞兄弟，对他动辄打骂。卫青在郑家实在待不下去了，便回到母亲身边。在十四五岁时，卫青做了平阳公主的马夫。

卫子夫得宠后，卫青同母异父的大哥卫长君进宫当了侍中，但时间不长，卫长君就去世了，刘彻命卫青接替卫长君。十年后，卫青升任太中大夫，成为千石官员。元光六年（公元前129年），汉匈战争爆发，卫青率军进入草原，高奏凯歌，一路升迁，直到大将军、大司马。

平阳侯曹寿患病死后，平阳公主年轻守寡，后来准备改嫁。汉朝的公主一般都嫁给列侯，这是惯例。平阳公主问身边的人："列侯当中谁最有本事？"左右都说大将军卫青。平阳公主笑道："他从小在我府上长大，一直是我的仆人，我嫁给自己的仆人不合适吧？"左右都明白平阳公主是假意推辞，就说："大将军已非当年，现在可是尊贵无比呀！"平阳公主进宫跟皇后卫子夫提及此事，卫子夫转告刘彻，刘彻笑道："我娶了卫青的姐姐，现在卫青又娶我姐姐，这倒是很有意思。"刘彻下旨，平阳公主成为卫青的夫人。

刘彻不以卫青和霍去病出身低贱而鄙视他们，而是大胆启用卫青、霍去病，舅甥二人在战场上大展奇才，为汉朝立下不朽之功。

/ 第十一章 /

　　金日磾很激动，狐鹿姑是我的结义兄弟，上次他来长安请求和亲，三到我家，我连门都没让进。金日磾心中一直过意不去，今天他来了，我不能不见。

　　霍去病死了，卫青不能重用，朝廷财力又不充足……刘彻心中一闪，朕和匈奴打了这么多年，匈奴虽然有所削弱，但并没有一蹶不振。而朝廷的耗费却数不胜数，将士尸骨堆积如山，到底北击匈奴是对还是错呢？

　　刘彻想到了和亲，但又摇了摇头，主张和亲的大臣被我杀的杀，贬的贬，放的放。匈奴使者请求和亲，我也没有答应，而是派任敞去招降匈奴，致使任敞北海牧羊，狄山被匈奴所杀，霍去病中毒而亡。如果由我提出和亲，朕的颜面何存？威严何在？

　　"可是，如果匈奴再次南下，当如何应对呢？"刘彻无意中把自己的心里话说了出来。

　　金日磾和霍光都在刘彻身边，二人对视一下，难道陛下在向我们问计？

刘彻见金日磾和霍光面有窘色，便道："你们随便说，说错了也没关系。"因为霍去病之死，刘彻对霍光高看一眼，"霍光，你先说。"

霍光受宠若惊，又有点冒汗，说："回陛下，从前，赵武灵王修过长城，秦始皇也修过长城，我们汉朝是不是可以效仿他们？"

刘彻点了点头，霍光说得还挺靠谱。

刘彻又问金日磾："金日磾，你是匈奴人，你觉得修长城如何？"

"回陛下，匈奴都是骑兵，骑兵善于平地冲杀，遇到高大障碍很难跨越。如果用好长城，匈奴肯定会望而却步。"金日磾又补充说，"秦长城、赵长城都在，只要加固修复长城，匈奴就不敢轻易南下。"

刘彻挺满意，这倒是个折中的办法。可是，修长城是需要钱的，他皱了皱眉。

金日磾道："陛下不必忧虑，把牢中的囚犯放出来，再从七科谪中征集一些人，让他们去修长城。是囚犯，只要他们干得好，就赦其无罪；是七科谪，只要他们肯出力，就使他们成为良家子。如此一来，朝廷是花不了多少钱的。"

刘彻心头一喜道："这个办法好！"

七科谪是被朝廷打压的七种人，与七科谪相对的就是良家子。汉朝良家子是指遵循伦理纲常，没有劣迹，从事农桑者。

可是，让谁带他们去修缮长城呢？

刘彻想到一个人，此人叫徐自为，原是一个郎官，后随霍去病北击匈奴，赐爵大庶长。徐自为在朝中无亲无故，没有根基，也从不拉帮结伙，攀附权贵。

不过，徐自为一个人不行，还得有个帮手。刘彻看了看金日磾，又瞅了瞅霍光，最后将目光落到金日磾身上。

刘彻眉头一动道："金日磾？"

金日磾道："微臣在。"

刘彻问："你夫人去世已经两年多了吧？"

金日磾道："谢陛下关心，贱内去世两年零一个月。"

刘彻道："朕从皇族中选个翁主指婚给你，你可愿意？"

金日磾一下子愣住了。

西汉时期，皇帝的女儿叫"公主"，诸王的女儿叫"翁主"。不过，皇帝也可以把翁主封为公主。后人常常把翁主与公主混为一谈。其实，二者是有较大差别的。

刘彻要把一位翁主嫁给金日磾，瞬间，金日磾的脑海中闪过一个姑娘。金日磾正不知如何是好，霍光一捅金日磾，说："这是何等荣耀，你怎么还不跪倒谢恩？"

金日磾"扑通"跪倒在地，说："陛下，微臣惶恐，微臣不敢。"

刘彻一笑道："这么说，你是同意了？"

金日磾的心"怦怦"跳个不停，说："不，陛下，微臣……微臣……微臣不……"

刘彻的眼睛一瞪说："什么？你敢跟朕说不？"

金日磾的身子一颤，霍光见陛下动怒，小声提醒金日磾："还不快谢恩！"

金日磾嗫嚅道："谢……谢……谢陛下圣恩！"

刘彻高兴道："这就对了。起来吧。"

刘彻兄弟十四人，刘彻排行老十。老三鲁恭王刘余死得早，留下一个女儿，叫刘自君，年方十八岁。刘自君相貌出众，知书达理。刘彻做主，把她许配给金日磾。

刘自君和金日磾仅甜蜜了十天，刘彻就召金日磾上朝，加封金日磾为中散大夫，俸禄六百石，命他和大庶长徐自为去修缮长城。

新婚宴尔，刘自君难舍难离，一直把金日磾送出长安城。平阳公主郊游归来，见刘自君哭成泪人。平阳公主实在看不下去了，对金日磾说："你先别走，我进宫找陛下把你留下来。"

金日磾忙道："公主，个人事小，国家事大，修长城关系朝廷安定、百姓幸福。下官能为陛下分忧，倍感荣幸，请公主千万不要找陛下。"

刘自君抹了一把眼泪，对平阳公主说："姑姑，让日磾去吧，我不拖他的后腿……"

平阳公主的眼泪也掉了下来，说："你们这两个孩子，真是让人心疼。"

平阳公主回到自家门前，刚要下车，又改变了主意，让车夫把车赶到皇宫。

刘彻正在看《战国策》，侍中霍光来报："陛下，平阳公主求见。"

刘彻放下竹简，说："请平阳公主进来。"

平阳公主来到刘彻面前，说："陛下。"

刘彻见平阳公主眼圈发红，便问："大姐，怎么了？"

平阳公主道："我在城外见到自君和日磾了，两个孩子抱头痛哭，我的心很不好受。三哥走得早，就留下自君一个女儿，他们小夫妻才成亲十天，日磾就要去修长城。要不，把日磾换回来，让别人去行吗？"

刘彻站了起来，来回走了几趟，说："是金日䃅叫大姐来的，还是自君叫大姐来的？"

平阳公主摇了摇头，说："都不是。他们谁也没叫我来，是我看不下去才来的。"

刘彻慢慢地坐下，长叹一声道："皇帝不好当啊！大姐，你知道我为什么把自君嫁给金日䃅吗？"

平阳公主未加思索道："日䃅聪明能干，一表人才，对陛下忠心。"

刘彻道："聪明能干，一表人才，对朕忠心的人很多，但金日䃅是匈奴人。匈奴人，聪明能干，一表人才，对朕忠心，这才是朕最需要的。所以，朕派他和徐自为去修缮长城。"

平阳公主摇了摇头道："我还是不明白。"

刘彻苦笑一下，说："大姐不是皇帝，当然不会明白。还是让日䃅去吧，朕不会亏待他的。"

刘彻委婉地拒绝了平阳公主。

早在战国时期，秦、赵、燕三国为了防御北方游牧民族南下，在各自的北部边境筑起长城。

秦兼并六国，秦始皇把天下看作自己的家产，要子孙万代永远地传承下去。因此，秦始皇称自己是一世，他死之后，由儿子继承，为二世、三世、四世、五世……

古代，绝大多数帝王都有个逆天的想法，就是不惜一切代价追求长生不死，永远享受人世间的荣华富贵。

基于这种想法，秦始皇派方士卢生等出海寻找神仙，向神仙求长生不死之药。卢生到东海遛了一圈，两手空空而归。他担心秦始皇怪罪，便编出一套谎言，说他见到神仙，可神仙抠门儿，死活不给长生不死药。不过，他趁神仙没留神，把神仙书上的内容抄录下来。秦始皇有些失望。可是，当卢生把这个手抄本捧给秦始皇时，秦始皇大吃一惊，上面赫然写着"亡秦者，胡也"。

灭亡我大秦国万年基业的是"胡"！谁是"胡"？匈奴人自称"胡人"。秦始皇恍然大悟，原来灭大秦者是匈奴！因此，秦始皇命大将蒙恬率三十万大军北击匈奴。匈奴战败，退到阴山山脉以北。

秦始皇仍不放心，为了防御匈奴人卷土重来，又命蒙恬修筑长城，试图把匈奴人永远挡在阴山之外。

蒙恬把秦长城、赵长城、燕长城连接为一体，并加固，形成西起临洮、东至辽东的万余里高墙，史称万里长城。

长城是世界上修建时间最长、工程量最大的古代军事防御工程，在世界上绝无仅有。长城不只是一道城墙，长城沿线还有敌楼、关城、哨所、烽火台等多种防御工事。

简单地说，长城就是障碍物，是阻挡北方游牧民族南下的障碍物。中原王朝都想用这个障碍物挡住游牧民族，但是，历史证明，这个障碍物不是不可翻越的。确切地说，长城从来没有挡住游牧民族，只是增加了游牧民族南下的难度而已。

五原郡是农耕文明和草原文明争夺最为激烈的地区之一，这里的长城损毁最为严重。五原郡是拱卫长安的第一道大门，长期以来，一直都有重兵把守。因此，徐自为和金日磾驻扎在五原段长城下的一个要塞，由军兵监管囚犯和七科谪修缮长城。

囚犯和七科谪都想好好表现，早日修完长城，争取改变身份，与家人团聚。所以，工程进展得很快。

秦长城主要修筑在险峻的山岭上。攻山是仰攻，本就很难，山上又筑有高墙，进攻就更难了。所以，匈奴军兵一般不在这里进攻。有山必有谷，山谷中的长城是薄弱环节，匈奴军兵通常选择从山谷进攻。秦长城在阴山的各个山谷中都筑有要塞。匈奴与汉打了这么多年，要塞损毁较多，修缮长城，首先要加固要塞。

天气炎热，没有风，囚犯和七科谪们有抡锤的，有打夯的，有抬石头的，有垒墙的……每个人都汗流浃背。

徐自为和金日磾进行分工，这段长城由金日磾负责。

一个军兵跑到金日磾面前说："金大人，有一支匈奴骑兵杀来了！"

虽然是修缮长城，但为防匈奴骚扰，长城沿线都有戒备。

金日磾吩咐一声："打旗语，按计划行事！"

金日磾话音一落，山上的军兵摇动大旗，军兵和囚犯、七科谪立刻分散到两旁的山上。山上堆着无数石头，只要匈奴骑兵上前，人们就往下扔石头。

匈奴骑兵来到要塞口，却没有进攻。为首之人向山上高喊："汉军弟兄们，我是匈奴大单于的孙子狐鹿姑，请你们的金日磾金大人出来搭话。"

军兵马上报告金日磾。金日磾很激动，狐鹿姑是我的结义兄弟，上次他来长安请求和亲，三到我家，我连门都没让进。金日磾心中一直过意不去，今天他来了，我不能不见。

金日磾骑上一匹马，来到要塞口，两个人相距只有五步，狐鹿姑在马上以手抚胸道："日磾，你还认识我吗？"

金日磾没有向狐鹿姑施匈奴礼，而是以汉人的方式抱拳拱手道："义兄！"

狐鹿姑口气和缓道："我们能说几句知心话吗？"

金日磾很想和狐鹿姑共述别离之情，可他却摇了摇头道："不，不能。"

狐鹿姑有些失望道："日磾，你变了，你变得让我认不出来了。"

金日磾心中一阵悲凉，狠了狠心道："相见不如不见，义兄，要是你没有别的事，就请回吧。"

狐鹿姑压低声音说："日磾，我去长安看你，你却把我关在门外。听说你来修长城，我专程找你，我有一肚子话要对你说。"

金日磾避开狐鹿姑的目光，沉默了。

狐鹿姑把马往前提了提，两个人马头对着马头。狐鹿姑深情地说："日磾，我们结拜的时候说过，我们兄弟像影子一样永不分开，你不会忘记吧？"

金日磾长叹一声："怎么能忘记？小时候结拜的情景经常出现在我的梦里。"

狐鹿姑压低声音说："日磾，你记得赵信吧？赵信从汉朝回到匈奴，大单于封他自次王，除了大单于，所有的诸王之中，他最为尊贵。大单于说了，浑邪王杀了你阿爸，胁迫你投降汉朝，这不是你的错。只要你能为匈奴效力，就封你为王，位列诸王之上……"

金日磾断然道："住口！我既然投降汉朝，生是汉朝的人，死是汉朝的鬼！"

狐鹿姑的气也上来了，说："山羊跑进鹿群，你以为你就不是山羊了吗？麻雀钻入百灵的巢穴，你以为你就不是麻雀了吗？你身上流着匈奴人的血，无论走到哪里，你都是匈奴人！你也不想想，匈奴那么多人投降汉朝，哪个得到重用了？有吗？"

金日碑不再理狐鹿姑，一拨马转身就走，狐鹿姑的马往前一蹿，拦住金日碑道："日碑，迷路的羔羊，会被狼吃掉的！听义兄一句话，我们永远都是好兄弟……"

金日碑喝道："让开！"

狐鹿姑道："不，我们是结义兄弟，我不能眼睁睁地见你陷入泥潭不管！"

金日碑摘弓搭箭，拉满弓道："念在我们以前的情分上，我还叫你一声义兄。我不想伤害你，让开！"

狐鹿姑一声冷笑道："行啊！没看出来，我的义弟要杀我！我倒要看看，你的箭是怎么穿过我的喉咙的。"狐鹿姑一扬脖，"射吧，往这射！"

金日碑吼道："不要逼我，让开！"

狐鹿姑道："只要你答应，我马上让开！"

金日碑道："休想！"

狐鹿姑斩钉截铁地说："那你就射死我好了！"

金日碑的手一松，一支箭飞出……

/ 第十二章 /

金日磾登上长城，查看几处垛口，又用手推了推，垛口
很坚固。他抬起头，不由自主地向北眺望。突然，一匹马跟
飞一般地跑来，眨眼间就到了长城脚下。

金日磾的这支箭射进了狐鹿姑的左肩，狐鹿姑在马上一晃。狐
鹿姑的手下将士要往上冲。狐鹿姑喝道："都不许动！这是我们兄
弟之间的事，不准任何人插手，违者处死！"

一队汉军也冲下山来，金日磾命道："你们都退下！"

汉军见匈奴军没往前冲，他们也都停住了。

狐鹿姑望着金日磾道："义弟，就算义兄求你了。"

金日磾又是一箭，这箭射进了狐鹿姑的右肩，狐鹿姑一下子从
马上掉了下去。

匈奴将士冲上前，跳下马，把狐鹿姑扶上坐骑，片刻消失在山
岭之中。

金日磾转过身，望着狐鹿姑远去的方向，呆呆地发愣。我的箭

射得深不深？义兄不会有危险吧？我这么做对不对？我是不是太无情了？我是不是违背了结拜时的誓言？

金日磾正在胡思乱想，一匹马飞奔而来，马上之人双肩偏窄，瓜子脸，高鼻梁，明眸皓齿，头上梳着十几条又细又长的辫子，额头上系着一条皮绳，皮绳的中间镶着一块碧玉，身披白色皮袍，衣襟左衽。此人看上去很美，这种美是自然之美、古朴之美，美得和谐，美得庄重。只是此人的眉宇之间藏着淡淡的哀伤。

不知谁叫了一声："匈奴女子！"

"是匈奴女子？"

"是匈奴女子！"

修筑长城的都是男人，他们几个月不见女性，眼前突然出现一个姑娘，每个人都忍不住观看。

姑娘的马跑向金日磾，两个人近了，更近了，二十步，十步，八步，五步……金日磾看清了，原来是她！

金日磾的心跳骤然加快。他一拨马，转身就走。哪知，匈奴女子一跃而起，纵身落到金日磾身后，双手抱住金日磾的腰道："我可找到你了！"

这个匈奴姑娘叫翁娣，是狐鹿姑的双胞胎妹妹，他们的父亲就是伊稚斜单于的三子且鞮侯。

当初，且鞮侯的牧场在贺兰山西麓，与休屠王的牧场相临，金日磾的父亲休屠王和且鞮侯相处得很好。日磾九岁时，与十岁的狐鹿姑结拜为弟兄，休屠王和且鞮侯正准备摆酒庆贺时，伊稚斜单于来了。

伊稚斜单于是篡位当上单于的。他担心太子夺权，追捕太子未果，来到休屠部落王庭。伊稚斜单于见日磾长得虎头虎脑，十分可爱。虽然狐鹿姑与日䃅结为兄弟，但为了稳定匈奴，伊稚斜单于做主把十岁的孙女翁娣许配给了日䃅。

日䃅和狐鹿姑结拜是一喜，日䃅与翁娣定亲又是一喜。不过，两个孩子太小，还没到成亲的年龄，亲事只能先放着。

光阴似箭，日月如梭，一晃，日䃅十三岁了。按照匈奴的风俗，每年秋天草黄马肥的时候，都要在龙庭举行盛会，统计人口，统计牲畜，各部落向单于缴纳一定的赋税。游牧民族的赋税很轻，通常都是进献一些良马和牛羊等。龙庭没有房子，无论是单于还是平民，都住帐篷，即便上交财物，单于也没地方存放。偶有诸王和部落首领献上金银珠宝，匈奴单于就把这些东西打成饰品，佩戴在自己或各阏氏身上。

这次盛会，且鞮侯被任命为左大都尉，他的全家都被召回龙庭。休屠王带着日䃅与且鞮侯一家同行。在盛会上，白天有赛马、摔跤、射箭等各种比赛，凡是优胜者，单于都有赏赐。入夜之后，篝火晚会开始，人们载歌载舞，欢庆一年的收成。

盛会结束，日䃅和父亲休屠王要离开龙庭，且鞮侯送休屠王，狐鹿姑送日䃅。翁娣纵马从后面追了上来，跳下马，扑到日䃅的怀中，日䃅有点不好意思。

翁娣道："我是你的女人，有什么不好意思？"

见此情景，且鞮侯和狐鹿姑父子先行告辞。

休屠王走在前面。翁娣送日䃅一程又一程。临别之时，翁娣再三叮嘱日䃅，两年后，一定要来娶她，日䃅当即答应。眼看天色将晚，一对有情人才不得不分别。

休屠王一行人返回部落途中，一群羌人劫掠休屠部落所属的屠各部族。近年来，这一带干旱少雨，草场不好，羌人和屠各部族不时发生摩擦。羌人人多势众，屠各部族眼看就顶不住了，休屠王拔出弯刀，率身边的十几个随从杀了过去。

匈奴人和中原人不一样，匈奴男儿五六岁时骑羊，弯弓射飞鸟、土拨鼠；十一二岁时骑马，射狐狸和野兔。没有战事时，他们一边放牧，一边猎取飞禽走兽；战事发生时，十几岁的半大男孩都能上阵杀敌。十三岁的日䃅身体强壮，跟十五六岁差不多。他抽出弯刀，一同参战。

休屠王、日䃅父子一到，局势逆转，羌人见势不妙，拨马就跑。休屠王率众追杀。然而，天降暴风雪，雪花打在脸上，如刀割一般，五步之外，几乎看不到人。暴风雪下了半个时辰才停，这时，日䃅不见了。

此时还没有入冬，休屠王和众人衣着单薄。休屠王既担心日䃅被冻死，又担心被羌人掳去。众人找了一夜，也没有日䃅的踪影。太阳升起，休屠王见山坡下有两顶帐篷，其中一顶的烟囱上冒着烟。

这是一户普通的牧民人家，家中只有父女二人，父亲叫莫根，女儿叫萨兰。休屠王带人走进这户人家，见日䃅躺在毡榻上，身上盖着好几层羊皮被，旁边放着日䃅的衣服。莫根在给日䃅搓脚，萨兰在给日䃅搓手。

莫根家养了一百多只羊，白天，羊在山坡上吃草；晚上，羊自己回家。昨天傍晚突降暴风雪，父女俩十分着急，羊是这对父女的全部家当，吃的、穿的、用的，就靠这百余只羊。

暴风雪一停，莫根、萨兰父女连夜骑马出去寻找羊群。在山谷的雪地上，他们发现了一匹马。父女二人来到近前，见有个半大男孩肩头中箭，几乎被雪覆盖了。

　　父女二人跳下马，呼唤这个半大男孩，半大男孩没有回音。父亲莫根把手伸进半大男孩的衣内，发觉他身上还有热气。父女二人也不找羊了，把半大男孩带回家，拔下箭，敷上药。尽管他们全力救助，可日碑仍昏迷不醒。

　　休屠王一到，莫根、萨兰父女才知道这个半大男孩是休屠王太子日碑。

　　休屠王和这对父女一起给日碑搓身子，可是，日碑没有一丝反应。

　　休屠王心急如焚，再这样下去，儿子就没命了。休屠王把莫根叫到一旁，以手抚胸，深深地施了一礼。莫根吓了一大跳，堂堂的一部之王向自己行礼，这哪受得起！

　　休屠王听老辈人讲，无论男女，如果身体冻僵，生命垂危，用异性的肉体与之肌肤亲密接触，就能激发人体潜能，使人活过来。休屠王为救儿子，恳请莫根让女儿萨兰救日碑性命。

　　休屠王也觉得这个要求过分，但他郑重承诺："只要我儿子能活过来，一个月之内，我一定让他娶你女儿。将来我儿子继承我的王位，你女儿就是他的阏氏。"

　　萨兰今年十六岁，比日碑大三岁。日碑命悬一线，刻不容缓，莫根马上把休屠王的话告诉萨兰。

　　萨兰沉默不语，脸红到脖子根。莫根明白，女儿害羞，这是默许了。莫根把帐篷烧得暖暖的，把女儿和日碑留在这顶帐篷里，莫根和休屠王等去了另一顶帐篷。

　　自萨兰懂事以来，从没与男人盖过一条被子，而且自己还要一丝不挂，这简直羞死人了。萨兰两颊如火一般，她的心如击鼓似的跳动。萨兰犹犹豫豫地钻进日碑的羊皮被中，但没有脱衣服。萨兰的手触到日碑绵滑的身体，她好像被烫了一下，手立刻缩了回来。然而，日碑跟木头似的，一动不动。萨兰的手又试着伸了过去，日碑仍没有反应。萨兰把日碑搂到怀中，日碑还是没有反应。萨兰想，父亲说了，自己不脱衣服是救不了日碑的。她鼓励自己，要是再害羞，日碑就活不过来了。

救人要紧，萨兰把衣服全部脱掉，她的胴体完全覆盖了日碑。萨兰觉得日碑的身子如冰一般。可是，萨兰血流加快，她的身体仿佛在燃烧，在喷火，喷火的身子渐渐地把日碑烤化了。

日碑起死回生。

半个月后，日碑的身体逐渐恢复。休屠王把许下的诺言告诉日碑。日碑一听就急了，说："阿爸，我和翁娣已经定亲，再娶萨兰，我怎么向翁娣交代！"

休屠王长叹一声说："日碑呀，父母给了你第一次生命，可萨兰却给了你第二次生命……"

休屠王把萨兰救日碑的经过说了一遍，日碑的心先是翻江倒海，后又逐渐平息下来。儿女婚事，父母做主。阿爸对萨兰父女做了承诺，萨兰又救了我的命，我要是不答应，那是要遭长生天处罚的。日碑在心中不停地向翁娣致歉："我对不起你，对不起你……"

一个月后，萨兰成了日碑的妻子。

第二年春天，这件事传到龙庭。翁娣无法接受，躺在榻上不吃不喝，就是哭。且鞮侯火了，狐鹿姑的眼睛也瞪了起来，父子二人要找休屠王算账，找日碑算账。就在这时，探马来报，霍去病率军对浑邪部和休屠部发动了突然袭击。再后来，又传回浑邪王和休屠王惨败的消息。

伊稚斜单于派人找到浑邪王和休屠王，召二人回龙庭，一方面追究两个人的战败之责；另一方面，他要质问休屠王，为什么背叛婚约，让日䃅娶了别人。

浑邪王担心到龙庭有去无回，便萌生了降汉的想法，但又怕休屠王抄他的后路，杀他向伊稚斜单于邀功。因此，浑邪王说服休屠王一起降汉。休屠王走到半路，霍去病率三万骑兵而来。霍去病曾夺走了休屠部落的祭天金人，休屠部落把祭天金人看成是部落的保护神，失去祭天金人，休屠王担心部落再遭霍去病斩杀，休屠王反悔。

休屠王并不知道，浑邪王早就收买了休屠王身边的人，休屠王的一举一动都在浑邪王的掌握之中。因此，浑邪王杀死了休屠王，把日䃅和母亲裹胁到汉朝，裹胁到长安。

金日䃅和翁娣下了马，他把以往的经过原原本本地讲给翁娣，翁娣泪如泉涌。这是长生天的安排，是长生天派萨兰去救日䃅的。如果萨兰不救日䃅，自己今天怎么可能见到日䃅？翁娣又埋怨长生天，既然把自己许配给日䃅，为什么不安排我去救日䃅？

可转念一想，翁娣的眼睛瞪了起来，说："不对！我听说萨兰死了，你又娶了一个汉家的翁主？你早就把我忘了！"

金日䃅低下头，解释说："翁娣，我没有忘记你，也永远不会忘记我们在一起的美好时光。可是，那时，我已经成了陛下的侍中，我想，我不可能再回匈奴，我们之间也不可能有结果。陛下为我指婚，我不答应就是抗旨不遵，就犯下杀头之罪！"

翁娣摇着金日䃅的双肩，说："不！你可以放弃侍中，我们可以找一个只有长生天知道的地方，我们在一起，永远在一起！"

从心里讲，金日䃅不但亏欠翁娣，也亏欠自己。听翁娣这么一说，他抬起头，是啊，我可以和翁娣走，我现在就和翁娣一起走……金日磾的这种想法在心中一闪，便又犹豫了。我走了，母亲怎么办？婉儿怎么办？陛下一旦动怒，母亲和婉儿能活吗？还有翁主刘自君，她对我那么依恋。

金日磾痛苦难当，说："我……我……我做不到！对不起……"

金日磾推开翁娣，走向自己的马。

翁娣大怒道："站住！"

金日磾立在地上，翁娣猛地抹了一把眼泪，说："我对你像磐石一样不可动摇，你对我却像羊毛一样随风飘浮！"

翁娣从腰间拽出马鞭，"啪"抽在金日磾的脖子上，金日磾的身子一颤。"啪"又是一鞭子，金日磾的身子又是一颤。血从金日磾的脖子上流下来。他一动不动，挺着让翁娣打。虽然疼在身上，心里却解脱了许多。

可是，翁娣打在金日磾的身上，疼在心里。她把鞭子一扔，扑到金日磾背上，痛哭失声道："你为什么不躲？为什么不躲？为什么……"

金日磾没做任何解释。良久，金日磾的两肩猛地往后一耸，翁娣猝不及防，坐在地上。金日磾纵身上马，两脚一磕，骑着马上了山，跑回汉军之中。

"日磾……"翁娣放声大哭。

长城上的军兵、囚犯、七科谪愣愣地看着。

有个当头的斥道："看什么看？干活！"

草原上的草绿了又黄，修缮长城快要完成了。入夜，星光隐去，秋雨淅淅沥沥。金日磾躺在榻上，雨拍打着思绪，使他无法入眠。他的脑海中一会儿是萨兰，一会儿是翁娣，一会儿是刘自君，一会儿是母亲，一会儿是婉儿……他很想睡去，可是越想睡越睡不着。翻来覆去，迷迷糊糊……

等金日碑醒来时，长城上下，人们都忙碌起来。

金日碑的头沉沉的，仿佛压了一块石头。一个校尉见金日碑无精打采，便道："大人，您要不舒服就休息吧。"

金日碑淡然一笑道："没事。"

太阳从云层的缝隙中探出头来，金日碑登上长城，查看几处垛口，又用手推了推，垛口很坚固。他抬起头，不由自主地向北眺望。突然，一匹马跟飞一般地跑来，眨眼间就到了长城脚下。马上之人一勒坐骑，马一声嚎叫，两只前蹄高高竖起，又重重落下。

金日碑定睛一看，不禁道："义兄！狐鹿姑！"

金日碑的心释然了，上次我射了他两箭，看来，他没有危险，他的伤好了。

狐鹿姑也看见了金日碑，急切地说："日碑！金日碑！"

金日碑手扶垛口，他的心如火一般热切，嘴却如秋雨一样寒冷："你又来干什么？"

狐鹿姑道："翁娣自杀，现在只剩一口气，她要见你最后一面。"

/ 第十三章 /

金日磾一脸愁容，长城修缮该完成了吧？囚徒和七科谪该回家与亲人团聚了吧？自己擅离职守，犯下重罪，如果再不回去，那就是罪上加罪。我到底该怎么办呢？

金日磾一下子清醒了。翁娣自杀？翁娣性格刚烈，不是做不出来，可是，我擅离职守，跑到匈奴，这怎么能行？

狐鹿姑以为金日磾不相信，大叫："我指着云层里的太阳发誓，我要有半句谎言，就遭天打雷霹！"

匈奴人敬天敬地，也敬太阳和月亮。他们认为太阳和月亮是宇宙之神，是世间万物的主宰。匈奴人每月初一的清晨，要祭初升的太阳；每月十五的晚上，要祭月亮。因此，匈奴人从不轻易以太阳和月亮发誓。

翁娣自杀一定和我有关，是我对不起她，我要去看她，我必须去看她！金日磾来不及多想，牵过一匹马，对身边的校尉说："这里交给你了。"

校尉想拦金日䃅，说："大人，你不能去……"

金日䃅的马已经跑下长城。

狐鹿姑在前，金日䃅在后，两个人一路向北飞奔。大约跑了八十多里，对面出现一座石头山。沧海桑田，山上的石头被岁月打磨得失去了棱角。在山中拐了几个弯，一大片帐篷立在眼前。匈奴军兵三步一岗，五步一哨，戒备森严。

在一顶大帐前，狐鹿姑和金日䃅下了马。狐鹿姑跑进帐中，金日䃅也跟了进去。

一进大帐，见伊稚斜单于和且鞮侯站在榻边，榻上躺着一个女子，女子身上盖着一条羊皮被子。

狐鹿姑紧走几步来到榻前，伏下身道："翁娣，日䃅来了，日䃅来了！你睁开眼睛，快睁开眼睛啊！"

金日䃅见翁娣脸色惨白，没有一点儿血色，呼唤道："翁娣，翁娣，我是日䃅，我是日䃅呀！"

翁娣慢慢睁开眼睛，一见日䃅，眼中放出一道光，有气无力地说："日䃅，是你吗？真的是你吗？"

金日䃅心如油煎道："翁娣，是我！是我！你……你怎么这么傻……"

翁娣喃喃道："你真是日䃅？这不是做梦吧？让我摸摸你的脸。"

金日䃅往前爬了半步，说："翁娣，不是梦，不是梦，这是真的。"

翁娣双手颤抖，金日䃅抓住翁娣的双手，贴在自己的脸上。翁娣抚摸着金日䃅的脸，泪水如断了线的珍珠一般，说："是你，果然是你，我以为再也见不到你了……"

伊稚斜单于、且鞮侯父子转过身，愤愤地向帐外走去。狐鹿姑也悄悄地退了出去。

帐中只剩金日磾和翁娣。翁娣抱着金日磾的一条胳膊，仿佛一松手金日磾就会飞了似的，说："日磾，你是不是不要我了？"

金日磾不敢回答翁娣的话，想把翁娣的话岔过去："你受伤了？伤在哪里？快告诉我！告诉我！"

翁娣指了指自己的胸口，示意金日磾把被子掀开。

金日磾缓缓地掀开被子，翁娣白嫩的酥胸露了出来。

一见翁娣的胸，金日磾忙放下被子。

翁娣有些失望，轻轻地问："你不是我的丈夫吗？你不是要看我的伤口吗？为什么不看了？"

金日磾就是铁人也受不了，大颗大颗的泪珠滚落下来，说："翁娣，我对不起你……"

翁娣眼中闪出无限希望，说："你是我的丈夫，对吗？"

金日磾不敢与翁娣对视。

翁娣道："你看着我，看着我！"

金日磾只得转过头来，见翁娣的眼神就像久旱的草原期盼甘霖一样，又问："回答我，你是我的丈夫，对吗？"

金日磾闭上眼睛，不回答。

翁娣一声比一声高："是不是？是不是？是不是……"

突然，翁娣的声音戛然而止。金日磾一下子睁开眼睛，见翁娣的目光定格在金日磾的脸上，就像一潭死水，没有一丝波纹。

金日磾慌了，捧着翁娣的脸说："翁娣！翁娣！你醒醒，你醒醒啊……翁娣，翁娣，我是你的丈夫，我是你的丈夫，我永远都是你的丈夫，翁娣……"

伊稚斜单于、且鞮侯和狐鹿姑都跑了进来——

"孙女！"

"女儿！"

"妹妹！"

他们呼唤了好半天，一阵轻风吹过，潭水涌起微波，翁娣的眼睛眨了眨。几个人如释重负。

翁娣对祖父、阿爸和哥哥说："我该换药了，我想让日䃅给我换药。"

三人都明白，翁娣是不让他们在帐篷里，只得离开。

金日䃅呆呆地看着翁娣，翁娣的脸泛起了红晕，说："还不给我换药吗？"

金日䃅点了点头，缓缓地掀开被子，见翁娣洁白酥软的胸前缠着白绢，白绢上染着血迹。金日䃅解开白绢，发现胸口有一道二指宽的刀伤。这伤不是砍的，也不是割的，而是扎进去的……

长安城，金日䃅家中，金母和刘自君婆媳在为金日䃅裁剪衣服。几案上放着叠好的绸布，刘自君把丈夫的一件旧袍子平整地放在上面。金母一手拿着尺子，一手拿着画石。画石很软，可以在衣料上画出白色的线条。

金母在绸布上画出袍子的形状，然后对刘自君说："翁主，照我画的剪就行。"

刘自君手持剪刀，笑道："娘，不要叫我翁主，我是您的儿媳，叫我自君才对。"

金母道："好，自君，可以裁剪了。"

刘自君道："哎，娘。"

刘自君刚要剪，大门外有人高喊："皇帝驾到——"

婆媳二人忙放下手里的东西，金母和刘自君匆匆走出房门。刘彻在侍中霍光的护卫下，已经到了院中。

金母和刘自君跪倒，向刘彻行跪拜大礼。

刘彻一摆手说："平身吧。"

金母和刘自君把刘彻请进客厅。刘彻居中而坐，霍光站在刘彻的身后，金母站在刘彻的对面，刘自君为刘彻献茶。

刘彻喝了一口，对刘自君说："朕要和你婆母说几句话。"

"是，陛下。"刘自君告退。

金母的心"怦怦"直跳，陛下从没来过，今日突然造访，又要单独和自己说话，那一定和日䃅有关。日䃅去修长城，难道出了什么事？

金母低着头道："陛下……"

刘彻的脸绷得很紧，说："金日䃅在匈奴有女人？"

金母不敢隐瞒，便把当年金日䃅与狐鹿姑结拜，与翁娣定亲，以及驱赶羌人中箭，遭遇暴风雪被冻昏，休屠王向萨兰的父亲做出承诺，萨兰以身相救，金日䃅与萨兰成亲的经过详细地说了一遍。

刘彻的脸色平和下来。

沉默了一会儿，刘彻又问："你还想让金日䃅娶翁娣吗？"

金母"扑通"跪倒，说："普天之下，莫非王土；率土之滨，莫非王臣。陛下是天下人的君父，也是日䃅的君父，一切全凭陛下做主。"

刘彻一愣，"普天之下，莫非王土；率土之滨，莫非王臣"出自《诗经·小雅·北山》。朕罢黜百家，独尊儒术，金日䃅之母是个匈奴人，怎么懂得《诗经》？刘彻又摇了摇头，可能是从金日䃅读书时听来的吧。

刘彻对金母的这句话很满意，没有再问，便带着霍光离开了。

刘彻回到皇宫高门殿，御史大夫张汤道："这点儿小事，何劳陛下亲躬，交给臣去办就行了。"

刘彻坐在几案前，宫女献上茶，他没有理张汤。

张汤赔着笑说："陛下，金母对金日磾和翁娣的事怎么说？"

刘彻让霍光告诉张汤。霍光简单地介绍了一下金日磾与翁娣、萨兰的关系。

张汤眼珠一转说："陛下，既然金日磾与翁娣有旧情，翁娣又是伊稚斜最喜欢的孙女，那就让金日磾把翁娣娶过来。我们把翁娣当成人质，还怕他不就范吗……"

张汤话音未落，刘彻把手中的茶碗重重地墩在几案上，水溅了出来。他怒视张汤道："难道你把朕当成无耻小人了吗？"

张汤吓了一大跳，心想，刚才陛下对我爱搭不理，现在又发这么大火，这是怎么了？

张汤辩白道："陛下，昔日，鲁庄公娶齐襄王的女儿，秦穆公娶晋献公的女儿，楚共王娶秦景公的妹妹，自古以来，各国之间莫不如此啊！"

刘彻拍案而起道："大胆张汤，你敢把金日磾比作国君，你想造反吗？"

张汤"扑通"就跪下了，直想抽自己的嘴巴。他连连叩头道："陛下，微臣知罪！微臣知罪！"

刘彻喝道："你还知罪？好啊！那朕问你，御史中丞李文的案子是怎么回事？"

张汤明白了，原来，陛下发怒，是因为李文哪！

张汤是御史大夫，李文是御史中丞，张汤的下级。可张汤断案严苛，用刑残酷，制造了许多冤案，李文建议一些案子重新审理。张汤认为，李文要调查自己的罪证，抓自己的把柄。张汤唆使手下一个叫鲁谒居的御史给刘彻上书，诬告李文与其婶娘通奸。

刘彻交张汤审理，张汤对李文的婶娘动用酷刑，李文的婶娘屈打成招，张汤判李文死刑。

李文死后，鲁谒居生病，张汤亲自给鲁谒居按摩脚。赵王刘彭祖十分奇怪，张汤身为三公，而鲁谒居是个御史，二人的官职相差十万八千里，张汤演的是哪一出？刘彭祖断定，张汤和鲁谒居之间一定有不可告人的秘密。

自从张汤向刘彻建议推行皮币、白金币之后，王侯皇族每人每年无端多交出四十万钱，而得到的却是一块只能当抹布的白鹿皮。因此，王侯皇族都恨死了张汤。刘彭祖把鲁谒居这件事奏明刘彻，刘彻将此事交给廷尉秘密调查。官吏捉拿鲁谒居，鲁谒居连病带吓，死了。

鲁谒居和弟弟住在一起，廷尉府把鲁弟囚禁起来。张汤与鲁谒居之间的阴谋，鲁弟都知道。张汤担心鲁弟说出实情，假借审理其他案件为由，到狱中去看鲁弟。鲁弟向张汤大呼"救命"，因为有其他人在场，张汤没有理会。鲁弟心生怨恨，在审讯时，就把张汤唆使鲁谒居诬告李文的事和盘托出。张汤的耳目遍及朝廷，得知鲁弟招供，张汤先是一惊，可他很快就想好了对策。

张汤一听刘彻提及这个案子，说："陛下息怒！鲁谒居的弟弟一直想请臣举荐他在朝中谋个官职，臣觉得他的行为不正、人品不端，断然拒绝。此人怀恨在心，因此诬陷臣。就是这么回事。"

刘彻逼视张汤道："那你给鲁谒居按摩脚又怎么解释？"

"陛下，微臣从没给鲁谒居按摩过脚……"张汤故作沉思状，

"对了，鲁谒居病重期间，臣去探望他。当时，他疼痛难忍，臣略通医术，知道人体手脚上的几个穴位可以止痛。臣先给鲁谒居按了按拇指和食指之间的合谷穴，然后又给他按了按大拇趾和二趾之间的四关穴……"张汤一副恍然大悟的样子，"陛下，臣明白了！臣明白了！一定是臣在给鲁谒居按四关穴时，被什么人看到了，那人把臣对属下的关心，说成是按摩脚。陛下要是因为这件事治臣的罪，那臣确实无话可说。"

张汤一副被冤枉的样子，刘彻半信半疑，对霍光说："去，把太医令叫来。"

霍光应道："是，陛下。"

太医令是管太医的官，也是医术最高的太医。不一会儿，霍光把太医令带了进来。太医令证实，合谷穴和四关穴确实能缓解人的疼痛。刘彻这才摆了摆手，叫张汤退下。

出了高门殿，张汤擦了擦汗，心中暗暗庆幸，多亏我懂点医术，不然，今天的麻烦就大了！

一晃就是一个月，在金日磾的精心照料下，翁娣的伤结了痂，可以到外面散步了。

天高云淡，雁阵南飞，远方的云堆积在一起，与山相互缠绕，令人无法分辨云和山的界限。金日磾和翁娣走在枯黄的草地上，金日磾一脸愁容，长城修缮该完成了吧？囚徒和七科谪该回家与亲人团聚了吧？自己擅离职守，犯下重罪，如果再不回去，那就是罪上加罪。我到底该怎么办呢？

翁娣依偎在金日磾的肩上，说："那就不回去了，不受汉朝的约束。我们在一起，像影子一样永远不分开。"

金日磾望着空中的雁阵说："可是，母亲还在长安，我不回去，陛下一定会拿老人家问罪的。"

翁娣沉默一会儿道："那我跟你回去，我们生，生在一起；死，死在一处！"

金日磾的脸上掠过一阵轻柔的风，说："你真这么想？"

翁娣坚定地说："为了你，为了我们，我可以抛弃一切！"

金日磾激动地说："那我们现在就走。"

金日磾和翁娣上了马，转过一座山，却见赵信立马拦在路上。翁娣很不高兴地说："自次王，你要干什么？"

赵信脸色蜡黄，一副病容。他没有回答翁娣的话，而是对金日磾说："休屠太子，你不是要带翁娣姑娘回汉朝吧？"

金日磾不知如何回答，翁娣在一旁呵斥道："让开！"

赵信剧烈地咳嗽起来："咳，咳……翁娣姑娘，他要把你带到汉朝当人质，你不能跟他走！"

翁娣怒道："你管不着！"翁娣又转向金日磾，"他像癞蛤蟆一样讨厌，别理他，我们走。"

两个人想绕开赵信，可是走到哪里，赵信拦在哪里。

赵信不停地咳嗽着，说："翁娣姑娘，咳咳咳……你不能走……咳咳咳……"

一队人马飞奔而来，为首之人竟是伊稚斜单于，金日磾和翁娣顿时紧张起来。

/第十四章/

金日磾把翁婑自杀、狐鹿姑向他报信、自己服侍翁婑、翁婑转危为安、二人同往汉朝、路遇赵信和伊稚斜单于、自己被逼发誓要娶翁婑的经过详细地说了一遍。

两个月前，赵信得了重病，萨满多次为他驱鬼不见好转。自从金日磾探视翁婑，赵信就派人暗中监视。得知金日磾要带走翁婑，赵信立刻派人向伊稚斜单于禀报。同时，赵信不顾自己的身体状况，亲自阻拦金日磾和翁婑，以拖延时间，等待伊稚斜单于的到来。

赵信回过头，一边咳嗽一边对伊稚斜单于说："咳咳……大单于，不能……不能放他们走……咳咳咳……"

赵信眼前一黑，"扑通"从马上摔了下来。伊稚斜单于大叫："自次王！自次王！快把自次王抬回去！"

几个军兵跳下马，把赵信抬走了。

金日磾和翁婑想趁乱逃走，伊稚斜单于的马往前一蹿，一道寒光闪过，伊稚斜单于的刀横在金日磾的脖子上。

伊稚斜单于二目如剑，对金日磾喝道："你竟敢把我的孙女拐到汉朝当人质，我宰了你！"

翁娣吓坏了，双手抓住伊稚斜单于的手腕，说："大单于，不是，不是这样的！"

伊稚斜单于怒道："那是怎样的？"

翁娣急中生智道："大单于，日磾担心汉朝皇帝杀他的母阏氏，要回去看看。"

伊稚斜单于眼中的锋芒有所收敛，问金日磾："那你什么时候回来？什么时候娶我孙女？"

金日磾愣住了，自己回到汉朝，还有机会回来吗？

见金日磾不说话，伊稚斜单于的刀往前一推，翁娣吓得魂飞魄散，说："大单于，日磾很快回来！很快回来娶我！"

伊稚斜单于向金日磾喝道："你向长生天发誓！"

虽然金日磾对翁娣情深义重，但是让他发誓返回匈奴娶翁娣，这种可能性有多大，他心中一点谱也没有。

金日磾张着嘴，却说不出话。

伊稚斜单于倒是提醒了翁娣。其实，翁娣的心里非常矛盾。大单于绝不可能放我走，我只能让日磾先回汉朝。可是，翁娣也吃不准，日磾到底会不会来接她，娶她。

古人相信誓言，从不轻易发誓，但只要发了誓，常常会恪守到底，不敢背叛。因此，翁娣对金日磾道："日磾，你发誓，你发了誓，大单于就放你走。"

事已至此，金日磾只得仰望天空，说："我向长生天发誓，今生一定娶翁娣，如有背叛，天诛地灭！"

在皇宫高门殿上，徐自为和金日磾把修缮长城的情况向皇帝奏明，刘彻听完点了点头。徐自为告退，金日磾也随徐自为往出走。

刘彻的目光随二人的脚步移动着。霍光望了刘彻一眼，见刘彻的脸色越来越难看，不由得一惊。

徐自为走出殿门，金日磾却停住了，转过身，又返了回来。他紧走几步，"扑通"跪在刘彻面前道："陛下，微臣罪该万死！"

刘彻面无表情道："你犯了什么罪？"

金日磾叩头道："回陛下，在修缮长城期间，微臣私自与匈奴人相会，还在匈奴营中留宿一个月，请陛下严惩……"

金日磾把翁婗自杀、狐鹿姑向他报信、自己服侍翁婗、翁婗转危为安、二人同往汉朝、路遇赵信和伊稚斜单于、自己被逼发誓要娶翁婗的经过详细地说了一遍。

刘彻又问金日磾与翁婗、萨兰之间的关系，金日磾说的与金母讲的相同，刘彻口气缓和下来道："你忠心耿耿，朕恕你无罪。"

十天之后，刘彻封徐自为为太中大夫，封金日磾为驸马都尉。驸马都尉是比二千石官员。刘彻又封金日磾的夫人翁主刘自君为公主。

丞相李蔡为沾天子的福气，把父亲的遗骨埋葬在汉景帝陵园旁，有人告发，李蔡上吊而死。张汤很想当丞相，可刘彻让太子少傅庄青翟接任了李蔡。然而，庄青翟上任没多久，汉文帝陵园被盗，刘彻大为恼火。庄青翟身为丞相，有疏忽之责；张汤身为御史大夫，有巡察不严之责。庄青翟找张汤商量，想两个人共同分担责任，皇帝不可能同时处罚两位三公。

庄青翟和张汤约好一起向皇帝请罪。丞相庄青翟首先开口，可庄青翟说完，张汤却一股脑儿地把责任推到庄青翟身上。刘彻责令张汤追究庄青翟的过失，庄青翟气得差点吐血。

张汤命手下人给庄青翟罗织罪名。丞相有三位长史，他们的资历都比张汤老。三个人为庄青翟鸣不平，暗中调查张汤，掌握了张汤勾结商人田信囤货居奇、赚钱分赃、欺瞒皇帝的证据。

刘彻想给张汤一个机会，旁敲侧击："朝廷要采购什么，商人总是提先知道。他们囤积货物，从中赚了很多昧心钱，就好像有人把朕的计划告诉他们似的。"

李文的案子未结，田信的案子又起，张汤担心即将到手的丞相之位不保，故作吃惊道："陛下龙目如电，很可能有这回事！"

刘彻又暗示了几句，张汤顾左右而言他，跟刘彻绕圈子。刘彻的火"腾"就上来了，把三位长史的调查结果摔在张汤面前，张汤当场瘫倒。

刘彻没有马上处罚张汤，而是让他闭门思过。张汤回到家中，思前想后，一场牢狱之灾在所难免。王侯皇族恨我，朝中大臣讨厌我，我若入狱，他们必然落井下石。与其受辱而死，不如自我了断。当天夜里，张汤自刎而亡。

张汤是酷吏，也是能臣，刘彻气的是他不说实话。得知张汤死了，刘彻后悔不迭，一怒之下，把三位长史当众处决，庄青翟也因此事服毒自尽。

两位丞相和一位御史大夫自杀，三位长史被斩，金日磾和霍光非常吃惊，朝中上下无不胆寒。

月氏本来生活在祁连山西部。当年，因匈奴攻击，月氏王的头颅被匈奴老上单于做成酒碗，月氏残部大败逃到中亚地区。匈奴是刘彻的心头大患，月氏与匈奴有血海深仇，刘彻想联合月氏夹击匈奴，因此命张骞出使西域。张骞历尽艰难险阻到了月氏，可月氏王过着安逸的日子，不愿打仗，也不想向匈奴复仇。张骞归来，向刘彻建议与身毒建立联系，宣扬汉朝的威严，从而扩大对西域的影响。

身毒也译作天竺，一般认为是古印度。

刘彻派四路使者出使身毒，可是使者在昆明遭到劫杀。当时的昆明不在汉朝统治之内，刘彻震怒，要征伐昆明。听说昆明水军强悍，刘彻要训练水军。张骞向刘彻谏言，汉朝真正的敌人是匈奴，月氏不想打仗，还可以联合西域的乌孙，汉朝与乌孙共同夹击匈奴。

早在匈奴统一草原之前，乌孙和月氏均在今甘肃一带游牧，它们北面都与匈奴相邻。乌孙王被月氏攻杀，其子幼小，匈奴开国单于冒顿将其抚养成人，帮助乌孙复国。此后，乌孙臣属于匈奴。后来，冒顿单于破月氏时，乌孙起了很大的作用。乌孙在追杀月氏时，其部众迁到伊犁河流域。

刘彻命张骞出使乌孙，没想到，张骞到达乌孙时，乌孙太子死了，老乌孙王想把王位传给孙子，但他的另一个儿子发动政变，割据一方，乌孙分裂成两部。老乌孙王的主要精力在王国内部，再加上不了解汉朝，也不想与汉朝夹击匈奴。在张骞的劝说下，老乌孙王派数十名使者随张骞来到长安，目睹了汉朝的强大，这才答应与汉朝结盟。

伊稚斜单于得知老乌孙王背叛匈奴，决定攻打乌孙。老乌孙王害怕，请求与汉朝和亲，牵制匈奴。汉武帝元封三年（公元前108年），刘彻把江都王刘建的女儿刘细君封为公主，嫁给老乌孙王。

细君公主嫁给老乌孙王，匈奴又送来一位居次。"居次"是匈奴语，意为公主。

细君公主被封为右夫人，匈奴居次被封为左夫人。乌孙和匈奴一样，以左为上。也就是说，先嫁给老乌孙王的细君公主，地位低于后嫁给老乌孙王的匈奴居次。这说明，乌孙更惧怕匈奴。

老乌孙王年过六旬，相继得到两位美女。可是，细君公主和老乌孙王语言不通，所以老乌孙王宠爱匈奴居次，常常一两个月才见细君公主一面。细君公主哀叹自己命苦，作歌道——

> 吾家嫁我兮天一方，
> 远托异国兮乌孙王。
> 穹庐为室兮旃为墙，
> 以肉为食兮酪为浆。
> 居常土思兮心内伤，
> 愿为黄鹄兮归故乡。

一年后，老乌孙王病故，他的孙子军须靡继任。刘彻令细君公主依乌孙之俗嫁给军须靡。刘细君与军须靡生了一个女孩。太初四年（公元前101年），在乌孙生活五年的细君公主去世。刘彻把另一个女子嫁到乌孙，顶替细君公主，她就是解忧公主。

解忧公主的曾祖父是汉高祖刘邦的弟弟，解忧与刘彻是同宗兄妹。虽然解忧公主的年龄比细君公主小，可在辈分上，解忧公主却是细君公主的姑奶奶。

解忧公主的祖父是楚王刘戊，刘戊因参与"七国之乱"，兵败身亡，家族全部成为罪人。出嫁前，解忧公主和细君公主一样，她们连翁主也不是，因为和亲，才被封为公主。

解忧公主带着侍女冯嫽到乌孙和亲。她一生经历了汉武帝、汉昭帝、汉宣帝三朝，曾嫁过三任乌孙王。她和冯嫽在乌孙生活了整整五十年，二人共同活跃在西域的政治舞台上，为加强汉朝与乌孙的关系做出突出贡献。到了暮年，解忧公主日夜思念故土。汉宣帝甘露三年（公元前51年），时年七十岁的解忧公主和冯嫽回到长安，汉宣帝以真公主之礼待之，对冯嫽也予以重赏。解忧公主和冯嫽的故事至今仍在天山南北传颂。不过，这些都是后话。

秦长城修缮竣工，匈奴不再南下，汉朝支出大大减小。桑弘羊的盐铁专卖成效显现，汉朝府库有钱了，皮币也废除了，白金币也不用了，老百姓的日子也比以前好过了。

天下太平，刘彻的又一项伟大事业轰轰烈烈地开展起来。这项事业就是寻找神仙，追求长生不死。

早在汉朝还没和匈奴开战之前，刘彻就想成仙，一批又一批骗子蜂拥而至。这些骗子说，神仙都有长生不死之药，只要吃了这种药，人就能与天地同寿。

第一个骗子叫李少君。李少君说，蓬莱岛有神仙。刘彻派方士到海中寻觅，然而，方士还没回来，李少君死了。刘彻认为李少君羽化成仙了。他痛心疾首，恨不得与李少君同往。

第二个骗子叫李少翁。当时，刘彻冷落了皇后卫子夫，宠爱王夫人。王夫人香消玉殒，刘彻食不甘味，寝不安眠。李少翁夜里施法，刘彻影影绰绰地看到王夫人。刘彻封李少翁为文成将军，赏赐的财物数不胜数。然而，李少翁就是请不来神仙。为消除刘彻的疑心，李少翁把一封帛书塞进牛的胃里，对刘彻说，牛肚子里有种神奇的东西。刘彻命人杀牛检验，取出帛书。有人认出李少翁的笔迹，刘彻一怒之下，杀了李少翁。

第三个骗子叫栾大。栾大在墙上挂了一个棋盘，上面放着几颗棋子。他手指棋子，想让棋子怎么走，那棋子就怎么走；想让棋子相撞，那棋子就相撞。刘彻大为惊奇，封栾大为五利将军、天士将军、地士将军、大通将军、天道将军，晋爵乐通侯。可刘彻觉得还不够，又把自己的女儿嫁给栾大。然而，栾大不但没有请来神仙，法术也渐渐不灵了。刘彻一怒之下，将栾大腰斩，刘彻的女儿成了寡妇。

　　第四个骗子叫公孙卿。冬日，老百姓从地下挖出一个铜鼎。公孙卿对刘彻说，当年黄帝也是在冬天得到一个宝鼎，没多久，有条龙飞来。龙垂下胡须，黄帝拽着龙的胡须骑上龙背，群臣和嫔妃七十多人也爬了上去，他们都成了神仙。陛下也在冬天得到宝鼎，这是上天暗示，陛下也将像黄帝一样得道成仙。刘彻大喜说："诚得如黄帝，吾视去妻子如脱屣耳！"意思是说，如果我真能像黄帝那样位列仙班，我抛弃后妃如同脱掉鞋子一样，无所留恋。刘彻先后封公孙卿为郎官、中大夫。刘彻带着公孙卿多次往返于长安和东海之间，可神仙就是不出来。

　　就在刘彻到处寻找神仙的时候，南越国出事了。

/ 第十五章 /

近几年，刘彻对寻找神仙一掷万金，但对其他事项，无论大小，都舍不得花钱。金日䃅摸透了刘彻的想法，心中已有对策。

刘邦建立的汉朝，其疆域东南、正南都没到海边，西南也只到四川北部。从杭州湾沿海岸线转向西南，依次是东瓯国、东越国、南越国、夜郎国和滇国。这五国之中，南越国最为强大。

南越国也称南粤国。秦末天下大乱，南海郡尉赵佗建立南越国，定都番禺。南越国全盛时的疆域包括今天的广东和广西大部、福建一小部、海南、香港、澳门和越南中北部。南越一直是汉朝的属国。

元鼎四年（公元前113年），南越王赵婴齐病故，他的儿子赵兴继位。赵兴的母亲摎氏是邯郸人，早年赵婴齐在长安充当人质，刘彻把数名美女赐给赵婴齐，摎氏得宠。如今，赵兴成了南越王，其母摎氏成了太后。不过，南越的大权却在丞相吕嘉手中。摎太后力主归顺汉朝，准备行装，要赴长安朝觐皇帝，丞相吕嘉坚决反对。太后和国王向汉朝请求出兵，诛杀吕嘉。

汉朝府库虽然有钱，可刘彻不想对南越大动干戈，想要用这些钱寻找神仙。刘彻只打算派两千人马，帮助摎太后和南越王赵兴。

金日磾谏言道："陛下，南越多雨，湿热难耐，中原人去了，常常因水土不服而身体溃烂。不但如此，南越山谷中不时出现瘴气，稍有不慎，便中毒而亡。如果以友好为目的，派几个人足矣；如果用武力镇压，两千人是远远不够的。"

刘彻很不高兴，心想，难道你不想让朕长生不死吗？你从没去过南越，怎么知道南越的情况？朕那么宠幸你、重用你，你竟长南越的威风，灭我大汉的锐气。有摎太后和国王作为内应，区区一个丞相吕嘉能翻起什么大浪？两千人马朕都觉得派多了。

刘彻冷冷地说："自君公主生了孩子，马上就要百天了，你回家照顾照顾她，好好看看孩子，这几个月你就不用上朝了。"

刘彻轰走金日磾，霍光暗中叹息。

金日磾刚走，济北王的丞相韩千秋求见，霍光把韩千秋带了进来。

韩千秋慷慨激昂道："陛下，微臣不才，愿率三百勇士将吕嘉的人头提回长安！"

刘彻非常高兴，说："好！有气魄！这才是朕的股肱之臣。"

霍光委婉地说："陛下，臣的哥哥霍去病生前跟臣说过，军队打仗打的是气势，三百人恐怕难以形成压倒敌人的气势呀！"

刘彻觉得霍光的话有理，还是给了韩千秋两千军兵。

得知汉朝出兵，吕嘉发动宫廷政变，杀了南越王赵兴和太后摎氏，另立一个新君。韩千秋率兵进入南越国，先后占领了几座小城。可是，在距都城番禺四十里时，中了吕嘉的埋伏，韩千秋战死，所部全军覆没。

刘彻大惊，有心调重兵征讨吕嘉，可是，这得多少钱？这么花下去，朕怎么寻找神仙？

金日磾的身影出现在脑海中。刘彻想把金日磾叫来问计，可又磨不开面子，张不开嘴。他望着霍光，明知故问："这些日子怎么没见驸马呀？"

金日磾的官职是驸马都尉，刘彻把"都尉"二字省略，以示亲切。后世各朝延续了"驸马"这一称呼，驸马也相应地演变成公主丈夫的专用词。

霍光发觉刘彻对金日磾的态度转变了，说："陛下，自君公主的孩子过百天，陛下让金日磾回家照顾自君公主和孩子去了。"

刘彻假装想了起来，说："对对对，看朕这记性。驸马的孩子挺好吧？"

霍光的心一动，莫不是陛下想见金日磾？我得给陛下一个台阶。想到这儿，霍光道："陛下，要不，微臣去把驸马叫来问问？"

霍光也称金日磾为驸马了。

刘彻正中下怀，但为了掩饰自己对金日磾的悔意，说道："也行，叫驸马和自君公主把孩子抱来，朕好好看看。"

金日磾正在看书，霍光走了进来。

金日磾放下书道："霍兄，你不在陛下身边，怎么有空到我这儿来了？"

霍光一拱手道："驸马，陛下要看看小公子，召你和自君公主抱孩子进宫。"

"驸马？"金日䃅一愣，我的官职是驸马都尉，霍光怎么突然这么称呼？

霍光解释："陛下这么称呼你，我也就随着叫了。"

刘彻把金日䃅撵回家，金日䃅心中很不是滋味，听了霍光这番话，感到十分温暖。可又一想，陛下对自己的儿女都不太关心，怎么会关心我的孩子？金日䃅猜测，难道是韩千秋打了败仗？他在刘彻身边多年，太了解刘彻了。

金日䃅问："霍兄，你知道陛下召我进宫是什么事吗？"

霍光一笑道："你去就知道了。"

金日䃅和自君公主抱着孩子进了宫。刘彻接过孩子，孩子对刘彻不但不认生，还发出"咯咯咯"的笑声，刘彻非常高兴，竟逗起了孩子。

刘彻越看越喜欢，说："驸马、公主，孩子起名字了吗？"

金日䃅亲耳听到陛下称自己"驸马"，心里热乎乎的，说："回陛下，还没有。"

自君公主道："请陛下赐个名字吧。"

刘彻略微想了一下，说："就叫他弄儿吧！"

弄儿就是讨人喜欢的意思。

金日䃅夫妻跪倒，说："谢陛下赐名！谢陛下赐名！"

刘彻赏给弄儿长命锁和大量黄金、绸缎，金日䃅和自君公主再次拜谢。金日䃅知道陛下要和自己谈正事了，就向自君公主使了个眼色，自君公主抱着弄儿看皇后卫子夫去了。

刘彻把南越的战况告诉金日䃅，然后问："驸马，你认为多少人马才能平定吕嘉之乱？"

这些日子，有丫鬟照顾自君公主，有奶妈照顾孩子，金日䃅待在家中无事可做，就看了大量关于南越的书籍，还拜访了一些曾经出使过南越的官员，对南越有了全面的了解。

金日磾道："回陛下，要平定南越，至少十万人马。"

十万人马，所需的钱太多了。刘彻想，朕要寻找神仙，得到长生不死之药。本来神仙就避而不见，如果朕再抠门儿，神仙就更不来了。

见刘彻沉思不语，金日磾又道："陛下，只需十万人的粮，无须十万人的饷。"

刘彻奇怪，只给将士吃饭，不给将士发饷，将士怎么能拼命杀敌？

近几年，刘彻对寻找神仙一掷万金，但对其他事项，无论大小，都舍不得花钱。金日磾摸透了刘彻的想法，心中已有对策。

早在修缮秦长城时，朝廷不发一文工钱，可那些囚犯和七科谪为了转变身份，干劲十足。

金日磾从中受到启发，很有信心地说："陛下，动用军队当然要发饷，但是，如果像修缮秦长城那样，把南方各郡的囚徒和七科谪召集到一起，只要朝廷承诺：凯旋后，囚徒全部赦免，七科谪一律改为良家子；立功者，赐以爵位；畏敌不前者，当即处死，家眷收为官奴。他们必然勇往直前，前仆后继。"

刘彻有些疑惑，问："囚犯和七科谪修长城可以，打仗能行吗？"

金日磾一笑，说："陛下，六百年前，兵圣孙武能使宫女唯命是从，何况囚犯和七科谪呢？"

孙武是春秋时期齐国人，写了一部兵书，后人称之为《孙子兵法》。

孙武带着这本书，抱着一腔热情来到吴国，试图在吴国大展宏图。吴国是春秋后期的一个小国，吴王阖闾想扩大领土，成就一番大业。他看了孙武的兵书大加赞扬，可心里没底，于是就对孙武说："你的兵法确实不错，能不能给寡人操练一下？"孙武满口答应。吴王又说："用女人行吗？"孙武点头说："可以。不过，大王要给臣生杀大权。"吴王首肯。

吴王拨给孙武一百八十个宫女，孙武把这些宫女排成两队，让吴王的两个宠姬任队长。孙武站在队前道："我说左转弯，你们就向左走；我说右转弯，你们就向右走；我说前进，你们就大步向前；我说停，你们就站住。"孙武问这些宫女："都听明白了吗？"宫女们娇滴滴地说："明白了。"孙武又声明："操场如战场，凡违令者，一律处斩！都听见了吗？"宫女们道："听见了。"

孙武手持"令"字旗，对两队宫女说："注意听口令！前进！"这些宫女每天在吴王身边说说笑笑，打打闹闹，都觉得挺好玩，一个个嘻嘻哈哈，有的往左，有的往右，有的原地不动。

孙武耐心地对宫女说："为将练兵，口令交代不明，军令未能让人熟记于心，这是当将官的责任。我再重复一遍刚才的规定。"孙武把军令又说了一遍，再次举起"令"字旗，宫女们仍不当回事。

孙武一脸严肃道："约束不明、申令不清是为将者的过错；为将者既已把军令交代清楚，士兵仍我行我素，那便是违令，违令者斩！但士卒不可尽杀，为首者先受其罚。执刑官，行刑！"

孙武要杀两个队长，两个队长见孙武动真格的，都害怕了。她们玩命地跑向吴王，连呼救命。吴王向孙武求情："孙先生，我知道你军令严明，可这两个人跟了寡人多年，你就饶了她们吧。"孙武把胸脯一挺，说："有令不行，有禁不止，必当处死！"孙武没买吴王的账，两个宠姬人头落地。

宫女们都吓坏了，吴王的眼睛也直了。

孙武重新任命两个队长，然后手举"令"字旗，高声道："前进！"这下宫女们鸦雀无声，乖乖地按令行事。孙武喝道："趴下！"宫女们全部伏地。"起来！"宫女们全部立正。"跑步走！"所有宫女无一掉队。

后来，吴王阖闾以孙武为将，小小的吴国西破强楚，北伐中原，威震华夏。

金日磾讲了这个故事，一旁的霍光偷偷地向金日磾伸出大拇指。

虽然金日磾说得有理，可十万囚徒和七科谪每天所需的粮食也是一笔很大的开支。刘彻还是嫌多，说："驸马，能不能再少点儿？"

金日磾摇了摇头说："陛下，这是最低了。"

刘彻无奈地点了点头说："好吧。"

元鼎五年（公元前112年）秋，经过严格训练，由囚徒和七科谪组成的十万大军准备出发。大军未动，粮草先行。除了粮草，还要准备放刀枪的器皿、锣鼓帐篷等，哪一项都需要钱。见府库中的钱变少，刘彻又舍不得了。

如今，卜式已经升任齐国丞相，成为真二千石官员。当年，卜式不买官爵，而是无偿捐出二十万钱，资助朝廷北击匈奴。得知朝廷要进攻南越，卜式再次捐献家产，并请求带自己的儿子上阵杀敌。

齐国是汉朝众多王国中的一个。西汉实行的是分封与郡县并行体制。

秦朝之前，夏商周三代都实行分封制，也就是说，天子把土地分封给自己的子孙或功臣，使他们封邦建国，简称"封建"。"封邦建国"形成的社会体系称封建社会。后来，这个词被政治化，特指以地主和农民为经济基础的社会形态。

周朝灭了商朝，分封八百诸侯。这八百诸侯由周天子统辖，诸侯在其封国内享有世袭统治权。春秋之初，周天子的势力衰弱，经过兼并，剩下一百七十多个诸侯；到了战国末期，周天子名存实亡，又经历一轮兼并，剩下七个诸侯国，即秦、楚、齐、燕、赵、魏、韩。

秦统一六国之后认为，周朝之所以灭亡，原因在于分封制。时间越长，周室子孙的诸侯国君与周天子之间的血缘关系越远，相对而言，他们对周天子的忠心就越差。因此，秦朝放弃分封制，采用郡县制。

汉朝建立，一些大臣认为，秦国之所以两世就灭亡了，主要原因是抛弃了分封制，没有宗室诸侯为朝廷出力。但是，完全采用分封制，又可能导致周朝的恶果。汉高祖刘邦和他的臣僚们再三商议，决定分封与郡县并行，即中央政权之下，设若干个王国和侯国，这就是诸王和列侯。同时，中央政权之下又设立几十个郡，郡下设县。诸王和列侯的爵位、封地由嫡长子继承，诸王、列侯的其他儿子既无爵位，也没有一寸土地。列侯通常只拥有一个县的封地，诸王却拥有十几个县，几十座城。不但如此，诸王在本国之内既有军队，还可以铸钱。

诸王的权利过大。汉朝立国五十年，到了汉景帝时期，七个侯国联合造反，史称"七国之乱"，这七国分别是吴、楚、赵、济南、淄川、胶西、胶东。

刘彻继位，实行推恩令。推恩令就是诸王除了嫡长子继承王位之外，其他儿子在本国封地内分封列侯，新封列侯脱离诸王，由郡管辖，地位相当于世袭县令。也就是说，诸王死后，他的封地每个儿子都有份，只是嫡长子承袭王位，庶子被封为列侯。如此一来，诸王原有的土地、百姓就被分成若干个互不相属的王国和侯国。侯国就很小，王国大的仅有几个县，小的甚至只有一个县，势力被极大地削弱，再也没有力量与朝廷抗衡了。

齐国就是这样一个王国。

刘彻没有同意卜式带儿子上阵，而是再次把卜式树为典型，封卜式为关内侯，赏金六十斤、土地十顷，并诏告天下臣民，以卜式为榜样，捐钱捐粮，为打南越贡献自己的力量。一时间，卜式成了汉朝家喻户晓的人物。不久，卜式升任御史大夫，位列三公。

然而，老百姓刚从对匈奴的战争中解脱出来，日子虽有好转，可并不宽裕，对皇帝的号召还是无人响应。老百姓不响应，刘彻还能勉强接受，可是各侯国的列侯们居然也无动于衷。汉朝总共有一百八十六个侯国，也就是一百八十六位列侯，竟无一人捐粮捐钱。刘彻非常生气，但他没有发作。

汉朝把祭祀宗庙时诸王和列侯所献的贡金称为酎金。酎是一种优质酒，自四月至八月，经多次添加原料，反复酿造而成。汉文帝时规定，每年八月在长安祭高祖庙时，献酎、饮酎，诸王和列侯要按封国人口数量献黄金助祭，每千人贡黄金四两，以此类推。余数超过五百人按千人计算，不足五百人舍去。这样算下来，一万人口需交酎金四十两，两万人口就是八十两。汉朝十六两是一斤，八十两就是五斤。两万人口大约四千户，汉朝列侯的平均食邑是四千户左右。

酎金由少府衙门验收。刘彻乐观地估计，如果诸王和列侯上交的酎金比去年多出三成，打南越就可以不动府库里的钱了。

诸王、列侯献酎金结束，少府向刘彻奏报，诸王上交的酎金还不错，但是，在一百八十六位列侯中，竟然有一百〇六位列侯的酎金有问题，或重量不足，或成色不好。

刘彻勃然大怒，朝廷养着你们，你们锦衣玉食，吃尽穿绝，子子孙孙享受荣华富贵。可你们丝毫不知感恩，不但不能像卜式那样请求从军报国，捐钱捐粮，居然还在酎金上做手脚，欺瞒于朕！

/ 第十六章 /

> 刘彻郑重地把旌节授给郭吉。第二天，郭吉怀抱天子旌
> 节，带着几个随从飞马向北。金日磾不知皇帝战书的内容，
> 也不知郭吉此去是凶是吉。

刘彻要把这一百〇六位列侯全部处死，金日磾和霍光大为惊恐，二人跪在地上，冒死谏言。

金日磾道："陛下息怒，这些列侯在朝廷中盘根错节，而且一些人身居高位，虽然他们犯下欺君大罪，但法不责众，万一有变，局势将不可收拾，请陛下三思！"

霍光也说："陛下，忍一时风平浪静，退一步海阔天空。驸马所言极是！"

两个人好说歹说，刘彻的怒气小了一些，但是死罪饶过，活罪不免。元鼎五年（公元前112年）九月，一百〇六位列侯同时被罢黜为民，封国全部收归朝廷。

被罢黜的列侯中，有两位大人物。一位是南奔侯公孙贺。公孙贺位居九卿，少年时就服侍刘彻，而且他还是刘彻的连襟。另一位

是从骠侯赵破奴。卫青被冷落，霍去病离世，赵破奴成了汉朝最能打仗的年轻将领。赵破奴是九原人，幼时流浪于匈奴地区，后归汉从军。他当过霍去病军队中的司马。

这些列侯的家财全部充公，刘彻发财了。刘彻从中拨出一部分钱，十万大军浩浩荡荡开赴南越。

然而，就在汉军平定南越之际，西羌发兵十万，进攻汉朝西境。虽然占领几座城，可汉军固守，西羌受阻。西羌向匈奴求援，匈奴突破长城，五原郡守中箭身亡，汉朝陷于三面作战的不利局面。

刘彻大为震惊，询问金日磾："驸马，你可有良策？"

金日磾有些为难，对于南越，自己怎么想就怎么说。可对于匈奴，金日磾却不能随便讲，因为自己是匈奴人。如果陛下听了自己的谏言，打了胜仗，狐鹿姑和翁娣恨我；打了败仗，朝中就会有人说我明为汉朝人，暗通匈奴。

金日磾犹豫一下说："陛下，霍光霍大人足智多谋，可以问他。"

就在昨天晚上，金日磾和霍光谈及此事，金日磾的看法是"平南、击西、虚北"。匈奴、西羌、南越，唯匈奴最强、最难对付。对于南越，要一鼓作气，彻底扫平。对于西羌，要予以痛击，使其不敢进入汉境。对于匈奴，可虚张声势，散布流言，说汉军将派重兵严守长城，断其归路，进入五原的匈奴军必然惊慌失措。霍光对金日磾这个主意大为赞同。

刘彻向霍光问计，霍光把金日磾的主张奏明陛下，刘彻连连点头。于是，刘彻派徐自为率十万精兵反击西羌。可对于匈奴，刘彻犹豫起来。谁能震慑住匈奴呢？当然是卫青，刘彻摇了摇头，卫青功高至伟，不可再用。除了卫青，那就只有公孙贺和赵破奴了。

现在，刘彻重新起用公孙贺和赵破奴。公孙贺和赵破奴各自率兵北上，沿途散布流言。匈奴军得知汉军要断自己的归路，果然退兵而去。

徐自为与沿边各郡的汉军汇合，全力反击，西羌溃不成军，大败而逃。

元鼎六年（公元前111年）冬，吕嘉被擒，南越被灭，东瓯主动投降。以前，一百〇六个侯国不交赋税；现在，这些侯国被废，朝廷一下子增加了一百〇六个县的赋税。同时，桑弘羊盐铁专卖的成效进一步显现，黄金和铜钱源源不断地流向府库，而且这一年天下丰收，汉朝的钱粮堆积如山。

刘彻大悦，把元鼎七年改为元封元年。

有了钱粮，刘彻面向北方，咬牙切齿，匈奴趁我天朝平定南越之际，抄我后路，杀我五原郡守，必须严惩！

在宣室殿，刘彻高坐在上，群臣分立两厢。

刘彻当众提出北击匈奴，桑弘羊手捧笏板，出班道："陛下圣明！匈奴早就该灭，微臣已经把钱粮准备停当，我大汉可以随时出兵。"

刘彻十分欣慰道："桑大人真是治国能臣，朕终于可以不用为钱发愁了！驸马，拟诏！"

一股酸水涌入喉咙，金日磾使劲地咽下去。有人准备好笔墨、木牍，金日磾提笔在手。

刘彻慷慨激昂："南越东瓯，咸伏其辜；西蛮北夷，颇未辑睦。朕将巡边陲，择兵振旅，躬秉武节，置十二部将军，亲帅师焉。"

这段话的大意是：南越、东瓯都已受到应有的惩罚，而西蛮、北夷还远未平定。朕要统领十二部将军，亲到边境，深入军中，激发将士斗志，北击匈奴。

金日磾写完捧给刘彻，刘彻看了看道："将此书诏告天下，以示天威！"

金日磾应道："是，陛下。"

满朝文武大惊，陛下要御驾亲征，塞上风沙扑面，寒气袭人，万一遭遇匈奴骑兵，不要说有个三长两短，就是惊了皇帝，那也无法向天下人交代呀！

卫青、公孙贺、赵破奴等武将跪倒——

赵破奴道："陛下圣体，关乎大汉的江山社稷，万万不可呀！"

公孙贺道："请陛下安坐宫中，臣愿誓死报效朝廷，报效陛下！"

卫青话语铿锵："漠上寒苦，非中原可比，陛下乃万乘之身，不可屈尊降贵。臣虽老迈，但杀敌之心不老！手中的刀不老！臣愿勇往直前，死而后已！"

刘彻安慰卫青："大司马，你征战多年，也该歇歇了。太子年幼，还需要你的辅佐。"刘彻又对群臣说，"各位大人且毋多虑，朕身体健壮，你们就放心吧。"

卫青还要说话，刘彻一摆手道："长期以来，朕一直有个心愿，就是想亲临沙场，与匈奴一决高低，你们都不要劝了。"

经过一番准备，汉朝第十次北击匈奴。

刘彻率四镇将军——镇东将军、镇南将军、镇西将军、镇北将军，四安将军——安东将军、安南将军、安西将军、安北将军，四平将军——平东将军、平南将军、平西将军、平北将军，共十二部将军、十八万骑兵，浩浩荡荡向北而去。后面跟着数十万辆辎重车，总共达六十多万人。沿途旌旗招展，绵延千余里。真可谓气吞山河，声震九霄，鬼神皆惊！

此时，伊稚斜单于已经病故，自次王赵信也离开了人世，乌维继承单于之位。

乌维当了单于之后，想抛弃与汉朝的仇恨，与民休养生息。可句犁湖是个强硬分子，三番五次向乌维单于进言，要南下收复被汉朝占领的土地。

时值汉朝征讨南越，西羌趁机进攻汉朝，但进展艰难。西羌联合匈奴，共同进攻汉朝。句犁湖一天之中六次向乌维单于请战，乌维单于无奈，只得派句犁湖率三万骑兵南下。句犁湖还真勇猛，突破长城，兵临五原郡的九原城下，五原郡守在守城时被句犁湖射杀。

句犁湖正沉浸在胜利的喜悦之中，探马来报，说公孙贺、赵破奴各率十万大军，要堵住被匈奴攻陷的长城缺口，把句犁湖关入汉境。句犁湖没当回事，继续攻打九原城。第二天，探马又报，说徐自为大破西羌，很快就将挥师增援，与公孙贺、赵破奴共同剿杀句犁湖。句犁湖这才不情愿地退回草原。

十年前，匈奴遭汉军攻击，退到大漠以北。可是，大漠之中的水草不能满足各部落牲畜的需求。相对而言，越往南，天气越温暖，水草越好。因此，匈奴各部落渐渐地向南游牧，如今已接近漠南了。

哪承想，晴天一声霹雳，刘彻亲征匈奴。乌维单于惊得目瞪口呆，心中暗暗埋怨句犁湖，如果你不去攻打五原郡，杀了五原郡守，刘彻也不可能大举北上。

乌维单于把龙庭的诸王、各部首领、各位将军召集到金顶大帐，商议对策。

句犁湖很是不屑道："汉朝皇帝来得好啊！"

乌维单于斥责句犁湖："汉军声势浩大，你居然还叫好，你没发烧吧？"

句犁湖没当回事道："大单于，我一点儿也没发烧，我清醒得很。这件事是我惹的，我来退敌。"

乌维单于觉得句犁湖在说大话："你怎么退敌？"

句犁湖道："我赴汉营诈降，然后寻找机会，一箭射死刘彻。刘彻一死，汉军就会像暴风雪中的羊群一样溃散。"

乌维单于的心一动。

且鞮侯深为句犁湖担心，说："不行，二哥，你这是玩命！"

句犁湖不以为然道："没错，我是玩命。我跟汉朝皇帝玩命，玩得值！我杀了刘彻，我就赚了。万一我被刘彻识破，死了，你们还像以前那样撤往漠北，把汉军拖得人困马乏，再像狼群一样杀向汉军，一定会大获全胜，说不定还能乘胜把失去的土地夺回来。"

狐鹿姑连声道："不行不行！这太危险了，刘彻身边不知有多少人保护，二伯父去了，只能白白地赔上性命。"

狐鹿姑的话提醒了乌维单于："老二，我不能让你去冒险。"

句犁湖还想争辩，乌维单于当机立断道："传令！所有部落全部北撤。"

且鞮侯和狐鹿姑回到自己的部落，组织人畜北迁。

狐鹿姑若有所思道："阿爸，以前匈奴和汉朝约为兄弟，双方和亲，那不是很好嘛，汉朝为什么非要把我们灭掉？"

且鞮侯道："我们觉得很好，汉朝却觉得不好。"

狐鹿姑问："为什么？"

且鞮侯解释道："当年，汉高祖刘邦和我们的先祖冒顿大单于约定和亲，要汉家公主嫁过来，可汉朝上下都认为是一种屈辱。"

父子二人正说着，身后传来一个女子的声音："他们要觉得屈辱，我们的居次可以到汉朝和亲嘛！"

且鞮侯和狐鹿姑回头一看，见是翁娣。

狐鹿姑知道，妹妹热切盼望汉匈和亲，无论是汉朝把公主嫁过来，还是匈奴把居次嫁过去，她和金日磾之间的障碍就不存在了。

且鞮侯长叹一声道："女儿呀，你想得太简单了。我们匈奴没有文字，没有书籍，读书人特别少。

因此，汉人把我们看成是没有开化的夷狄。即使我们匈奴的居次想去和亲，人家也不要啊！"

翁娣的目光暗淡下来，不由自主地想起自己和金日磾，这样下去，我们什么时候才能走到一起呢？

元封元年（公元前110年）阴历十月，刘彻率大军沿秦直道向北，经过上郡、西河（今内蒙古自治区鄂尔多斯市准格尔旗）、五原等地，过秦长城，登上单于台，没有发现匈奴一兵一卒。

单于台是冒顿单于开国时的龙庭所在地。

刘彻只在漠南盘桓，没有深入大漠，又沿着漠南转而向西，经朔方，到达北河（内蒙古自治区磴口县境内），还是没有遇到匈奴人。

此时，已是隆冬季节，朔风刺骨，寒气逼人。四野之内一片肃杀，飞鸟躲进巢穴，野兽藏于山林。汉军奔走在风雪中，胡子和眉毛都结了霜。

　　公孙贺、赵破奴等担心刘彻的身体，都劝他回宫。刘彻离开长安这么久，一仗没打就走，心有不甘。可是，不回去，草原上的天气实在让他吃不消。

　　大帐之中，几盆炭火红如朝霞。连日来，刘彻常常望着火盆发呆。有一次，炭火把他的袍子烤煳了，他居然没有发觉，金日磾不知道陛下在想什么。

　　这天，太阳刚出来，刘彻就对金日磾说："驸马，去把行人郭吉叫来。"

　　汉代的"行人"是大行令下属的一个官职，负责外交事务。

　　金日磾应道："是，陛下。"

　　金日磾出了大帐，把郭吉带到刘彻面前。

　　刘彻目光凝重，对郭吉说："朕派你到龙庭下战书，你找到乌维单于，将这封战书交给他。"

　　说着，刘彻把一个黄包袱交给金日磾。金日磾把黄包袱转给郭吉，郭吉背在肩上。

　　金日磾纳闷，我天天服侍在陛下身边，陛下平时下诏，都是由我起草，这次怎么没用我？莫不是陛下亲手所书？可是，陛下什么时候写的？我怎么一点儿都不知道？

　　刘彻又道："驸马，把朕的旌节取来。"

　　金日磾取来天子旌节，双手捧给刘彻。

　　旌节，简称节，是七段牦牛尾串在一起，悬挂在一根弯头竹竿上。旌节有代表太子的，也有代表皇帝的。代表太子的旌节，牦牛尾全部染成赤红色；代表皇帝的旌节，则是在赤红色的牦牛尾上加黄缨。

　　刘彻郑重地把旌节授给郭吉。第二天，郭吉怀抱天子旌节，带着几个随从飞马向北。

　　金日碑不知皇帝战书的内容，也不知郭吉此去是凶是吉。

/第十七章/

金日磾想，如果是公事，狐鹿姑应该在朝堂上说。他来我家，那就是私事。我是匈奴人，擅自与匈奴使者相见，难免招来非议。金日磾心中道：义兄，对不起了，我还是不能让你进来。

天寒地冻，越往北越冷。郭吉一行人遭了大罪。饿了，从怀里掏出用身体焐热的干粮；渴了，跳下马，往嘴里塞几口雪。到了晚上就更难熬了，草原本来就地广人稀，汉军北上，匈奴人北迁，几百里也不见一户人家。没有帐篷，没有被褥。郭吉等人只能捡牛粪、马粪或干树枝生火取暖。天当房，地当床，一夜之间，十几次被冻醒。

郭吉多次深入草原，能说一口流利的匈奴语，对草原也很熟悉。可是，匈奴龙庭没有固定的地方，草原那么大，去哪找龙庭呢？

郭吉想到一个人，这个人叫童失足。童失足身材魁梧，相貌堂堂。早年，郭吉出使匈奴时与他相识。伊稚斜单于去世后，童失足成为乌维单于的侍卫。在一次打猎中，乌维单于追赶猎物，童失足在后面保护乌维单于的小阏氏。突然，一头黑熊奔小阏氏而去，小阏氏的马受惊逃走，小阏氏跌落在地，童失足纵马提枪挡在小阏氏前面。一人一熊对峙了一会儿，黑熊后退几步，转身走了。童失足下马搀小阏氏，小阏氏浑身发抖，站不起来，童失足把她抱起。就在这时，乌维单于策马而来。他勃然大怒，当即要杀童失足。小阏氏百般解释，几天后，童失足还是被赶出龙庭。童失足一个人在山中支起帐篷，养了一群羊，想孤独地了此残生。

郭吉找到童失足。童失足带着郭吉等人一路打听，终于找到匈奴龙庭。

狐鹿姑率一支军兵巡逻，郭吉刚接近龙庭，就被发现了，狐鹿姑围住郭吉、童失足等人。

郭吉把汉天子旄节举过头顶道："大汉使臣郭吉，奉旨前来求见匈奴大单于。"

狐鹿姑禀报乌维单于，乌维单于和句犁湖、且鞮侯，以及诸王、各部首领、各位将军齐聚金顶大帐。

狐鹿姑把郭吉带到金顶大帐前，郭吉怀抱旄节直奔帐门。狐鹿姑把双臂一横，说："对不起，郭大人，按照我们匈奴的规定，外国使臣必须把旄节放在帐外，才能进入大单于的金顶大帐。"

其实，这些礼节郭吉都懂，他只是想打马虎眼混过去。见狐鹿姑阻拦，郭吉把旄节交给随从。随从站在帐外，郭吉一撩帐帘，走进帐中。

乌维单于端坐在虎皮椅上，句犁湖、且鞮侯等大臣分立左右。侍卫站成两排，一个个手摁佩刀，横眉立目。

郭吉整理一下衣服，又挺了挺胸，然后把身上的黄包袱解下来，双手捧过头顶。狐鹿姑接过来，打开黄包袱，里面是一卷木牍。

狐鹿姑展开木牍，见每个木片上都写满了字。他捧给乌维单于，乌维单于不认识汉字，对狐鹿姑吩咐道："念。"

为了与汉朝交流，匈奴专门培养一些人识汉字、读汉书，狐鹿姑是其中之一。

狐鹿姑念道——

　　大汉皇帝问候匈奴大单于。南越王头悬于汉宫北阙。
今单于能战，天子自将待边；不能，即南面而臣于汉，何
徒远走，亡匿于漠北寒苦无水草之地？毋为也。

这段话的大意是：南越国王的头颅已经悬挂在汉朝皇宫的北门楼上。单于你要是能战，我就率军在边境上等你；你若不能战，就向汉朝称臣，何必逃到大漠深处苦寒没有水草的地方？那是没有什么作为的。

乌维单于刚听到"南面而臣于汉"火就上来了，有心杀了郭吉，但是两国交兵不斩来使。

乌维单于也没听后面的话，狐鹿姑刚念完，他便大声喝问："郭吉，你是怎么找到龙庭的？"

郭吉道："是友人童失足把我送来的。"

一听童失足，乌维单于的火更大了，说："童失足在哪？"

郭吉见乌维单于的脸如帐外的冰雪一般，支吾一下，旁边的侍卫头领道："回大单于，童失足就在帐外。"

乌维单于对侍卫头领道："童失足竟敢带汉人来到龙庭，把他砍了！"

"是！"侍卫头领应道。郭吉想拦，可哪里拦得住。不一会儿，童失足的人头被提了进来。

郭吉捶胸顿足道："童兄，是我害了你，是我害了你呀……"郭吉猛地转过头，面对乌维单于吼道，"你杀童失足算什么本事，有本事和我大汉军队一决雌雄！"

还没等乌维单于说话，句犁湖哈哈大笑道："一决雌雄？好哇！我和你们皇帝单打独斗，他要是把我宰了，匈奴就投降；我要是把他宰了，汉朝就投降。你回去问问你们皇帝，他敢吗？"

乌维单于对句犁湖的这番话非常满意，望着郭吉道："你们欺负匈奴人少，常常搞人海战术，以众击寡，这不算什么本事。我二弟说得不错，如果你们皇帝觉得身份不对等，我愿意和他单挑！你们皇帝敢吗？"

乌维单于这么一说，其他诸王、各部首领、各位将军热血沸腾，喊道："就是，就是，你们皇帝敢吗？"

郭吉吓了一大跳，且不说皇帝敢不敢，首先是郭吉不敢。如果郭吉当着满朝文武的面说，匈奴单于要与皇帝单挑，这就是把皇帝架在火上烤，不要说皇帝有什么反应，群臣也得把他剐了。

郭吉毕竟是搞外交的，头脑反应相当快，冷笑道："君子斗智不斗勇。你们匈奴人从小骑马射箭，可我大汉皇帝读诗书，识礼仪，这公平吗？"

句犁湖反驳："你们人多，我们人少，这公平吗？"

郭吉一想，这种话题扯不完，话锋一转："我不是来谈公平的，我是来下战书的，你们能战就战，不能战就投降！"

乌维单于斜视郭吉道："让我投降不难，你先到北海去放羊，什么时候公羊下了羔子，我一定投降！"

匈奴诸王、各部首领、各位将军哄堂大笑道："对对对，只要公羊下了羔子，我们匈奴就投降！哈哈哈……"

几个侍卫把郭吉往外推，郭吉大叫："我是大汉使臣，你们不能这么对我！你们不能这么对我……"

声音逐渐远去。

人们吵吵嚷嚷，狐鹿姑一直没说话。

这时，狐鹿姑向前一步，对乌维单于一抚胸道："大单于，汉朝皇帝的战书暗藏玄机呀！我觉得郭吉可能没看过这封战书，不知道战书的内容。"

狐鹿姑指着战书上面的文字道："大单于请看，第一句——'大汉皇帝问候匈奴大单于'。刘彻虽然自称大汉皇帝，可也称呼您为大单于。这是对等的，没有贬低匈奴。"

乌维单于点了点头。

狐鹿姑又道："大单于再往下看——'南越王头悬于汉宫北阙。今单于能战，天子自将待边；不能，即南面而臣于汉'。"

乌维单于面带怒容道："我一听这段话就生气。匈奴统一草原近百年，马背上的部落无不臣服，从没向人低过头！刘彻拿南越王来威胁我，他做梦！"

狐鹿姑道："大单于说得是，这段话的确有威胁的意思。可下一句却很软——'何徒远走，亡匿于漠北寒苦无水草之地？毋为也'。意思是说，大单于何必逃到大漠深处苦寒没有水草的地方？那是没有什么作为的。大单于，刘彻这封信的关键就在这里，这是在暗示大单于，可以不去'大漠深处寒苦没有水草的地方'，可以

'有所作为'呀！"

乌维单于眉头皱起，是啊！我只听了前面的话，没注意最后这句。刘彻一手硬，一手软，他要干什么？

且鞮侯跟汉人接触较多，深知中原人注重面子，甚至是死要面子活受罪。汉朝和匈奴打了这么多年，匈奴损失很大，汉朝损失更大，且鞮侯早就听说为了筹钱打仗，刘彻卖官鬻爵，强推皮币、白金币，罢黜一百〇六位列侯，等等。

且鞮侯茅塞顿开："大单于，表面上看，这是'战书'，实际上是'劝诫书'，劝大单于'有所作为'呀！"

狐鹿姑道："对对对，刘彻就是这个意思！"

乌维单于注视着狐鹿姑道："那刘彻想让我有什么作为呢？"

狐鹿姑道："大单于，如果我没猜错的话，刘彻想重新与匈奴和亲，但他顾及面子，想让我们先提出来。"

且鞮侯激动道："就是就是！"

乌维单于恍然大悟道："狐鹿姑，你真行！你的眼睛简直比北海的冰还要清澈！"

句犁湖也嗅到了这封战书的味道，但他不愿相信道："难道刘彻率六十万人马跑到草原，就是为了让我们提出和亲？"

狐鹿姑目光如炬。他认为，刘彻率军北上的时候，不一定有和亲的想法。可是，当汉军跨过长城，发现草原的广阔，天气的寒冷，寻找匈奴主力的艰难，他便改变了主意。汉军只在漠南一带活动，没有进入大漠，就证明了刘彻的担心。

狐鹿姑说："刘彻一定会想到，一旦汉军进入大漠，冰天雪地，汉军的粮草必然难以保障，而我们说不定什么时候杀出来。汉军虽然人多，却像牛与狼搏斗，无论牛多么强壮，狼都可以随时偷袭牛，而牛却防不胜防。时间一长，牛就会伤痕累累，无力反击，最后成为狼的美餐。这才是刘彻放弃和我们血战到底的原因。现在，刘彻已经造出声势，显示威风，震慑了他的臣民，也震慑了四方各国。他还可以对人说，把我们吓跑了，匈奴不敢出来。刘彻赚足了面子，目的也就达到了。因此，派郭吉前来下战书，以战书暗示大单于。"

听了狐鹿姑的分析，众人连连点头，纷纷竖起大拇指。

句犁湖脑袋一晃道："以前，我们不是没有提出过和亲，可被刘彻拒绝了。"

且鞮侯对句犁湖说："二哥，从人口上讲，我们远不及汉朝；从军队上讲，我们没有消灭汉朝的能力。我们骚扰汉朝，只能引来汉朝的报复。汉朝报复我们，我们再反报复。这样下去，什么时候是个头啊！既然刘彻有意和亲，我们就再派人去一趟嘛！"

句犁湖眼睛一瞪道："老三，我们匈奴人是狼，不是羊，我们不能任由刘彻的鞭子驱赶！"

见句犁湖和且鞮侯争执起来，乌维单于摆了摆手道："算了算了，这件事以后再说。"

匈奴扣留了郭吉，其他汉使都被赶了回来。

刘彻双眉拧在一起，久久没有说话。数日后，刘彻留部分军兵守卫长城要塞，大队人马返回长安。

汉朝第十次北击匈奴，一仗也没打就回来了。

刘彻又开始了他的寻仙之旅。在寻仙期间，汉军灭掉了东越、夜郎、滇国等，至此，汉朝的版图延伸到东海和南海，西南囊括云南全境，汉朝又增加了十七个郡。

桑弘羊为朝廷聚财，功绩卓著，刘彻把他提升为大农令，官至九卿。卜式看不惯桑弘羊的商人做派，对桑弘羊的敛财手段颇有微词。然而，刘彻需要的是钱——打仗用钱，寻找神仙用钱，没有钱是万万不能的。刘彻开始讨厌卜式，借口卜式不善文辞，不会写奏章，把卜式降为太子少傅。几年后，卜式病逝。

泰山封禅是刘彻寻找神仙的巅峰，但是，除了发现一个所谓的大脚印之外，连神仙的影子也没找到。

一晃，三年过去了。

轻风拂面，杨柳依依。长安城外百花盛开，麦子开始泛黄，谷子开始拔节。这天，长安来了十几个匈奴使者，侍中霍光把他们引领到驿馆之中。

金日磾已经是四个孩子的父亲了，长女婉儿十二岁，长子弄儿七岁，次子建儿五岁，三子赏儿三岁。

太阳偏西，金日磾回到家中，婉儿、弄儿、建儿都跑了出来，三个孩子围着金日磾叫爹。金母和自君公主婆媳二人站在院中纳凉。自君公主抱着赏儿，赏儿见姐姐、哥哥叫爹，也挣扎着，双手伸向金日磾，口中发出甜甜的声音："爹爹，抱抱。"

金日磾抱过赏儿，在孩子的脸上亲了一口。

金母问："日磾，今天怎么回来这么早？"

金日磾道："娘，今天是霍光当值，陛下让儿回来陪陪你老人家。"

金母笑道："你是陛下的近臣，应该好好服侍陛下，为陛下分忧，娘不用陪。"金母话题一转，"听说匈奴来人了？"

金日磾应道："是，娘。"

金母道："来了好，来了好。人和人也是这样，有了矛盾不要紧，坐下来多谈谈，矛盾就化解了。"

自君公主道："驸马，我去看看饭菜好了没。"

金日磾点了点头，自君公主离开了。

金日磾抱着赏儿来到母亲房中，金母凝视着金日磾说："听说，匈奴这次来是请求和亲的？"

金日磾道："是，娘。"

金母深有感触地说："还是和亲好啊，和亲就不用打仗了。"

金日磾道："娘说的是，老百姓都想过安稳日子，谁也不愿意打仗。"

母子二人正说着，家人进来说："驸马，门外来了两个人，说要求见大人，我开门一看，一个是几年前来咱们家的那位匈奴公子狐鹿姑，另一个面生，不认识。"

金日磾一愣，义兄狐鹿姑？难道匈奴使臣是他？金日磾犹豫起来，我该不该让狐鹿姑进来？

金母的心一动，以前，陛下从来没让日磾回来陪我，今天让日磾这么早回来，会不会与狐鹿姑有关？莫不是陛下知道狐鹿姑要来我家？如果是这样，那陛下有什么用意呢？

金日磾问家人："你对狐鹿姑怎么说的？"

家人道："我说我家驸马还没回府，他说他在门外等，我就关上了门。驸马，让不让他们进来？"

金日磾想，如果是公事，狐鹿姑应该在朝堂上说。他来我家，那就是私事。我是匈奴人，擅自与匈奴使者相见，难免招来非议。金日磾心中道：义兄，对不起了，我还是不能让你进来。

第二天早朝，刘彻道："各位大人，近三年来，我大汉没有与匈奴发生冲突。如今，匈奴前来请求和亲，各位大人以为如何呀？"

群臣摸不准刘彻的心思，谁也没说话。

刘彻的目光落在金日磾的脸上，说："驸马，你是匈奴人，你最了解匈奴，你说说，匈奴人是怎么看待和亲的？"

金日磾出班道："回陛下，自从高祖开创和亲以来，匈奴单于以娶汉家公主为荣，诸王、各部首领、各位将军用牲畜换取汉朝的绫罗绸缎，百姓用皮毛换取汉朝的锅碗瓢盆，从上到下，无不向往和亲。"

刘彻道："那你的意见如何呀？"

金日磾的心"怦怦"直跳，说："回陛下，臣不敢妄言。"

刘彻道："朕给你做主，你大胆地说。"

金日磾感到，陛下对匈奴的态度转变了。

第十八章

金日磾大惊，颜异也曾对陛下说过类似的话，惹得陛
下大怒。后来颜异被杀，这是其中的原因之一。金日磾暗
中着急，王大人，你说这种话会大祸临头的！

金日磾为之一振，陛下这是鼓励我，既然如此，那我就说。他
说道："陛下，微臣前些日子从史官那里看到有关主父偃的记载。
虽然主父偃犯下不赦之罪，但他对汉匈关系的主张还是有可取之处
的。"

刘彻眉头一皱，心想，主父偃？他已经死了十六年。当初，就
是他提出的推恩令，从此，朝廷没费吹灰之力，就削弱了诸王，摆
脱了诸王尾大不掉的局面。

主父偃，复姓主父，单字名偃。其实，主父偃的祖先姓赵，他
是胡服骑射赵武灵王的后代。赵武灵王晚年时，把王位禅让给小儿
子赵惠文王，他自称"主父"。赵武灵王死后，他的子孙中有一支
便以"主父"为姓。

主父偃是汉朝齐国都城临淄人氏。他出身贫寒，早年学习纵横术，后又学《易经》《春秋》和百家之言，可谓一肚子学问。但是，齐国官员排挤他，他连个小吏也没混上。后来，他游历汉朝的燕、赵、中山等王国，但仍得不到重用。

人过三十天过午，主父偃都年过四十了，生活依然窘迫。他虽然胸怀大志，却到处碰壁。

后来，主父偃走进长安，投到卫青门下。卫青和他交谈多次，发觉他确实是个难得的人才。卫青向刘彻推荐主父偃，可刘彻没有召见他。主父偃着急，干脆，我发挥自己的强项，直接给陛下上书。

主父偃一介平民，能给皇帝上书吗？能。

两汉时期，朝廷开明。平民上书给皇帝的事例屡见不鲜。主父偃在书中写道："国虽大，好战必亡；天下虽安，忘战必危。愤怒是悖逆之德，兵器是不祥之物，争斗是最末的节操。那些追求战争胜利、穷兵黩武的人，没有不悔恨的。"

在谈到匈奴时，主父偃首先以秦朝为例——

秦始皇听从方士卢生之言要进攻匈奴，丞相李斯劝谏说，匈奴没有城郭定居之所，没有储存钱粮之库，迁徙不定，如同飞鸟，很难制服。如果军队轻装深入草原，粮食难以供应；如果军队携带粮草，就会因行动缓慢，延误战机。最重要的是，匈奴地处荒漠，占领匈奴土地，不能为国家带来收益；俘获匈奴民众，难以教化；杀掉匈奴的战俘，又非明君所为。秦始皇不听，派蒙恬率三十万大军北击匈奴，开辟疆土千余里。可是，草原土地贫瘠，不能种植五谷。秦军在外多年，始终不能解除匈奴的威胁。为了保障这支军队，秦朝男子终日耕作，收获却不够交纳军粮；女子昼夜纺织，织出的布帛却满足不了军队的需求。百姓拼死拼活地干，仍然无衣无食。路上饿死冻死的人太多，以致无法掩埋。天下人没有活路，不得不聚众造反，最终推翻秦朝。

主父偃又谈到汉朝——

高祖要打匈奴，有位御史劝谏说，匈奴人忽而如同野兽聚集，忽而如同鸟类分散，与他们交战，就像同影子搏斗。高祖不听，结果在平城白登山被困七天七夜。天降大雪，里无粮草，外无救兵，三军岌岌可危。陈平献策，匈奴退兵。刘邦回到长安，派刘敬出使匈奴，双方确定和亲。从此，边境偃然，国泰民安，文景盛世出现。

秦始皇主战，二世而亡；汉高祖和亲，如日中天。两个朝代对比，主父偃得出结论：和亲才是江山永固的良策。

当时，主父偃的上书，得到刘彻的高度赞扬。一年中，主父偃升迁四次，权倾朝野。然而，一年后，主父偃被灭族。

原因是，刘彻命主父偃查办两起案子，一起是燕王刘定国案，一起是齐王刘次昌案，可两起案子都令刘彻非常不满。

最终，燕、齐两个王国被废。后来，刘彻恢复了齐国，把自己的次子封为齐王。卜式当齐国丞相时，辅佐的就是刘彻的次子。

主父偃有句名言："生不五鼎食，死则五鼎烹。"

五鼎比喻高官厚禄。古代祭祀时，天子用九鼎，诸侯用七鼎，大夫用五鼎，元士用三鼎。元士也称士，指统治阶级中的知识分子，是贵族中的最末者。主父偃还没来得及享受五鼎食，就奔五鼎烹去了。

主父偃大红大紫之时，托主父偃走后门当官的人排长队。主父偃来者不拒，别人送多少钱财他都敢收。在主父偃的推荐下，一批人加官晋爵。

在汉朝，诸王的丞相由朝廷派遣，丞相在协助诸王治理王国的同时，监督诸王，防其不轨。赵王刘彭祖老奸巨猾，执政六十年，朝廷派来的丞相，没有一人能在赵国任职两年。原因是刘彭祖使坏。刘彭祖秘密监视丞相，搜集丞相犯忌的言行。如果没有犯忌的言行，刘彭祖就请丞相喝酒，引诱丞相说犯忌的话，做违法的事。丞相一旦有了不当言行，刘彭祖便上书告发，重者死，轻者刑。所以，刘彭祖在赵国为所欲为。

然而，刘彭祖的太子刘丹却有不当行为。刘彭祖担心太子刘丹被主父偃盯上，自己成为他的下一个目标，便来个先下手为强，向皇帝告发主父偃贪赃枉法，主父偃下狱。

刘彻爱惜主父偃是个奇才，有心留他一命。可是，主父偃平时太过张扬，群臣无一人为他说好话，相反，却有一大批人落井下石。刘彻无奈，把主父偃满门抄斩。

金日磾借用主父偃之事，提出自己的和亲看法，可他刚说完，有人大喝一声："主父偃的主张不可用，文景之治与和亲没有关系！"

刘彻一看，是大农令桑弘羊。桑弘羊是继张汤之后，又一个对匈奴强硬的高官。

桑弘羊说："自从大汉开基以来，匈奴前后十三次进犯我大汉领土，即便是双方和亲期间，也没有停止过。比如，孝文帝十四年冬，匈奴老上单于率领十四万骑兵攻入朝那、萧关、彭阳，他们的探马甚至到达甘泉宫，兵锋直指京师。孝文帝调动战车千乘，骑兵十万，在长安城附近驻防，同时征召大批军队反击匈奴，老上单于在汉境抢掠一个月才退回草原。孝文帝后元六年冬，匈奴六万骑兵分两路进攻上郡和云中郡，无数百姓被杀，大批财物被抢。还有，孝景帝时期，匈奴三次寇边。这都是铁的事实。何况主父偃有负皇恩，犯下不赦之罪，驸马都尉搬出这样的败类，难道要给他翻案吗？"

桑弘羊咄咄逼人，金日磾不温不火地说："桑大人，水能淹人致死，但渴时千金不易；袄虽能御寒，但夏季必须换掉。主父偃虽然犯下不赦之罪，可他提出的推恩令朝廷不是还在用吗？择其善者而用之，择其不善而弃之，这才是人间正道。下官只是觉得主父偃对和亲的论述很精辟，这与翻案没有关系。"

金日磾的话很客观，桑弘羊哼了一声道："哼！居心叵测，强词夺理。"

金日磾谦卑地说："桑大人，下官一孔之见，不当之处，还请大人见谅。"

金日磾不与桑弘羊冲突，桑弘羊有劲儿使不上，说："见谅不敢当，你不要不懂装懂就行了。"

金日磾的脸一红，没有反驳。

刘彻看不下去了，说："桑大人，你出身商人世家，本在七科谪之内，按照朝廷从前的规定，你是不能当官的。可是，你为朝廷聚财有功，朕还是擢升你为大农令，位列九卿。这就叫'非常之功，必待非常之人'。你和主父偃都是难得的人才，只可惜，主父偃后来走了邪路。"

桑弘羊的心一紧，陛下怎么把我和主父偃相提并论？这是敲打我，还是褒扬我？

桑弘羊诺诺道："陛下教训的是……"

刘彻又往下看了看问："还有哪位大人有话要说呀？"

大行府的治礼丞王乌手捧笏板道："陛下，微臣有话要说。"

自从颜异被杀，汲黯被贬，狄山阵亡，主张和亲的声音很少听到，王乌发现今日风向有变，他想，我得说两句。

刘彻点点头道："说吧。"

金日磾对桑弘羊恭谦，王乌却不客气，说："陛下，桑大人之言有失偏颇！没错，孝文帝期间，匈奴曾两次大举南下，不过，那都是因为奸人中行说从中挑唆。匈奴老上单于初立，孝文帝封翁主为公主，赴匈奴和亲，命宦官中行说随行服侍。中行说极不情愿，他蛊惑老上单于长达八年之久，直到公主故去，老上单于方才大举南下。可是，朝廷接着与匈奴和亲，老上单于便安分下来。后来，老上单于死了，其子军臣单于继立，朝廷又把一名宫女封为公主，双方和亲。可奸人中行说为达到他报复朝廷的目的，诈称这位公主长的是克夫之相。军臣单于大怒，派六万骑兵攻打上郡、云中郡。孝文帝驾崩，孝景帝继位，再把一位翁主封为公主，嫁到匈奴。这次和亲，终孝景帝一朝，匈奴虽小有盗边，并无大寇。这难道不是和亲之利乎？"

桑弘羊暗恨王乌。可是，王乌说得条理清晰，事实清楚，桑弘羊恼也不是，不恼也不是。

桑弘羊灵机一动，避开王乌的话题："陛下，如今，我大汉东方平安无事，西方与乌孙和亲，南方收服两越和昆明，只有北方匈奴尚未归服，此乃大汉开基以来从未有过的盛世。遥想当年，高祖受白登之围，高后遭致书之辱。臣听说，齐襄公报九世之仇，难道我强盛的大汉就对匈奴忍气吞声吗？臣以为，现在府库充盈，将士用命，正是消灭匈奴的天赐良机。"

桑弘羊的这段话包括三个历史故事——

其一，白登之围。汉高祖刘邦被冒顿单于围困于白登山，眼看就要全军覆没。陈平派人带着财宝和一张美女图悄悄地找到冒顿单于的阏氏，谎称汉军兵败之后，要把图上的美女送给冒顿单于的阏氏。冒顿单于的阏氏担心图中美女与自己争宠，劝说退兵，刘邦才得以生还。

其二，致书之辱。刘邦死后，冒顿单于派人给吕太后送去一封信，信中写道："孤偾之君，生于沮泽之中，长于平野牛马之域，数至边境，愿游中国。陛下独立，孤偾独居。两主不乐，无以自虞，愿以所有，易其所无。"这段话的大意是，我是一个孤独的君主，生在潮湿的沼泽之地，长在放牧牛马的草原。我多次来到汉匈边境，期待有朝一日能到汉境遛一圈儿。太后你是寡妇，单于我是鳏夫；你失去了丈夫，我没有了妻子。希望我与你结为夫妻。如此一来，你也有了丈夫，我也有了妻子。吕太后看罢大怒，要发兵攻打匈奴。在中郎将季布的劝谏下，吕太后把一位皇家宗室之女封为公主，嫁给冒顿单于，这件事才平息。

其三，九世之仇。这是西周时期的历史故事。周夷王时期，纪国国君诬告齐哀公对周夷王心怀叵测，周夷王一怒之下，将齐哀公烹杀。齐国是姜子牙的封地，齐哀公是姜子牙的五世孙，也是齐国的第五任国君。而齐襄公是齐国的第十四任国君，他即位时，这件事已经过去一百七十多年。齐襄公执意复仇，但周天子毕竟是天下共主，他不敢向周天子问罪，于是就把矛头指向纪国。经过五年的不懈努力，齐襄公把纪国灭了。《春秋》将此记录下来。

汉武帝罢黜百家，独尊儒术。《春秋》据传是儒家创始人孔子所著，因此，《春秋》成了当时的道德标准。刘彻当年北击匈奴之时，就以白登之围和致书之辱为由，要灭掉匈奴。那时刘彻说：

"齐襄公复九世之仇,《春秋》大之。"意思是,《春秋》肯定了齐襄公报九世之仇,自己也要效法齐襄公。桑弘羊重提这件事,一方面反击王乌,另一方面提醒刘彻不要忘记当初的誓言。

刘彻一皱眉,桑弘羊的话怎么像在揭朕的短?刘彻的脸拉了下来。

王乌发现刘彻脸色的变化,他的胆子更大了,说:"桑大人生财有道,天下无人不知。讨两越,攻昆明,桑大人擢升为九卿,可还是没有实现桑大人的宏图大志啊!要是能打匈奴……"王乌突然提高声调,"满朝文武,超过卫霍两大司马者非桑大人莫属。如果桑大人领兵出征,一定能完成卫霍两大司马未完成的大业,像齐襄公灭纪国一样把匈奴灭掉。相信到那时,桑大人必然位列三公,荣升万户侯!"

卫青因身患重病,已经不上朝了。

王乌冷嘲热讽,句句如刀。

/ 第十九章 /

　　鄂邑公主来到翁娣和金日磾的那个房间门口，从门的缝隙往里看，金日磾和翁娣的每一句话、每一个动作，都被鄂邑公主看在眼里。鄂邑公主打定主意，跟在金日磾身后。

　　然而，出乎金日磾的意料，刘彻并没有生气，金日磾有点奇怪。

　　刘彻虽然不同意桑弘羊的主张，但桑弘羊能弄来钱，刘彻还得用他。见桑弘羊一幅难堪的样子，刘彻呵斥王乌："行了！"

　　王乌喉结动了两下，不再说话了。

　　刘彻的目光转向霍光，说："霍大人，你生在民间，长在民间，而且你家处汉匈边境，据你所见所闻，百姓对和亲有何看法？"

　　霍光面露赤诚道："陛下，老百姓有句话，宁为太平犬，不做离乱人。沿边百姓都想过安稳日子，人们无不期盼和亲。"

　　刘彻点了点头，重复道："'宁为太平犬，不做离乱人'，深刻呀！看来，朕应该顺应民意。"刘彻又往下看了看，"各位大人还有什么意见吗？"

皇帝委婉地表态，群臣还能有什么意见？

众人道："陛下圣明！"

但桑弘羊却没有说话。

刘彻道："那好，宣匈奴使者上殿吧。"

宦官向外高声道："陛下有旨，宣匈奴使者上殿——"

两个匈奴使者走了进来，一个身材高大，肩宽背厚，皮肤偏黑，二目炯炯，头发垂于脑后，额头上系着一条皮绳，皮绳中间镶着一块白玉。他身穿棕色皮袍，衣襟左衽，脚上穿着鹿皮靴，看上去威风凛凛，超凡脱俗。

另一个身材修长，双肩偏窄，瓜子脸，高鼻梁，明眸皓齿，额头的皮绳上镶着一块碧玉。他身披白色皮袍，同样衣襟左衽。虽然此人相貌出众，但眉宇之间透出淡淡的哀伤。

两个匈奴使者以手抚胸，向刘彻鞠躬——

"匈奴正使狐鹿姑拜见汉朝皇帝陛下。"

"匈奴副使奴哥拜见汉朝皇帝陛下。"

狐鹿姑是金日磾的义兄，金日磾很熟悉；对于奴哥，金日磾却没听说过。金日磾抬头一看，心剧烈地跳了起来，那个奴哥不是翁娣吗？昨晚狐鹿姑和另一个人到我家叩门，难道那个人就是翁娣？翁娣女扮男装来到长安，一定与我有关，我该怎么办？

可就在这时，桑弘羊发难了。他憋了一肚子气，正无处发泄，一见两个匈奴使者，喝道："匈奴使者，见到大汉皇帝为何立而不跪？"

狐鹿姑看了看桑弘羊道："不知这位大人怎么称呼？"

桑弘羊怒视着狐鹿姑道："本官乃大农令桑弘羊。"

狐鹿姑点点头道："噢，你就是桑弘羊桑大人，听说你生财是把好手……"

桑弘羊打断狐鹿姑的话："不用拍马屁，你们赶紧向大汉皇帝陛下行跪拜大礼！"

狐鹿姑不卑不亢道："看来，桑大人只知生财，不知汉匈之间的礼节呀！汉朝使者到我匈奴，对大单于行作揖礼，我们到汉朝来，大人却让我们给皇帝行跪拜大礼，这不对吧？"

桑弘羊斥道："你们要和亲，是来求我们的，行跪拜大礼，有何不对？"

狐鹿姑淡然一笑道："和亲是双方自愿，只有谁先提出，不存在谁求谁，这与民间求婚是一个道理。汉朝使臣出使匈奴不跪拜，匈奴使臣出使汉朝也不跪拜，这是汉高祖时期定下的规矩。莫不是桑大人要改汉朝祖制？"狐鹿姑小露锋芒，"不过，狐鹿姑听说，要改祖制必须皇帝下诏。桑大人擅自做主，不知是不是另有图谋呢？"

桑弘羊的汗当时就流下来了，陛下用法严苛，杀大臣毫不手软。他"扑通"跪在刘彻面前道："臣誓死忠于陛下，胡虏居心叵测，请陛下明察！"

狐鹿姑一听"胡虏"二字，脸当时就沉了下来，他又加了一把火："桑大人，大丈夫敢做敢当，自己别有用心，反说他人居心叵测，难道你不怕别人小瞧你吗？"

桑弘羊叩头如同鸡啄米道："陛下，微臣绝无此意！绝无此意呀！这个胡虏想借刀杀人，陛下可千万不要上他的当啊！"

刘彻对人苛刻，但他毕竟不是昏君。他明白，狐鹿姑反击，是因为桑弘羊挑衅引起的。

刘彻狠狠地瞪了桑弘羊一眼道："朕还没有糊涂，你起来吧！"

"是，陛下。"

桑弘羊本想把从王乌那里丢了的面子，从狐鹿姑这儿找回来。可不但没找回来，反倒更加丢丑。此刻，桑弘羊恨不得找个地缝钻进去。

狐鹿姑毕竟是来和亲的，不想与桑弘羊过不去。

狐鹿姑向桑弘羊一抚胸，把话又拉了回来道："狐鹿姑不知深浅，冒犯了桑大人，还请桑大人见谅。"

桑弘羊强压怒火，象征性地一抱拳道："罢了！"

通过这番较量，汉朝君臣无不对狐鹿姑刮目相看——这个匈奴使者柔中带刚，刚中带柔，既给自己台阶，又给桑弘羊台阶，真是左右逢源。

金日磾更是对狐鹿姑暗竖大拇指。

"陛下，臣有话要说。"

刘彻一看，杨信从文班之中走了出来。

杨信和王乌都是大行府的治礼丞。前些日子，大行府的最高官员大行令病故，杨信和王乌都想当大行令，外面传闻，两个人明争暗斗。

刘彻忖道，我倒要听听杨信怎么说？

杨信道："陛下，微臣思索良久，越想越觉得王乌大人所言有理。打仗不是目的，朝廷的安宁、百姓的幸福才至关重要。微臣以为，来而不往非礼也。既然匈奴派人来我大汉，我大汉也应派人到匈奴，与匈奴单于商谈和亲细节。"

刘彻一愣，人们都说杨信和王乌钩心斗角，听杨信这几句话，他的格局很大嘛！

刘彻道："杨大人，你以为何人出使匈奴合适呢？"

杨信叹道："臣愿为陛下分忧，怎奈家中老母病重，难以分身。如果陛下假以时日，待老母痊愈，臣定当前往。"

汉朝以孝治天下，认为忠臣出于孝子——一个人连自己的父母都不孝顺，就不可能忠于国家，忠于皇帝。

刘彻点点头，看来，杨信还挺孝顺。

杨信停了一下，接着说："臣以为王乌王大人可当此重任。"

刘彻的目光转向王乌道："王大人，那你就随匈奴使者走一趟。"

王乌很纳闷，杨信一向与我不睦，出使匈奴是展现自己才能的好机会。杨信自己不去，却推荐我，莫不是他有什么不可告人的目的？

王乌来不及多想，一抱拳道："是，陛下。"

事已确定，狐鹿姑准备退出大殿。翁娣左右张望，金日磾的个子较高，翁娣一眼看到金日磾，金日磾忙低下头。

翁娣面向刘彻，以手抚胸道："尊贵的皇帝陛下，我来汉朝之前，有人托我给金日磾驸马捎几句话，能不能请驸马到驿馆和我详谈？"

"当然可以。"刘彻望着金日磾，"驸马，你就去吧。"

金日磾的心一下子提到嗓子眼儿道："是，陛下。"

到了驿馆，翁娣连门都没关严，便一头扑到金日磾怀里，泪落两行道："日磾，我想死你了，我想死你了……"

金日磾道："翁娣，不要这样，不要这样……"

翁娣抱住金日磾的腰道：“你是我的丈夫，你对长生天发过誓，我为什么不能这样？”

金日磾愧疚难当，说：“翁娣，你有所不知，我妻子已被封为公主，她等同于皇帝的女儿。以前，我还存有幻想，可现在，就算是自君同意，皇帝那关也过不去呀！”

翁娣双手捶打金日磾的肩窝道：“怎么会这样？怎么会这样……”

金日磾任由翁娣捶打，良久，翁娣又抱住金日磾的腰，坚定地说：“皇帝那关过不去，我就给你当丫鬟，我给你当奴婢。只要和你在一起，天天看着你，我死也愿意！”

金日磾非常感动。

翁娣一边哭一边说：“我这次女扮男装，就是为了见你一面。自从长城离别，我睁开眼睛想你，闭上眼睛想你，吃饭时想你，走路时想你……我无时无刻不在想你。你是我的生命，你是我的灵魂，我不能没有你，日磾……”

金日磾何尝不想翁娣？但他只能把千般情、万般爱压在心头。一股热血涌了上来，金日磾一把将翁娣揽在怀中。两个人四目相对，两张嘴的距离越来越近，眼看就要重叠在一起，理智突然在金日磾心中筑起一道长城。

金日磾放开翁娣，背过身去道：“你的地位是何等尊贵，我不能委屈你。”

翁娣转到金日磾面前，摇着金日磾的胳膊说：“我不在乎！我不在乎！我不在乎……只要能和你在一起，我什么都不在乎！”

金日磾痛苦地摇了摇头道：“就算我们不在乎，可现在匈奴和汉朝还处于敌对状态，一些大臣还固执地认为和亲是汉朝的屈辱……"金日磾猛然抓住翁娣的手，激动地说，"让我们共同努力，只要促成汉匈和亲，我就去求自君，求皇帝，哪怕皇帝砍我的头，我也要把你娶到身边，我们永远不分开！"

"日磾！"

"翁娣！"

一对有情人紧紧地拥吻在一起。

两个人又谈了好多知心话，眼看太阳就要落山了，金日磾只得向翁娣告辞。

金日磾拐了个弯，向驿馆大门走去，忽听背后有人道："驸马留步。"

金日磾回头一看，是鄂邑公主。

鄂邑公主是刘彻的次女，几年前丈夫去世，她孤身一人。

刘彻想给鄂邑公主找个列侯嫁了，可是刘彻选了好几个，鄂邑公主都没看上。刘彻对她说："你自己挑，你看上谁就告诉父皇。"

鄂邑公主早就看上了金日磾，刘彻摇了摇头道："驸马不行，他已经娶了自君。"

可鄂邑公主并不死心，多次入宫，借故去看金日磾。金日磾发觉她的眼神异样，总是回避她。然而，鄂邑公主认准了金日磾，凡是关于金日磾的事她都打听。不久得知，金日磾在匈奴定过亲，而且在金日磾奉旨修缮长城时，两个人还见过面。

今天，鄂邑公主再次进宫，正赶上金日磾随翁娣出宫。鄂邑公主从东边来，金日磾和翁娣往西面去。

鄂邑公主下了轿，望着金日磾和翁娣的背影，问宫门的军兵："前面的人是不是驸马？"

军兵一抱拳道："回公主，正是。"

鄂邑公主又问："驸马身边那个人是谁？"

军兵道："是匈奴使者奴哥。"

"奴哥？"

女人最了解女人。鄂邑公主仔细看了看，这个奴哥走路的姿势怎么像女人？鄂邑公主的心一动，这个奴哥不会是金日磾以前的相好吧？

鄂邑公主上了轿，跟在金日磾和翁娣后面。

金日磾和翁娣进了驿馆，鄂邑公主停下轿。她叫随从人员在外面等着，拿出自己出入皇宫的腰牌，驿馆的军兵当即放行。

鄂邑公主来到翁娣和金日磾的那个房间门口，从门的缝隙往里看，金日磾和翁娣的每一句话、每一个动作，都被鄂邑公主看在眼里。鄂邑公主打定主意，跟在金日磾身后。

金日磾出了驿馆的门，她才叫住他。

金日磾向鄂邑公主抱拳拱手道："公主。"

鄂邑公主道："驸马，请到寒舍一叙如何？"

金日磾推脱："公主，臣有要事在身，改日登门拜访。"

鄂邑公主微微一笑道："要事？什么要事？不会是与匈奴女人相会吧？"

金日磾心中一颤道："这……公主说笑了。"

"说笑？我像在说笑吗？"鄂邑公主低声说，"你和那个匈奴女人搂搂抱抱我都看见了，只要我告诉父皇，你可吃不了兜着走！"

金日磾的脸一下子白了。

鄂邑公主却笑道："怎么？驸马，到寒舍喝碗茶吧？"

鄂邑公主上轿，金日碑跟在后面。

到了鄂邑公主府，金日碑随鄂邑公主进了大厅，鄂邑公主赐坐，金日碑哪里敢坐，战战兢兢道："公主，有事敬请吩咐。"

鄂邑公主一摆手，侍女退下，屋里只剩下金日碑和鄂邑公主，鄂邑公主一头扎进金日碑怀里道："驸马，我想死你了……"

金日碑躲开鄂邑公主道："公主，公主……"

鄂邑公主深情地望着金日碑道："难道我比不上那个匈奴女人吗？"

金日碑恭维道："比……比得上……"

鄂邑公主往前跟了两步道："自从我第一次见到你，我就天天想你，夜夜盼你。没有你我就活不了。驸马，你要了我吧，要了我吧……"

鄂邑公主扑了过来，金日碑吓坏了，再次后退道："公主，你要自重！"

鄂邑公主愣了一下道："自重？你跟那个匈奴女人自重了吗？"

金日碑解释道："这……臣与翁娣之间是清白的。"

鄂邑公主的眼泪落了下来，说："你们俩亲嘴，我都看见了。既然你们之间是清白的，我们之间也清白一下——你也亲亲我，行吗？"

金日碑连连后退道："不不不……"

鄂邑公主一下子搂住金日碑的脖子，她的嘴唇触向金日碑的嘴唇。

金日碑大骇，猛地推开鄂邑公主，夺门而逃。

/ 第二十章 /

和亲关乎匈奴和汉朝百姓的福祉，关乎双方的万年基业，也关乎自己与翁娣的后半生。杨信肆意诋毁王乌，构陷王乌，破坏和亲，借刀杀人！我平时小心谨慎，关键时刻，必须挺身而出！

金日䃅跑回家时，天已经黑了下来。"梆梆梆"……金日䃅急促敲门。

"来了！来了！"

家人打开门，见金日䃅一副失魂落魄的样子，吓了一跳，问："驸马，你怎么了？"

金日䃅尽量使自己平静下来，摇了摇头。金日䃅刚要进书房，金母走了过来。

"娘……"

"日䃅，到娘的房中来。"

金母发觉金日䃅神色异样，把他叫到自己房中。

烛光跳动着，侍女献茶，金日磾喝了几口，心里平静了些。金母问金日磾发生了什么事，金日磾没有隐瞒，把翁娣女扮男装来到长安，他和翁娣在驿馆相会，以及他到鄂邑公主府的经过告诉母亲。

金母皱了皱眉道："日磾，你打算怎么处理？"

金日磾心有余悸道："娘，儿与翁娣曾有婚约，而且为了儿，翁娣差点丢了性命，儿不能辜负她。可鄂邑公主不同，儿与她往来，既对不起自君，也对不起翁娣。请娘放心，儿绝不与鄂邑公主行苟且之事，实在不行，儿就把这件事奏明陛下。"

金母郑重地说："不可！日磾，你想过没有，皇帝是个非常注重面子的人，你要奏明陛下，那就是羞辱陛下，也是羞辱鄂邑公主，千万不能这么做！"

金日磾一下子清醒了，说："娘，要么找找平阳公主，平阳公主与天下列侯都有交往，请平阳公主给鄂邑公主找个更好的男人。她有了男人，就不会再与儿纠缠了。"

金母道："这倒是个办法。不过，你不能去。"

金日磾疑惑道："儿不去，谁去？"

金母想了一下道："这件事你不能瞒着自君，你要如实告诉她，争取自君的谅解，让自君去。"

金日磾面有难色道："娘，可儿无法向自君启齿啊！"

金母语重心长地说："日磾呀，最亲莫过父母，最近莫过夫妻。自君是个贤德的女子，你与她赤诚相待，她不会负你的。相信娘，娘的眼睛不会看错。"

夜里，金日磾和自君公主躺在床上，金日磾把这件事的前前后后，毫不隐瞒地讲给妻子，自君公主的眼泪掉了下来。

金日䃅有点慌了，说："自君，对不起，对不起……"

自君公主却笑道："夫君，你把埋在心底的秘密告诉我，说明你非常珍视我们的夫妻感情，我这是高兴的眼泪呀！翁娣是个苦命女子，她等你这么多年，还曾为你自杀，太让人感动了。只是鄂邑公主有些过分，我明天就去找姑姑平阳公主。"

平阳公主府上的人都认识自君公主。自君公主进了内宅，向平阳公主下拜，姑侄二人落座。两个人闲聊几句，自君公主把话题引到鄂邑公主身上。

自君公主道："姑姑，鄂邑公主孀居已经好几年了吧？"

平阳公主想了想道："已经三年多了。"

自君公主道："鄂邑公主年纪轻轻就没了丈夫，连个孩子也没留下，着实可怜。姑姑认识的列侯多，要是能给鄂邑公主找个列侯，她就有了依靠。"

平阳公主很热心，说："这丫头说得对，陛下日理万机，鄂邑公主的事顾不上，我这个当姑姑的不管谁管？"

正说着，家人来报："启禀公主，盖侯王充耳求见。"

平阳公主喜道："好事来了，快请！"

王充耳的父亲叫王信，王信有个妹妹叫王娡，王娡就是刘彻和平阳公主的生身之母。王娡入宫前曾嫁给一个庄稼汉金王孙，她和金王孙生下一个女儿叫金俗。据说有一天，一个算命先生来到王娡的娘家。当王娡的母亲报出王娡的生辰八字时，算命先生大惊，说王娡是大贵之命，能生天子。王娡的母亲当时就呆住了，我女儿能生天子，那我们王家不就一步登天了嘛！第二天，王家打发人把王媖接了回来，并强行与金王孙解除婚姻关系。

王家托各种关系，把王媖送进太子宫。虽然王媖生过孩子，可皇太子刘启十分喜欢王媖。文帝驾崩，太子刘启即位，也就是汉景帝。几个月后，王媖生下皇十子刘彻。汉景帝离世，刘彻当了皇帝，王媖成了皇太后，王信成了国舅。

靠这层关系，王信被封为盖侯。王信死后，其子王充耳袭封盖侯。不过，王充耳嫌自己的封地太小，就托平阳公主向刘彻说情，再给自己增加一些封地。平阳公主帮王充耳办了这件事，王充耳前来答谢。

盖侯王充耳有三位夫人，但一直没有确定正室。听了平阳公主介绍，自君公主暗喜，这下驸马该解脱了。

平阳公主给王充耳提亲，王充耳乐坏了。

当鄂邑公主与盖侯王充耳见面时，戏剧性的一幕发生了。王充耳有个管家叫丁外人。丁外人跟金日磾长得十分相似，鄂邑公主没看上王充耳，却对丁外人动了心。

鄂邑公主一时无法抉择，忧虑成疾，一病不起，鄂邑公主和王充耳的婚事也就暂时放下了。

这次狐鹿姑和翁娣请求和亲，是背着句犁湖来的。因为句犁湖的反对，乌维单于等了整整三年。就在一个月前，鲜卑进攻匈奴，句犁湖主动要求率兵出征，乌维单于正中下怀。

鲜卑位于今大兴安岭北麓，鲜卑和匈奴都对中国统一的多民族国家的形成产生过重大影响。

战国末期，中国北方有三个强大的民族，由西至东，分别是月氏、匈奴和东胡。秦汉之际，匈奴单于冒顿首先打败了东胡。东胡逃到今大兴安岭一带，分裂成南北两支，南面的一支游牧于乌桓山，北面的一支游牧于鲜卑山。这两支东胡人以山为族名，形成了乌桓和鲜卑两个部落。东汉末期，乌桓被曹操手下大将张辽所灭，乌桓一部被汉朝同化，另一部逃往鲜卑，成为鲜卑的属民。

鲜卑日益强大，后来一度取代匈奴，统一草原。但时间不长，鲜卑内讧解体，分化出慕容、宇文、段、拓跋、乞伏、秃发、吐谷浑、柔然、库莫奚、契丹和室韦等十多个部落。这些部落都建立了大小不等的国家。最为突出的是，拓跋建立了北魏，契丹建立了辽朝，室韦演变为蒙古，蒙古民族建立了庞大的蒙古汗国和元朝。

此时，乌桓和鲜卑都臣服于匈奴，但它们并不甘心受匈奴统治，这次鲜卑进攻匈奴就是要恢复昔日的辉煌。

本来，匈奴请求和亲，乌维单于只想让狐鹿姑带人出使汉朝，可是，翁娣实在太思念金日磾了，在翁娣的强烈要求下，乌维单于答应翁娣女扮男装，与狐鹿姑同行。

刘彻对狐鹿姑和翁娣以礼相待，又命王乌随狐鹿姑和翁娣奔赴匈奴。狐鹿姑提前派人到龙庭送信，乌维单于高度重视，任命三弟且鞮侯为左大都尉、接待正使，出龙庭三十里迎接。

王乌很感动，对乌维单于也很尊重。乌维单于高兴，当天设篝火晚宴，隆重宴请王乌。

按照匈奴风俗，每月初一的黎明，匈奴单于要带领众阏氏和诸王、各部首领、各位将军祭拜初升的太阳。

元封四年（公元前107年）六月初一清晨，乌维单于与众多臣民跪在地上，面向东方，祈祷太阳神保佑匈奴人畜兴旺，保佑与汉朝和亲成功。

祭拜太阳神之后，乌维单于回到金顶大帐，命狐鹿姑去请王乌。

狐鹿姑对王乌说："王大人，有件事，需要委屈大人。"

王乌很谦虚地说："公子请讲。"

狐鹿姑道："按照我们匈奴的制度，各国使臣进入单于的金顶大帐之前都要黥面，而且，旌节不能带进帐中。不过，大单于出于对汉朝的尊重，对王大人的尊重，特别批准，王大人只需在脸上画个十字，把旌节留在帐外就可以进入金顶大帐了。"

王乌一笑道："狐鹿姑公子，我身为大行府的治礼丞，当然知道匈奴的制度。中原有句话，入乡随俗。既来之，则安之。"

狐鹿姑以手抚胸道："王大人的胸怀如草原一样宽广，相信这次和亲一定能成功。"

王乌向狐鹿姑一拱手道："让我们一起努力，共同完成这一历史使命。"

来到金顶大帐外，王乌把旌节交给随从，叮嘱他站在帐外等候。狐鹿姑用木炭在王乌的脸上画上十字，然后引领王乌及其他使者进帐。

乌维单于端坐在虎皮椅上，匈奴的诸王、各部首领、各位将军左右站立。

王乌一抱拳道："汉朝使臣王乌拜见匈奴大单于陛下。"

乌维单于欠了欠身道："王大人，不必拘礼。"

双方回避汉匈战争的是是非非，谈和亲之利，谈战争之害，谈百姓的愿望，双方当天就商定了匈奴的聘礼和汉朝的陪嫁。

双方越谈越高兴，乌维单于道："为了表示匈奴方面的诚意，和亲之后，我愿把太子送到汉朝充当人质。"

以前汉匈和亲，汉朝从没要求匈奴派人质，匈奴也从没派过人质。

王乌大喜过望，道："大单于请放心，王乌回长安之后，一定如实奏明我主，相信陛下一定会有英明决断。"

乌维单于道："好，那我就等王大人的好消息。"

乌维单于觉得狐鹿姑办事得利，晋升狐鹿姑为右大都尉。

王乌返回长安，刘彻在宣室殿召集群臣，听王乌出使匈奴取得的成果。

刘彻还没有表态，杨信出班，一脸怒容道："陛下，王乌卑躬屈膝，丧权辱国，罪该万死！"

满朝文臣都愣了，乌维单于都要把太子送来当人质了，杨信怎么说王乌罪该万死呢？

原来，杨信推荐王乌出使匈奴，是想找王乌的毛病，致王乌于死地，以攫取大行令之位。杨信在王乌的随行人员中，安插了自己的心腹。王乌一到长安，这个心腹就向杨信报告，说王乌进入金顶大帐时，不但没有怀抱天子旌节，脸上还被涂了黑十字。杨信决定在这两件事上大做文章。

杨信慷慨激昂道："陛下，王乌身犯两条大罪：其一，旌节代表陛下亲临，作为使臣，须臾不得离身。可是，杨信进入匈奴单于的金顶大帐时，却把旌节置于帐外，擅自与乌维单于媾和，此乃大逆不道！其二，王乌身为大汉使臣，对匈奴曲意逢迎，被匈奴人脸上涂炭，还沾沾自喜。这有损我大汉尊严，有损陛下尊严，与卖国无异！以上两条，哪条都是死罪，请陛下圣裁。"

大殿里鸦雀无声，群臣之间仿佛能听到身边人的心跳声。

金日磾偷眼一看，见刘彻双眉紧皱，两腮的肌肉一下又一下地滚动。金日磾暗道不好，陛下要发怒，和亲关乎匈奴和汉朝百姓的福祉，关乎双方的万年基业，也关乎自己与翁娣的后半生。杨信肆意诋毁王乌，构陷王乌，破坏和亲，借刀杀人！我平时小心谨慎，关键时刻，必须挺身而出！

金日磾整理一下衣冠，出班道："陛下，微臣有话要说。"

刘彻声调变高了，说："讲！"

金日磾声音洪亮，说："陛下，昔日，西域和乌孙、车师等三十六国全部归属匈奴。使臣到匈奴，只要进入金顶大帐，都不能把本国的符节带进帐中。微臣是匈奴人，从小听父亲说过，也曾亲眼所见。王大人尊重匈奴风俗，把旌节留在帐外，交其他使臣保管，不能说大逆不道，这是其一。其二，各国使臣进入金顶大帐必须黥面。黥面就是在脸上纹出黑十字，终身无法祛除。可匈奴没有要求王大人黥面，只是用木炭在王大人脸上画个十字。画出的十字一洗就掉。陛下请看，王大人的脸上什么也没有。可见，乌维单于对王大人的礼遇，对朝廷的尊重。以此说王大人卖国，言过其实啊！我不知道……"

金日磾想说"我不知道杨信是何居心"，可话到嘴边，又咽了下去，心想，自己毕竟是匈奴人，不能把话说得过于强硬，以免授人以柄。

金日磾干咳两下说："我不知道自己说得对不对。"

霍光对金日磾的话大为赞同，说："陛下，驸马所言极是，微臣斗胆，王大人不但无过，反而有功！"

桑弘羊对王乌嘲弄自己一直耿耿于怀，听金日磾和霍光都为王乌辩护，暗中咬牙，王乌不死，我心难平！我得和杨信一起把王乌送上不归之路！

桑弘羊手捧笏板，出班道："陛下，驸马和霍大人之言，微臣不能苟同！西域三十六国都是小国，岂能与我大汉相提并论？他们的使臣可以放下符节，可以黥面，也可以脸上涂炭，但我大汉乃是天朝上邦。何况我大汉九次北击匈奴，九战九胜。第十次陛下御驾亲征，匈奴闻风丧胆，望风而逃，连影子都没敢露。他们是战败国，我们是战胜国，自古都是战败国遵守战胜国的规矩，哪有战胜国遵守战败国规矩的道理？再者，是匈奴向我大汉求亲，我大汉同意与其商洽，是对匈奴的恩赐，匈奴单于无权对我大汉颐指气使，什么不带旄节进入金顶大帐，什么黥面涂炭，都是无稽之谈。臣同意杨信杨大人之言，对王乌应杀无赦！"

刘彻喝道："来人！把王乌押下去，交廷尉府查办。"

金甲武士架起王乌往外就走，王乌大叫："陛下，微臣冤枉！微臣冤枉啊！"

刘彻怒道："押下去！"

王乌被押出宣室殿，杨信和桑弘羊对视一下，两个人的嘴角微微翘起。金日磾还想为杨信说话，但转念一想，陛下只是把王乌"交廷尉府查办"，似乎没有杀王乌之意，此时再言，多有不宜。

刘彻看了看杨信说："杨信，朕命你持旄节出使匈奴，与乌维单于重谈和亲。"

杨信躬身道："是，陛下。"

杨信带着随行人员奔赴漠北，乌维单于得知汉朝要与匈奴重谈和亲，便觉不妙。

乌维单于以王乌之礼对待杨信，命且鞮侯和狐鹿姑父子分别为正副接待使，出龙庭三十里迎接。双方见面，且鞮侯在马上以手抚胸道："匈奴左大都尉、接待正使且鞮侯受大单于派遣，前来迎接汉使杨大人。"

杨信在马上动也没动，端着架子，面沉似水道："左大都尉？我听说匈奴单于之下最为尊贵的是左贤王和右贤王，为什么左右贤王没来迎接本官？"

且鞮侯心中不快，你也配左右贤王接待？真是自不量力！

/第二十一章/

刘彻大怒道："一派胡言！你比卫青还会领兵吗？你比霍去病还会打仗吗？他们都消灭不了匈奴，你能吗？你能吗？你能吗？"刘彻连问三遍，一声比一声高。

且鞮侯真想一走了之，把杨信晾在这里。狐鹿姑小声提醒："阿爸，大单于期待和亲，妹妹更期待和亲。"

狐鹿姑短短两句话，说到且鞮侯的心里。和亲不仅关系到匈奴的稳定，更关系到女儿翁娣的终身大事。翁娣快三十岁了，至今还像一片落叶，没有归宿。身为父亲，他非常着急。可是，翁娣爱日碑爱得不能自拔。只有汉匈和亲，翁娣和日碑才可能走到一起。这是翁娣的一次难得的机会，为了女儿的幸福，且鞮侯只能委屈自己。

且鞮侯不想理杨信，向狐鹿姑努了努嘴，意思是让狐鹿姑应付杨信。

狐鹿姑上身前倾，向杨信施抚胸礼道："杨大人安好？"

狐鹿姑问候杨信，杨信却没有问候狐鹿姑，明知故问："你是狐鹿姑吗？"

狐鹿姑见杨信依然这般傲慢，直起腰，我不占你的便宜，你也不能占我的便宜；你直呼我的名字，我也直呼你的名字："你是杨信吗？"

杨信勃然大怒道："大胆！本官的名讳是你叫的吗？"

狐鹿姑的声音也提高了，说："本大人的名讳是你叫的吗？"

杨信盛气凌人道："我乃大汉皇帝陛下使臣！"

狐鹿姑针锋相对："我是匈奴大单于陛下使臣！"

杨信心想，狐鹿姑嘴还挺硬，说："我是正使，你是副使，你没有资格和我说话，叫你父亲正使过来。"

狐鹿姑淡然一笑道："请问，你是什么官职？"

杨信用大拇指一指自己的胸膛道："杨某不才，大行府治礼丞。"

狐鹿姑道："大行府治礼丞的上级是大行令，大行令的上级是丞相。那你知道我是什么官职吗？"

杨信不屑道："你不是接待副使吗？"

狐鹿姑嗤笑道："我虽是接待副使，可我也是匈奴的右大都尉。右大都尉的上级是左大都尉，左大都尉的上级是骨都侯。匈奴的骨都侯与汉朝的丞相一样。这样算来，我阿爸的官职比你高出半级，我的官阶与你相同，由我来和你对话有毛病吗？"

匈奴与汉朝交往，讲的是官职对等。

狐鹿姑句句在理，杨信支吾一下道："我……可是，你毕竟不是正使。"

狐鹿姑道："正使、副使都是临时官职，你走了，正使和副使自然取消，可我的右大都尉职务却不会取消。如果你想让我出任正使，我阿爸现在就可以回龙庭奏明大单于。"

杨信在长安目睹狐鹿姑驳斥桑弘羊，他知道狐鹿姑难对付。杨信自己劝自己，从双方对等上看，且鞮侯的官职的确比我高，且鞮侯来迎接我，我还是占了便宜的。如果且鞮侯回去，换成狐鹿姑，我和狐鹿姑官职相当，便宜就占不到了。何况王乌来是且鞮侯迎接的，我来要是换成狐鹿姑，那不是自己矮化自己吗？

杨信挤出一点笑容道："汉匈和亲刻不容缓，我看就不必了。"

双方唇枪舌剑，第一个回合杨信碰了钉子。

到了龙庭，且鞮侯、狐鹿姑父子把杨信一行人安顿下来。乌维单于得知杨信的言行，很不痛快。

杨信从长安出发之前就打听清楚了——王乌来匈奴的当天，乌维单于就宴请了他。可是，杨信在帐中等了好半天，也不见有人招呼自己。他心里着急，想到帐外看看，又觉得有失身份。他打开帐门，两眼望着帐外，期待且鞮侯、狐鹿姑父子出现。

帐外偶尔有人走过，可并没有且鞮侯和狐鹿姑的身影。

匈奴帐篷的门面向东方。眼看帐篷的影子越拉越长，杨信焦躁起来，他一会儿站起，一会儿坐下。

渐渐地，帐篷的影子没了，晚霞笼罩草原，且鞮侯和狐鹿姑父子这才姗姗而来。

一见且鞮侯和狐鹿姑，杨信马上坐了下来，假装看书。

且鞮侯和狐鹿姑父子走进帐中，杨信犹豫一下，还是站了起来。

杨信没向且鞮侯和狐鹿姑父子抱拳，且鞮侯和狐鹿姑父子也没向杨信抚胸，双方都在心里较着劲儿。

且鞮侯没说话，狐鹿姑一语双关："现在虽然是夏季，可是草原早晚都很凉，杨信大人开着帐门，小心受寒哪！"

杨信听出狐鹿姑的弦外之音，回击道："哦，我从小就在风雨中摔打，身体好，没有关系。"

狐鹿姑没再接杨信的话，而是说道："大单于设下便宴，有请杨信大人和各位使臣。"

狐鹿姑不称杨信为"杨大人"，而是称他为"杨信大人"，杨信心中别扭，但又不便发作，心中憋着劲儿，我得羞辱一下这对父子。

杨信眼珠一转，目光落到且鞮侯的脸上，说："左大都尉，请前面带路。"

杨信盘算，让且鞮侯给我带路就是驱使且鞮侯。且鞮侯的官职比我高半级，他带路，我就在气势上压了匈奴一头；即使他不带路，我也赔不了。

匈奴不像中原那么讲究，且鞮侯也没有这种意识，于是便走在前面，杨信中间相随，狐鹿姑跟在后面。杨信心中得意，匈奴高官为我带路，这个回合我赢了。

金顶大帐之外燃着篝火，帐门口有四排座位，两排朝南，两排朝北，中间是条过道。每个座位前摆着一张桌子，桌子上放着杯盘。匈奴的诸王、首领和将军按照各自官职大小，站在桌子后面。帐门口有一主一次两张桌子，这两张桌子都空着，显然，主桌是给乌维单于的，次桌是给杨信的。

杨信距离现场还有三十步，他的随行人员高喊："大汉使臣杨大人驾到——"

这是杨信安排的，杨信想通过这种方式让乌维单于出帐相迎。

果然，乌维单于从金顶大帐中走出。杨信走上前，向乌维单于拱了拱手道："大汉使臣杨信拜见匈奴单于。"

乌维单于一愣，王乌来时自称"汉朝使臣"，而杨信却自称"大汉使臣"，"汉朝"成了"大汉"；王乌称呼我为"匈奴大单于陛下"，而杨信称呼我为"匈奴单于"，既没有"大"，也没有"陛下"。

乌维单于心中不爽，但还是忍着。他一指身边的次位道："杨大人坐吧。"

杨信没有坐，而是回过头来，一手抱着旌节，一手向匈奴的大小官员摆手道："各位大臣请坐。"

杨信有意喧宾夺主，以显示天朝上邦的派头。且鞮侯和狐鹿姑父子暗道，这是干什么？难道杨信要号令匈奴吗？父子二人很不满。

乌维单于不动声色。

且鞮侯、狐鹿姑父子以及匈奴的诸王、首领和将军面无表情，人们谁也没理杨信。

乌维单于对众人道："大家都坐吧。"

且鞮侯和狐鹿姑父子带头落座，众人随之坐下，杨信也尴尬地坐下了。

有人端上马奶酒、烤肉和手扒肉，以及各类奶食品、面点。乌维单于向杨信敬酒，杨信也向乌维单于回敬，气氛缓和下来。

可杨信没事找事，刚才，匈奴群臣让我尴尬，我得捞回来。怎么捞呢？

酒过三巡，菜过五味，一群青年男女跳舞助兴。杨信心想，有了！他站了起来，没醉装醉，晃晃悠悠地说："我要安歇了。"

乌维单于挽留杨信，杨信假装没听见。

杨信一走，其他汉使也都跟着走了。本来这场篝火晚会是为杨信举行的，客人却走了，乌维单于、且鞮侯和狐鹿姑父子等都觉得难堪，只好匆匆散去。

回到帐中，杨信很是得意，虽然第一个回合狐鹿姑占了上风，可是，且鞮侯为我带路，我赢了；篝火晚会，我又赢了。

第二天，双方准备正式商谈和亲。杨信想，王乌是把旌节放在外面，脸上涂炭进入金顶大帐的。我说他大逆不道，与卖国无异。我不但要把旌节带入金顶大帐，脸上还不能涂炭，不然，我无法向皇帝和群臣交代。可这是匈奴的风俗，他们能同意吗？

杨信思来想去，我何不以迂为直，从且鞮侯下手。

杨信叫人把且鞮侯请到帐中，杨信想先解决旌节入帐的问题，然后再商谈脸上涂炭。他没笑挤笑道："左大都尉，和亲是匈奴单于和汉朝皇帝才能确定的大事。乌维单于是匈奴之主，按理说，我是没有权利与大单于商谈的。但是，旌节代表皇帝，我只有怀抱旌节，才有与单于商谈的资格。否则，我不代表皇帝，与单于商谈也是白谈，而且我身份低微，也不配与大单于对话。所以，出于对乌维单于的尊重，也为显示乌维单于的尊贵，本官不抱天子旌节进入金顶大帐是不合适的。"

杨信的姿态放低了，不再称"大汉"而是称"汉朝"，也把单于称为"大单于"。

且鞮侯虽然期盼和亲，但关键问题并不让步："杨大人，外国使臣进入金顶大帐放下符节，在匈奴已经存在近百年，我无权答应你，我相信大单于也无权答应。"

杨信脸上仍挂着笑道："左大都尉，皇帝准备把公主嫁给乌维单于，眼看双方就是一家人了，没有必要讲究那么多吧？"

且鞮侯绵里藏针道："公主是皇帝的女儿，如果杨大人保证把皇帝的亲生女儿嫁给大单于，我可以向大单于奏明，但大单于能不能答应我不敢保证。"

且鞮侯反将了杨信一军。

杨信吓了一跳，自己的话完全是套近乎。汉朝从来没有用皇帝的女儿和亲，就是借给杨信十个胆，也不敢答应把皇帝的亲生女儿嫁给乌维单于。

杨信避开这个话题道："左大都尉，杨某之所以来重谈和亲，是因为皇帝陛下对王乌不满，认为王乌没把旌节带入金顶大帐，他只代表个人，不代表皇帝，所以才派我再次商谈。"

且鞮侯微微一笑道："从前，汉使出使匈奴，都没有把旌节带入金顶大帐，难道他们不代表皇帝吗？"

杨信心中道，这个匈奴人怎么也这么难缠？他威胁道："如果匈奴方面不能答应，那杨某只好告辞。至于以后发生什么，杨某也就无能为力了。"

且鞮侯站了起来道："那就把一切都交给长生天，由长生天决定吧。"

且鞮侯软硬不吃，旌节问题谈不拢，脸上涂炭也就不用谈了，双方不欢而散。

三天，五天，十天，半个月过去了，双方没有接触。

翁娣热切盼望和亲，却没有下文。翁娣着急，来找父亲且鞮侯。

且鞮侯长叹一声道："女儿呀，你老大不小了，阿爸知道你心里只有日磾，也知道，只要和亲，你和日磾就能走到一起。可是，杨信傲慢无礼，处处都想压匈奴一头。匈奴之所以在汉朝的九次打击下屹立不倒，就是因为我们挺起山一样的脊梁。如果匈奴像草一样随风弯曲，谁会瞧得起我们呢？"

翁娣掩面而泣。

杨信被冷落在帐中，且鞮侯不来，狐鹿姑也不来。

杨信假装让随行使者收拾东西，同时放风说准备返回长安。

乌维单于和且鞮侯、狐鹿姑父子反复商量。为了和亲，也为了翁娣的亲事，狐鹿姑提出一个折中方案——双方在金顶大帐外商谈。这样，杨信既可怀抱天子旄节，又无须黥面或涂炭。

杨信在匈奴吃不习惯、喝不习惯、睡不习惯、气候也不习惯，恨不能立刻离开这个鬼地方。他同意了。

从前，匈奴与汉朝和亲之后，汉朝每年向匈奴送一些布匹和粮食。匈奴"自君王以下，咸食畜肉，衣其皮革，被旃裘。"也就是说，自单于以下，都以肉为主食，穿皮衣，披皮袄。顿顿饭都以肉为主食，当然会吃腻，所以匈奴人对五谷杂粮有很大的需求。布匹对于匈奴人来说是奢侈品，尤其是丝绸。皮衣皮袄，冬天穿着温暖舒适，可夏天就不行了，皮衣皮袄不但热，而且还散发出难闻的腥膻味。

于是，匈奴方面向杨信提出布匹和粮食的要求，杨信不但不同意，还坚持匈奴要先送太子为人质，然后和亲。

且鞮侯和狐鹿姑据理力争，杨信态度坚决。

乌维单于火了，说："王乌王大人尊重匈奴的风俗，答应一切按惯例办。为表达匈奴的诚意，我主动提出把太子送到长安为人质。我以为，你们的话像磐石一样不会动摇，哪知，你们的话却像树叶一样飘忽不定。现在我正式声明，收回太子充当人质的承诺！"

第二轮商谈和亲失败。

在宣室殿上，杨信把商谈的过程详细奏明陛下，刘彻非常生气，说："杨信，你把王乌谈好的条件全部推翻，却没有达成一项共识。你这是谈和亲吗？你这是拆台！"

杨信跪在地上道："陛下，微臣是在维护大汉的尊严，维护陛下的尊严。微臣以为，必须把他们彻底消灭！"

刘彻大怒道："一派胡言！你比卫青还会领兵吗？你比霍去病还会打仗吗？他们都消灭不了匈奴，你能吗？你能吗？你能吗？"刘彻连问三遍，一声比一声高。

杨信吓得浑身发抖道："微……微臣不能……"

刘彻真想宰了杨信，可又一想，杨信的本意还是好的，只是走了极端。他强压怒火，把杨信削职为民，轰出大殿。

杨信不但没有当上大行令，还把治礼丞也丢了。

金日䃅把握时机道："陛下，王乌王大人还关在廷尉府大牢，要么，请王大人再去一趟匈奴？"

霍光也说："陛下，王乌王大人有礼有节，尺度得当，他是最合适的人选。"

刘彻顺水推舟，叫人把王乌从狱中放出。刘彻安慰一番，数日后，王乌来到匈奴龙庭。

一听王乌来了，乌维单于很高兴，当即派且鞮侯和狐鹿姑父子前去迎接。

王乌依然如故，把旌节交给随从，脸上涂炭，带着几个汉使走进金顶大帐。

王乌把皇帝罢免杨信的经过简单说了一遍,然后道:"大单于,我主皇帝陛下有旨,杨信所谈全部作废,一切以我们第一次商谈的为准,看看大单于还有什么要求?"

乌维单于叹道:"王大人,你是好人,我不怀疑你的诚意。但是,你既不是三公又不是九卿。我就直说了吧,你在汉朝皇帝面前说话的分量有限,我担心你回去之后,又有人在皇帝面前搬弄是非。"

王乌的脸一红,心想,乌维单于的担心不是没有道理。可是,我该怎么回答他呢?

王乌眉头一皱,计上心来。

/ 第二十二章 /

　　"呜——"突然，外面狂风大作，一道闪电划过，之后
又是一个霹雳，接着大雨如注，窗户"啪"的一声就开了，
蜡烛灭了，雨砸在金日䃅身上，金日䃅瞬间成了落汤鸡。

　　王乌的反应非常快，他急中生智道："大单于说得对，王乌位
卑言轻。莫非大单于要亲赴长安，与我主皇帝陛下当面相商？"

　　王乌突然来个"仙人指路"，乌维单于为之一振道："这……
这个主意不错嘛！"

　　王乌趁热打铁道："匈奴大单于亲自和我主皇帝陛下商谈，一
切问题都可迎刃而解，这最好不过了。"

　　乌维单于征求且鞮侯、狐鹿姑的意见。父子二人既高兴又担
心。高兴自不必说，可是，匈奴和汉朝打了这么多年，双方的仇怨
那么深，且鞮侯和狐鹿姑父子担心，如果乌维单于到了汉朝，被扣
留怎么办？有人行刺怎么办？

　　王乌郑重承诺道："左大都尉，右大都尉，请放宽心！其一，

我主皇帝陛下是英明之主，王乌可以用生命担保，绝不会扣留大单于；其二，王乌一定奏明我主皇帝陛下，在确保安全的情况下，再请大单于驾临长安。"

乌维单于早就听说汉朝的繁华，一直想见识见识，激动地说："王大人，你回去之后就说，我愿与汉朝皇帝陛下结为兄弟，当面商谈和亲。"

王乌大喜，如果两位君主结为兄弟，再谈和亲，那匈奴和汉朝之间就会永结盟好，边境将再无烽火——母亲就不会为儿子从军而忧，妻子就不会为丈夫从军而愁，姐妹就不会为兄弟从军而叹。

次日，王乌告别，乌维单于带着匈奴的大小官员把王乌送出龙庭，又安顿且鞮侯和狐鹿姑父子再送一程。

王乌一路上都沉浸在兴奋之中。到了长安，他直奔皇宫。

在高门殿上，刘彻正在听方士讲如何寻找神仙，如何长生不死。金日磾站在殿门口，一个宦官匆匆而来。

方士讲得眉飞色舞，刘彻听得津津有味。宦官看了看皇帝，犹豫一下，便向金日磾招了招手，金日磾出了高门殿。

金日磾问："什么事？"

宦官道："驸马，王乌王大人从匈奴归来，连家也没回，就来求见陛下。小人说陛下没空，可他说是大喜事，要马上奏明陛下。小人见陛下听方士讲神仙，不敢惊动。驸马，你看怎么办？"

金日磾问："王大人在哪？"

话音未落，王乌走了过来道："驸马，我在这儿。"

金日磾见王乌的衣服上挂满了尘土，脸上的汗水都要和泥了。金日磾道："王大人，你这个样子如何面见陛下？还是先回家洗个澡，换上干净的衣服再来吧。"

王乌虽然很疲倦，但脸上绽放着笑容，说："驸马，天大喜讯！天大喜讯！我哪里还顾得上换衣服……"

王乌把经过简单地告诉金日䃅，金日䃅心花怒放道："太好啦！请王大人稍等片刻，我这就去禀报陛下。"

金日䃅回到高门殿，那个方士唾沫星子翻飞，讲得正来劲儿，金日䃅快步来到刘彻面前道："陛下，王乌王大人回来了，乌维单于要亲自来长安请求和亲……"金日䃅没敢说乌维单于要和刘彻约为兄弟，对于这点，金日䃅还把握不准。

刘彻扶案而起道："快请。"他向方士摆了摆手，方士不情愿地离开了。

金日䃅高声道："陛下有旨，请王乌王大人进殿——"

王乌迈着大步来到殿前，宦官拉开门，王乌往里就走，可是脚被门槛绊了一下，一个跟头摔在地上，头破血流。

王乌抬起头道："陛下大喜……"一句话没说完，他的头又重重砸在地上。

金日䃅大惊，和宦官搀起王乌道："王大人！王大人！王大人……"

然而，王乌两眼紧闭，没有应答。

刘彻急道："传太医！速传太医！"

太医跑进高门殿，摸了摸王乌的脉，无奈地摇了摇头道："陛下，王大人已经去了。"

刘彻根本不相信，说："胡说八道！王大人摔个跟头就能死？"

太医跪倒道："陛下，微臣是王大人的同乡，以前王大人就有头晕病，从廷尉府狱中出来，他的头晕病更加严重，既不能长途跋涉，又不能激动。可王大人说，如果汉朝能与匈奴恢复和亲，他就是死了也值！没想到，他真的走了……"

刘彻痛心疾首道："王大人，朕对不起你呀！"

刘彻叫人把王乌抬回家，朝廷拨出专款，以三公之礼安葬王乌。

刘彻又召王乌的几个随行人员到高门殿，随行人员把王乌与乌维单于洽谈的经过详细地说了一遍。最后，随行人员吞吞吐吐地说："乌维单于不但要来长安，还想和陛下约为兄弟。"

"约为兄弟？好啊！"刘彻高兴之余，深有感触地说，"王乌真乃国之栋梁，朕启用王乌晚矣！"

刘彻要在长安城为乌维单于建一座行宫，专门接待他。可是，要建一座宫殿，没有两年无法完成。刘彻着急，金日磾提醒刘彻，前齐王刘次昌在长安有座大院，刘次昌自杀后，这个大院一直空着。刘彻命人把这个大院重新修缮，作为乌维单于的行宫。

刘彻一边准备，一边派使者到匈奴与乌维单于沟通。乌维单于得知刘彻不但答应与自己约为兄弟，还为自己修建行宫，非常感动。他选了一百匹良马，派右骨都侯呼延青赴长安送给刘彻，同时商谈两位君主见面的细节。

只要汉匈和亲，金日磾和翁娣就熬到头了。这些日子，金日磾脸上挂着笑容，好几次梦中都乐醒了。

刘彻对呼延青的到来极为重视，派太仆公孙贺专程到五原郡迎接。在长安城，刘彻又安排百姓夹道欢迎，从城门一直绵延到驿馆。当天晚上，刘彻命丞相石庆宴请呼延青。太仆是九卿，丞相是三公，九卿迎接，三公宴请。这种规格从未有过。呼延青十分感动，双方非常愉快。

刘彻想让右骨都侯呼延青休息三天，然后商谈和亲。可是，第二天清晨，呼延青头痛欲裂，无法起床。

刘彻把太医令叫了过来。太医令是管太医的官，也是医术最高的太医。刘彻命金日磾带太医令为呼延青疗治。太医令觉得呼延青脉相混乱，阳气有亏，且旧疾在身，因一路劳累，所以病倒。

太医令开了几服药，并叮嘱呼延青的侍从，早饭前、晚饭后服用，不要饮酒，少则三天，多则五日，就可痊愈。

金日磾安慰呼延青几句，便和太医令回皇宫奏报。

刚进皇宫，鄂邑公主从里面走了出来。

几个月前，金日磾听了母亲的话，把鄂邑公主纠缠自己的事告诉自君公主。自君公主去找平阳公主，平阳公主撮合鄂邑公主嫁给盖侯王充耳。可是，鄂邑公主对金日磾无法释怀，一病不起。

如今，鄂邑公主大病初愈，进宫来看刘彻。刘彻非常忙，只跟她说了几句话，就打发她走了。

金日磾无处躲避，只得双手抱拳道："臣金日磾拜见公主。"

鄂邑公主一见金日磾，眼睛顿时放出一道光，对其他人说："你们都回避一下，我有话要对驸马讲。"包括太医令在内，人们都躲开了。

鄂邑公主换成一副笑脸道："驸马，多日不见，别来无恙啊？"

金日磾恭恭敬敬道："多谢公主关心。"

鄂邑公主盯着金日磾。金日磾低着头，不敢碰她的目光。

鄂邑公主道："我关心你，你为什么不关心我呀？"

金日磾把握分寸道："公主贵体，有陛下关心，无须臣挂怀。臣还有要事回奏陛下。"

金日磾要走，鄂邑公主拦住他道："要事？什么要事？"

金日磾想早点摆脱鄂邑公主，就把匈奴右骨都侯呼延青身染疾病的事说了。

鄂邑公主阴阳怪气道："哟，这还真是要事。汉匈和亲之后，驸马就能把那个匈奴女人娶过来了。"

金日磾反驳不是，不反驳也不是，样子很狼狈。

"哈哈哈……"鄂邑公主笑了起来，可是笑着笑着又哭了，一边哭一边絮叨，"为了你，我大病一场，差点儿死了。没有你，我真不知道怎么活下去……"

金日磾不想听，说："公主，臣就此告辞。"

鄂邑公主双臂一横，挡住金日磾的去路，乞求道："你是匈奴人，我嫁给你不也是和亲吗？"

金日磾诚惶诚恐道："公主差矣，和亲是匈奴单于迎娶汉家公主。金日磾虽是匈奴人，可现在却是汉臣。"

鄂邑公主脸色一变，目光犀利，说："你害我病了三个多月，就这么一走了之？"

金日磾嗫嚅道："臣不知……臣有罪。"

鄂邑公主的情绪又缓和下来，语调哀怨道："你知道吗？多少个夜晚，我梦中成为你的夫人。我们同床共枕，相亲相爱，生儿育女。可是，醒来之后，却是黄粱一梦。我真想一觉睡下去，永远都不要醒来……"

金日磾实在听不下去了，打断鄂邑公主，说："公主，臣要马上去见陛下……"

金日磾绕开鄂邑公主，鄂邑公主一把拽住金日磾的袖子，怒道："站住！你敢走，我就说你调戏我！"

金日磾吓了一跳道："公主，请自重！"

鄂邑公主威吓道："我问你，你到底娶不娶我？"

金日磾道："臣不敢。"

鄂邑公主追问："我没问你敢不敢，我问你娶不娶！"

金日磾婉言拒绝："臣是匈奴人，是夷狄，公主是金枝玉叶，乌鸦不能与凤凰同巢。"

鄂邑公主逼问："不要跟我兜圈子，你就说，娶还是不娶？"

金日磾想，她居然还不死心，那我就只能明说了，金日磾斩钉截铁道："不娶！"

"好！好！很好！"鄂邑公主把银牙一咬，转身就走。可迈了两步，她站住了，转过身，手指金日磾道："金日磾，我会让你后悔的！"

说完，鄂邑公主气急败坏地走了。

三天之后，匈奴右骨都侯呼延青的病情有所好转。

刘彻又命金日磾探视呼延青。

金日磾走进驿馆，远远地看见呼延青的门开着，呼延青送出一个女子，在女子的身后跟着两个男子。金日磾一惊，那个女子不是鄂邑公主嘛?！

金日磾闪身躲到一间屋，奇怪，鄂邑公主虽是皇帝的女儿，可并没有官职，去呼延青房中干什么？

金日磾正想着，人影一晃，鄂邑公主出现在金日磾面前，挑衅似的问："驸马，你怎么藏在这儿啊？"

金日磾有点尴尬道："啊……公主，公主和匈奴右骨都侯认识？"

鄂邑公主诡异地一笑道："我不认识，他们认识。"

金日磾没听明白，心想，他们，他们是谁？

鄂邑公主向身后招了招手，那两个男人走了过来，一个瘦瘦高高，另一个身材魁梧，英俊潇洒。金日磾不由得愣住了，这个人长得怎么这么像我？金日磾打量这个人，这个人也在打量金日磾，显然，他也觉得金日磾像自己。

鄂邑公主道："驸马，他像你吧？"

金日磾点头道："像！"

鄂邑公主的脸上既有几分得意，又有几分哀伤，说："不但像，简直就是一般无二。"

金日磾问那个人："你是哪位？"

那人道："我叫丁外人，是盖侯的管家。"

鄂邑公主向丁外人和那个瘦男人挥了挥手，两个人站到远处。

鄂邑公主轻声地对金日磾说："我要嫁人了。"

金日磾礼节性地说："恭喜公主。"

鄂邑公主苦笑一下道："你为什么不问我要嫁给谁？"

金日磾道："不是盖侯吗？"

鄂邑公主的眼泪扑簌簌地流了下来，说："我是嫁给盖侯……"她抽泣几下，猛地抹了一把眼泪，咬着牙，狠狠地说，"我名义上嫁的是盖侯，实际上嫁的是丁外人！因为他像你！你懂吗？"

一阵风吹来，金日磾的身子一颤道："公主，你怎么能这样作践自己？"

鄂邑公主的眼泪闪着光芒，那光芒如星，如火，有哀怨，有愁苦，有恨，有爱……

鄂邑公主突然抓过金日磾的双手道："你娶了我，我不作贱自己。你娶我吧，你娶了我吧……"

金日碑忙甩开鄂邑公主的手，后退两步道："公主，臣已经负了一个女人，不能再负第二个女人。"

鄂邑公主向前两步道："你不娶我才是负我，难道你还不明白吗？"

金日碑感觉就像打开了五味瓶，苦辣酸甜咸一起涌了上来道："公主，你为什么……"金日碑本想说，你为什么这么死心眼儿，但是没说出口。

鄂邑公主猜出金日碑的下文："你说我死心眼儿，对吗？"

金日碑未置可否，但又不知怎么劝她。

鄂邑公主声嘶力竭地大叫："都是你害的！我恨你！恨你！恨你……"她哭着跑开了。

窗外的雨淅淅沥沥，书房里的烛光上下跳动。金日碑坐在窗前，眼睛看着书，心里翻江倒海，一会儿是翁娣，一会儿是萨兰，一会儿是自君公主，一会儿是鄂邑公主。这四个女人交替出现。

雨敲打着金日碑的记忆，烛光跳个不停。金日碑百无聊赖，一手拿起剪刀，一手抓住蜡烛。他剪下一段烛捻儿，火苗变小了，烛光不跳了。可是，几滴烛泪滚落在金日碑的手上，好烫好烫。

金日碑最难忘记的还是翁娣，他们青梅竹马，从小一起骑羊、掏草丛中的鸟蛋、过家家、娶媳妇、捉迷藏……

"呜——"突然，外面狂风大作，一道闪电划过，之后又是一个霹雷，接着大雨如注，窗户"啪"的一声开了，蜡烛灭了，雨砸在金日碑身上，金日碑瞬间成了落汤鸡。

书房里一片黑暗，伸手不见五指，金日碑浑身的汗毛都立了起来。

/第二十三章/

金日磾又想到陛下，如果真如太医令所说，驿馆的所有官兵都逃脱不了干系，那一定会血流成河！还有，乌维单于也不会善罢甘休，匈奴和汉朝极有可能爆发大规模冲突。

金日磾摸索着把窗户关好。他想找引火之物，重新点燃蜡烛，可是找了半天也没找到。门开了，烛光照了进来，自君公主举着蜡烛出现在眼前。

金日磾问："你没睡？"

自君公主道："我本来睡着了，可雷声把我惊醒。夫君，夜深了，回房安歇吧。"

二人回到卧室，自君公主为丈夫脱去被雨水打湿的衣服，擦干丈夫的头、脸和身体，夫妻上床。

金日磾无法入睡，怕影响妻子，不敢翻身。也不知道过了多长时间，他才迷迷糊糊地睡着了。

"梆梆梆"……突然，大门外传来急促的敲门声。金日磾猛地坐了起来，自君公主拉开窗帘，这才发现太阳已经高高升起。

他们正在穿衣服，家人把一个宦官带到卧室外。宦官隔着门道："驸马，匈奴右骨都侯呼延青暴毙，陛下让你马上到驿馆查看究竟。"

金日磾难以相信道："什么？"

宦官又说了一遍。

金日磾的脑袋"嗡嗡"直响，太医令配了几服药，呼延青已经有所好转，怎么会突然死了？可是，陛下派宦官来叫我，这还有假吗？呼延青前来和亲，尚未商谈，却死在长安，这如何向匈奴交代？

金日磾一边穿衣服，一边往外跑。外面已经备好马匹，两个人飞身上马，风驰电掣一般奔向驿馆。

驿馆被军兵包围了，里面的匈奴使者和汉朝的官吏三五成群，议论纷纷。

见金日磾来了，人们自动闪开。

金日磾疾步走进呼延青房中，见呼延青躺在床上，太医令和两个太医查验呼延青的尸体。

按照太医令的叮嘱，给呼延青的药需早饭前、晚饭后服用。这几天清晨，随从都把熬好的药送到呼延青床前，服侍呼延青喝下。今天早上，当随从把药端到他房中时，发现呼延青躺在床上一动不动。随从想扶呼延青起来，却发现呼延青已经停止呼吸。随从跑出去叫来其他使者，众使者都惊呆了。驿馆的负责人得知此事，立刻飞报刘彻。刘彻马上派出太医令和两位太医，同时命宦官叫金日磾去了解情况。

太医令和另外两个太医从头到脚查验了三遍。金日磾询问呼延青的死因，太医令的眉头微微一动，没说话。另外两个太医一致认为，呼延青因昨晚饮酒，病情突然加重而亡。

太医令脸上的表情没有逃过金日磾的眼睛，他把太医令叫到另一间房中，问："太医令，你发现了什么？"

太医令犹豫一下道："驸马，下官不敢妄断。"

金日磾道："但说无妨。"

太医令脸色凝重道："呼延青虽然喝了酒，但还不至于死。下官见死者左胸心脏处有个红点儿，下官怀疑呼延青的死与这个红点儿有关。"

金日磾问："多大的红点儿？"

太医令道："跟针鼻儿差不多大小。"

金日磾不解道："这么小的红点儿，能致人死亡吗？"

太医令目光灼灼道："驸马，下官听说，江湖上有一种能打出绣花针的暗器，这种绣花针扎在人的心脏上，就能致人死亡。如果把绣花针拔出来，就会在胸前留下一个红点儿。因为红点儿太小，通常不被注意。"

金日磾大惊道："你有几分把握？"

太医令道："七分。"

金日磾双眉紧皱道："七分还不够，必须十分。"

太医令道："要想十分也不难。绣花针扎到心脏后，心脏的血流到胸腔，却流不到体外，只要将尸体开胸，一看便知。"

金日磾陷入沉思之中，如果开胸，确定呼延青死于绣花针，那就说明呼延青是被刺客所杀。堂堂匈奴右骨都侯在长安遭遇毒手，朝廷就是有一千张嘴也说不清楚，而且前面所谈的和亲必将全部泡汤。

难道有人破坏和亲？谁在破坏和亲？

金日磾猛然想到一个人，然而那个人的影子在金日磾的脑海中一闪，马上被他否定了。陛下如此隆重地接待呼延青，就是想与匈奴和亲。破坏和亲，就是和皇帝作对，那个人不可能与皇帝作对。

金日磾又想到陛下，如果真如太医令所说，驿馆的所有官兵都逃脱不了干系，那一定会血流成河！还有，乌维单于也不会善罢甘休，匈奴和汉朝极有可能爆发大规模冲突。

怎么办？怎么办？

金日磾当机立断，这件事只能在自己这里把它压下去，绝不能外传。

金日磾向太医令深鞠一躬，说："太医令，此事关系到匈奴与汉的和亲大计，关系到千千万万黎民百姓，也关系到大汉的安全和稳定，你无论如何都要守口如瓶，不可泄露一个字！"

太医令道："可是，陛下问起来，下官如何回复？"

金日磾想了一下，说："你就说，呼延青喝了酒，新病未除，旧病复发而亡。"

太医令有些为难，说："驸马，这可是欺君之罪！"

金日磾郑重而坚定地说："如果事情败露，你就全部推到我的身上，这个欺君之罪由我来承担！你放心，金日磾言必行，诺必诚，行必果！"

太医令十分感动，深深地点点头说："驸马心系国家，心系百姓，下官深感敬佩。既然驸马把身家性命都置之度外，下官何惜自己这颗人头！"

金日磾带着太医令去见刘彻，刘彻不在高门殿，而是在御书房。

金日磾和太医令来到御书房，刘彻见面就问太医令："你不是说，呼延青的病有所好转吗？怎么突然死了？"

太医令道："回陛下，呼延青的病情确实有所好转。不过，他身患旧疾，不宜饮酒，微臣在给他看病的时候再三叮嘱。可是，微臣带两个太医检查呼延青的尸体时，他身上既没伤，也没有中毒迹象，只有酒气。因此，微臣认为，呼延青新疾未愈，因饮酒导致旧病复发而亡。"

刘彻又传另外两个参与验尸的太医，两个太医跟太医令说的基本相同。

刘彻长叹一声道："天有不测风云，人有旦夕祸福啊！"

这时，一个五六岁的孩子跑了进来，在孩子的身后跟着一个宦官。

这孩子一边跑一边说："外祖父，外祖父，我要骑大马，我要骑大马……"

金日磾一看，见是自己的儿子弄儿。

弄儿进宫已经半年了。半年前的一天，刘彻微服来到平阳公主府。当时，客厅的门开着，平阳公主坐在正位上，自君公主在一旁陪坐，一些男女仆人站在平阳公主和自君公主身后。众人面前有个小男孩，小男孩背诵着古文——

　　凡为天下国家有九经，曰：修身也，尊贤也，亲亲也，敬大臣也，体群臣也，子庶民也，来百工也，柔远人也，怀诸侯也。修身，则道立；尊贤，则不惑；亲亲，则诸父昆弟不怨；敬大臣，则不眩；体群臣，则士之报礼重；子庶民，则百姓劝；来百工，则财用足；柔远人，则四方归之；怀诸侯，则天下畏之……

小男孩童声童气，声音特别好听。刘彻走到这孩子近前，见这孩子虎头虎脑，白白净净，两只眼睛跟水中的珍珠一般。他蹲下身，双手抚着孩子的两臂，问："你叫什么名字？"

小男孩甜甜地说："我叫弄儿。"

"弄儿？"

几年前，南越丞相吕嘉造反，刘彻要出兵两千平叛，金日磾说两千人马远远不够，刘彻一气之下，把他赶回家。济北王的丞相韩千秋来了。韩千秋说，他率三百勇士就能灭掉吕嘉。刘彻还是给了他两千人马，结果韩千秋阵亡，两千精兵全部战死。刘彻后悔没听金日磾的话，有心把金日磾叫来商量这件事，又觉得挺没面子，于是便以看孩子为名，派霍光去金府，让金日磾和自君公主夫妇把孩子抱进宫来。当时，刘彻给孩子赐名，叫弄儿。

刘彻想了起来，如今，弄儿长这么大，真是太招人喜欢了。

平阳公主和自君公主见陛下突然而至，姑侄二人慌忙跪倒，刘彻一摆手道："都起来，都起来，别吓着孩子。"

平阳公主和自君公主站起。

刘彻仍蹲着，问弄儿："你知道自己背的是什么吗？"

弄儿道："知道，我背的是《中庸》第二十篇《治国》。"

刘彻又问："你知道这段话是什么意思吗？"

弄儿清脆地答道："知道。"

刘彻道："你给我讲讲好吗？"

弄儿却问："你是谁？"

自君公主呵斥弄儿："弄儿，不得造次，这是……"

刘彻打断自君公主："我是你娘的叔父，是你外祖父啊。"

弄儿想从母亲的口中得到证实："娘，是吗？"

刘彻向自君公主点点头，自君公主只得说："是……"

弄儿甜甜地叫了一声："外祖父好！"

"哎——"刘彻更高兴了，"那你就给外祖父讲讲这段话的意思吧。"

弄儿彬彬有礼道："是，外祖父。这段话的意思是说，治理天下，一般有九条准则：一是注重自身修养，二是尊重贤士，三是与家族的人相亲相爱，四是敬重大臣，五是体恤群臣，六是爱民如子，七是招纳工匠，八是善待四方异族，九是安抚诸侯。第一，注重自身修养，就能成为有道德的人；第二，尊重贤士，就会耳聪目明；第三，与家族的人相亲相爱，就不会惹得叔、伯、兄、弟怨恨；第四，敬重大臣，君王就会广纳忠言，做出正确的决断；第五，体恤群臣，士大夫就会效忠君王；第六，爱民如子，老百姓就会努力生产；第七，招纳工匠，财物就会充足；第八，优待四方异族，他们就会归服；第九，安抚诸侯，天下就会敬畏君王……"

刘彻连声夸道："好！讲得好！这是你娘教的？"

弄儿摇了摇头，问："不，是祖母。"

刘彻纳闷："你祖母？不是你娘？"

弄儿道："嗯，是祖母。"

刘彻奇怪，问："驸马的母亲是匈奴人，她懂得《中庸》？"

自君公主脸一红道："陛下，婆母对儒家经典无不精通，侄女自愧不如。据婆母说，婆母的父亲是匈奴商人。当年，高祖确定和亲，汉匈双方贸易不断，婆母家的生意越做越大。为了记账，婆母的父亲从陇西请来一个儒生，专门教几个儿女读书识字。婆母的几个哥哥对读书识字没兴趣，唯有婆母感兴趣。婆母十四岁时，就通读了《孝经》和《春秋》，而且每笔账都记得十分详尽。"

刘彻又想起一件事，当年修缮秦长城时，金日磾与翁娣私会，张汤弹劾金日磾，刘彻去金家询问金日磾和翁娣的关系，金母引用《诗经·小雅·北山》中的句子，"普天之下，莫非王土；率土之滨，莫非王臣"。当时，刘彻就很奇怪，没想到金母学识如此渊博！

刘彻正想着，弄儿跑到一个男仆面前说："娘说，我背完了就让我骑大马。我要骑大马。"

男仆平时看护弄儿，经常和弄儿玩骑大马。他有心伏在地上，可皇帝在此，不能放肆。他回头看自君公主。

自君公主对弄儿说："弄儿，不要闹。"

刘彻向弄儿伸出双手，说："弄儿，外祖父跟你玩骑大马，来来来，你骑外祖父。"

弄儿跑向刘彻，说："外祖父真好！"

刘彻四肢着地，自君公主吓坏了，"扑通"跪地，斥道："弄儿！这是当今皇帝！不得无礼！"

弄儿呆住了，愣愣地看着母亲，说："这不是外祖父吗？"

自君公主道："外祖父就是皇帝！"

刘彻脸一沉，对自君公主道："自君，你这是干什么？起来，起来。这是家里，又不是朝堂。看你把孩子吓的。"

自君公主慢慢站起。

刘彻又对弄儿笑道："弄儿，来，外祖父给你当大马。"

弄儿看着母亲，没动。

平阳公主笑了，对自君公主道："丫头，陛下天天处理国家大事，太累太枯燥了。今天陛下高兴，你就让陛下和弄儿玩吧。"

自君公主这才向弄儿点点头。

刘彻满面笑容道："这就对了嘛！弄儿，你娘答应了，来，骑外祖父。"

弄儿兴高采烈地爬到刘彻背上。

当时，刘彻有五个儿子，太子刘据已经长大成人，次子齐王刘闳已死，三子刘旦、四子刘胥、五子刘髆跟弄儿年龄相仿。第二天，刘彻来到后宫，考了三子、四子、五子的诗文，这三个儿子远不如弄儿。

刘彻叫金日磾、自君公主把弄儿送进宫中，让三个儿子以弄儿为榜样。从此，弄儿就成了刘彻的开心果。

现在，弄儿要骑大马，刘彻伏下身道："来来来，弄儿，外祖父和你玩骑大马。"

金日磾瞪了弄儿一眼，低声喝道："弄儿！陛下累了，不要闹！"

刘彻不悦道："王乌死了，呼延青也死了，幸好还有弄儿陪朕。朕和弄儿玩一会儿，你不高兴吗？"

听刘彻的口气不对，金日磾只好答应。不过，金日磾怕别人看见，有损皇帝的威严，关上殿门。

弄儿骑在刘彻背上，说："骑大马喽！骑大马喽……"

对呼延青之死，刘彻非常慎重。他召集群臣商议之后，擢升路充国为大行令，然后命路充国带上重礼，把呼延青的灵柩送回匈奴。

金日磾忐忑不安，不知路充国此去是凶是吉。

/第二十四章/

> 忽见一男一女在假山后拉拉扯扯。金日磾大惊，后宫
> 里的女人都是皇帝一个人的，谁这么大胆，敢共享皇帝的女
> 人？这可是抄家灭门之罪！

自汉武帝元光二年（公元前133年），马邑设伏，捉拿老上单于，汉匈反目，至今已经二十六年了，虽然现在重谈和亲，但是双方信任不足。右骨都侯呼延青的尸体送到龙庭，匈奴君臣的眼睛都瞪了起来。

乌维单于一边盘问呼延青的死因，一边请萨满查验呼延青的尸体。可是，呼延青的尸体已经腐烂，气味难闻。乌维单于只得将呼延青草草下葬，并把路充国扣留在龙庭。

句犁湖从战场归来，得知此事，一口咬定是汉朝害死了呼延青，强烈要求率兵进攻汉朝。乌维单于也怀疑呼延青遭遇毒手，便调集人马，准备南下。且鞮侯和狐鹿姑父子劝谏，乌维单于听不进去，句犁湖责怪这对父子。且鞮侯和狐鹿姑父子百口莫辩。

呼延青到长安洽谈和亲，翁娣以为万无一失，忽听这一噩耗，就觉得天旋地转，大叫一声道："日䃅，我们可怎么办哪……"说完，一口鲜血喷了出来。

翁娣病倒了，且鞮侯和狐鹿姑父子天天陪着翁娣，宽慰她，劝导她。可是，翁娣两眼无神，仿佛傻了一般。

句犁湖突袭长城，杀入汉境，但大批汉军赶来，他又被逼退回去。可是，他一会儿出现在定襄，一会儿出现在云中，一会儿出现在五原，一会儿出现在朔方。长城上的汉军枕戈待旦，不敢丝毫放松。

汉朝的将领青黄不接，刘彻思索再三，还得请卫青出山。可卫青病重，无法统率三军。没办法，刘彻只能把赵破奴封为浞野侯，命他与拔胡将军郭昌共同固守长城沿线。

刘彻命太医全力救治卫青，可还是没能留住卫青的性命。元封五年（公元前106年），卫青病逝。

汉军在长城上严防死守，匈奴多次进攻无果。

一晃，又过了一年。

这天，刘彻批阅奏章，因跪坐久了，腿被压麻了，便盘腿坐下。刘彻想轻松一下，便对金日䃅说："弄儿在哪？把弄儿叫来和朕玩一会儿。"

金日䃅刚要去找弄儿，弄儿从后门跑了进来。他来到刘彻身后，双手搂住刘彻的脖子，说："外祖父，我在这儿。"

刘彻拉过弄儿的两只小手，弄儿就势往刘彻背上爬，一条腿骑上了刘彻的肩，另一条腿也往上跨。

金日䃅见弄儿如此无礼，心想，弄儿呀，你都七岁了，怎么一点规矩也没有？虽然这是你的外祖父，可毕竟是皇帝。你怎么能往皇帝脖子上骑？太不像话了！

当着刘彻的面，金日磾不敢申斥弄儿，狠狠地瞪了弄儿一眼。刘彻坐在垫子上，低着头，没看见。弄儿看见了，从刘彻的肩上下来，嘴一咧，委屈地哭了。

刘彻抬起头，忙问："怎么了？怎么了？外祖父弄疼你了？"

弄儿抹着眼泪，说："没有。爹爹发火了，爹爹瞪我。"

刘彻脸一沉，对金日磾说："你这是干什么？"

金日磾跪倒道："陛下，弄儿已经是大孩子了，这样会把他宠坏的。"

刘彻不理金日磾，而是对弄儿说："弄儿这么懂事儿，怎么可能被朕宠坏呢？弄儿，是不是？"

弄儿道："是，外祖父。"

正说着，宦官来报："陛下，大农令桑弘羊求见。"

金日磾趁机对弄儿说："陛下要处理国家大事，弄儿自己玩去，啊？"

弄儿应道："是，爹爹。"

刘彻放开弄儿的手，弄儿从后门出去了。

金日磾把桑弘羊带进殿中，刘彻问："桑大人，什么事？"

桑弘羊回头看了看金日磾。金日磾马上就明白了，桑弘羊是让自己回避。金日磾退出大殿，关上殿门。

殿中只有刘彻和桑弘羊，桑弘羊满脸堆笑道："恭喜陛下，贺喜陛下，匈奴乌维单于死了，他的太子乌师庐成了新单于。"

刘彻一怔道："乌师庐单于？他多大年龄？"

桑弘羊道："回陛下，听说只有十五岁。"

刘彻调侃地说："十五岁？还是个儿单于嘛！"

桑弘羊附和道："陛下神目如电，他确实是个儿单于。臣以为，乌师庐年龄小，又刚刚继位，匈奴各部一定不服。我们以吊唁为名，一方面打探匈奴的虚实，一方面离间匈奴。"

刘彻望着桑弘羊道："离间？如何离间？"

桑弘羊道："陛下，匈奴单于之下，左贤王和右贤王最为尊贵，可是左贤王的驻地离龙庭太远，他本人又没有主意。臣已经打听清楚了，乌维临死前，封他的二弟句犁湖为右贤王。句犁湖骄横狂妄，妄自尊大，一定不把乌师庐放在眼里。我们可以派两路使者，分别带上重礼，一路去见这个儿单于，另一路去见句犁湖。匈奴人贪图我们的财物，见了我们的重礼一定高兴。我们趁机挑拨他们叔侄之间的关系，使他们相互进攻。二虎相争，必有一伤。等他们打得你死我活，我们再收拾残局，匈奴何愁不灭呀！"

刘彻心中大喜道："此计甚妙！这件事就交给你了，马上安排。"

"是，陛下。"

汉使到了句犁湖的驻地，献上礼物，然后向句犁湖"告密"，说乌师庐单于密谋除掉句犁湖，请句犁湖小心防范。句犁湖二话没说，把汉使绑了起来，押往龙庭。

此时，乌师庐单于正在接待另一路汉使。这路汉使对乌师庐单于暗示，汉朝想和乌师庐单于和亲，但听说句犁湖蠢蠢欲动，担心乌师庐单于之位不保。

乌师庐单于把两路汉使叫到一起对质，真相大白。乌师庐单于大怒，把两路汉使全部扣留。

消息传到长安，桑弘羊并不死心，他认为，有钱能使鬼推磨。桑弘羊建议再派汉使，不惜重金，买通句犁湖身边的人，刺杀句犁湖，然后嫁祸于乌师庐单于。可是，这批汉使再次被句犁湖押到龙庭。乌师庐单于把这两批汉使，还有路充国等人全部送到北海，命他们在凛冽刺骨的寒风中放羊。

乌师庐单于怒气未消，汉朝亡我之心不死，我必须对其严惩！

然而，就在乌师庐单于调兵南下之际，草原突降大雪，一些部落的军队没有按时到达龙庭。乌师庐单于为杀人立威，处死了两个部落的首领。有个部落首领不服，暗中派人到边境向赵破奴说，他想杀掉乌师庐单于，投降汉朝，但汉朝离匈奴太远，如果有汉军接应，他就起事。

赵破奴把这件事飞报长安，桑弘羊向刘彻建议，筑一座受降城，不仅招降这个部落首领，还要招降所有愿意投降的匈奴大小官员。刘彻传旨，派出大批工匠，在秦长城朔方段北部数百里外筑起一座受降城。

这座受降城的遗址至今尚存，就是蒙古国南戈壁省瑙木冈县巴音布拉格古城。

即便如此，受降城离匈奴龙庭也有一千三百多里，这位匈奴部落首领还是有所顾虑。经过双方沟通，汉朝派浞野侯赵破奴率两万骑兵，出朔方郡西北两千里，秘密到达浚稽山（今蒙古国南部鄂洛克泊南）迎接这位匈奴部落首领。

然而，汉朝小瞧了这位十五岁的匈奴单于。乌师庐单于以雷霆手段突然抓捕了这个部落首领，同时调集八万骑兵杀向赵破奴。赵破奴孤军深入，粮草供应不上，且战且退。在距受降城四百里时，赵破奴被包围。汉军不但断粮，还一连几日没有水喝，将士们渴得嗓子眼儿冒烟，话都说不出来。夜里，赵破奴出营找水，遭到匈奴伏击。赵破奴被俘，两万汉军全军覆没。

天汉元年（公元前100年），赵破奴趁匈奴看守松懈，逃回汉朝。赵破奴逃过这一劫，却没能逃过另一劫。太始四年（公元前93年），巫蛊事件爆发，赵破奴全家被抄斩。一代名将赵破奴和他的家族就这样消失在历史长河之中。

此是后话，暂且不提。

乌师庐单于马不停蹄地进攻受降城。受降城严防死守，乌师庐单于打了一天，没打下来。他绕过受降城向南推进，长城失守，汉朝沿边各郡县纷纷告急。刘彻调集几路大军北上增援，乌师庐单于为防汉军封锁长城，切断归路，匈奴骑兵抄掠半个月，撤回草原。

汉朝损失惨重，刘彻十分郁闷。就在这时，桑弘羊求见，刘彻后悔听了他的建议，没好气地说："不见！"

霍光安慰刘彻道："陛下不必烦恼，这次赵破奴没能取胜，主要是因为我们战马的速度和耐力不如匈奴，等贰师将军李广利从大宛带回汗血马，我们一定能大破匈奴。"

刘彻问："李广利西征大宛已经两年了吧？"

霍光道："回陛下，再有一个月就满两年。"

金日磾从外面走了进来，说："陛下，贰师将军李广利派人传回消息，汗血马没有得到，而且……"金日磾犹豫一下，没往下说。

刘彻的脸一下子阴沉下来，说："而且什么？"

金日磾支吾一下道："而且，失利……"

什么失利？失利就是打了败仗，只不过金日磾怕皇帝生气，换了一种说法而已。

刘彻喝问："李广利是不是败得很惨？"

金日磾轻声道："这……回陛下，五万人马回来不到五千。"

刘彻"噌"地站了起来，胸脯一起一伏，问："他现在何处？"

金日磾道："回陛下，贰师将军退到敦煌，想放弃汗血马，请求罢兵。"

刘彻的两只眼睛放出寒光，说："我看他李广利是不想活了！告诉他，他要敢退入玉门关半步，立斩不赦！"

"是……陛下。"金日磾诺诺而退。

汗血马产于大宛，大宛是西域西部的一个国家，位于今乌兹别克斯坦的费尔干纳盆地，距长安有万里之遥。张骞两次出使西域，带回西域诸国的情况，其中包括大宛的汗血马。

汗血马头细颈高，四肢修长，步伐轻盈，力量大，速度快，耐力强，日行千里，夜走八百。因奔跑起来会流出血色的汗液，所以称汗血马。

听了张骞的介绍，刘彻很想见识见识汗血马。当时，敦煌郡有个囚犯，不知从哪里弄来一匹汗血马，献给刘彻。刘彻骑上这匹汗血马跑出十里，其他的战马被甩得很远。高兴之余，刘彻写了一首诗，名为《天马》——

> 太一贡兮天马下，
> 沾赤汗兮沫流赭。
> 骋容与兮跇万里，
> 今安匹兮龙为友。

太一就是北极星。古人认为北极星是天的中心，故有"天上星星皆拱北"之说。所以，古人尊北极星为天帝。

这首诗的大意是：天帝把天马赏赐给我，马身上的汗液如霞光在水中涌动。它身姿优美，驰骋万里，本来这匹马是天上的良驹，如今却安心与我为伴。

可是，几年后，这匹汗血马死了，刘彻伤心了好一阵子。太初元年（公元前104年），刘彻派人带重礼和一尊黄金铸成的马，赴大宛国都贰师城购买汗血马。

汗血马被大宛视为国宝，给多少金子大宛国王都不卖。

汉朝的使者有个通病，就是自以为是天朝上邦，处处高人一等。这个汉使还觉得挺有理，我是来买马的，也不是白要，你们瞧不起谁呀？汉使对大宛国王破口大骂，并击毁送给大宛国王的那尊黄金铸成的马。大宛国王一怒之下杀了汉使，刘彻怒火中烧，要派兵远征大宛。

此时，张骞已经病故，曾随张骞出使西域的一个使者说，大宛乃小国寡民，军事力量薄弱，只要派三千人马，就能把大宛打得满地找牙。几年前，刘彻曾派赵破奴率七百骑兵，生擒西域的楼兰王，有此经历，刘彻认为这个使者的话是可信的。

可是，派谁领兵呢？刘彻想到一个人，此人叫李广利。

前面我们提过，李广利兄妹四人，二弟李延年，三妹李妍，四弟李季。李妍就是刘彻的李夫人。因为刘彻宠爱李夫人不能自拔，李夫人死后，刘彻想封李广利为侯。但高祖刘邦留下遗言，非刘氏不得封王，非有功者不得封侯。刘彻以大宛的国都贰师城为目标，封李广利为贰师将军，只等李广利打败大宛，赶回汗血马，就封他为侯。

不过，有了韩千秋攻打南越的教训，刘彻还是比较谨慎。他有意借鉴打南越的经验，少花钱，多办事。他想征七科谪，但七科谪因平定南越，绝大多数成了良民。刘彻下诏，召集各郡县的流氓地痞从军，加上汉朝从西域几个属国中征调的六千骑兵，总共凑了五万人，李广利率领这么一支队伍奔向大宛。

李广利精通音律，从未领过兵打过仗，而这支队伍又是乌合之众，他没有信心。副将对他说，将军不必担心，这五万替死鬼，哪怕死了四万九千九，只要能把汗血马赶回来，将军就是胜利。

李广利出河西走廊，越往西越难。因为大宛离汉朝太远，临近大宛的西域各国都臣服于匈奴，不但不给汉军提供粮食和饮水，还关闭城门，不准汉军进入。要想活命，李广利这支人马只有攻城夺粮。汉军好不容易打到大宛东部的一座小城，可是，城上石块、木头、开水倾泻而下，李广利损失惨重。

连这么个小城都拿不下来，怎么可能打进贰师城？打不进贰师城，大宛国王怎么可能把汗血马献给汉军呢？取胜无望，李广利只得撤兵。当撤到敦煌时，李广利这支汉军一个个衣不蔽体，都成丐帮了。

万不得已，李广利写了封奏书，派人送往长安。

这就是以往经过。

烦恼一个接一个。弄儿是刘彻的开心果，刘彻要去看看弄儿，以化解心中的不快。

刘彻带着金日䃅和几个随从出了高门殿，奔弄儿的住所而去。拐了个弯儿，忽见一男一女在假山后拉拉扯扯。

金日䃅大惊，后宫里的女人都是皇帝一个人的，谁这么大胆，敢共享皇帝的女人？这可是抄家灭门之罪！

/第二十五章/

刘彻大怒道："北虏自不量力，居然敢向朕下战书！"
他吩咐金日磾，"驸马，拟诏！给匈奴回信，朕要发举国之
兵，不踏平匈奴，誓不还朝！"

金日磾要去捉拿那对男女，刘彻一摆手，示意金日磾站住。

刘彻一个人悄悄地走向假山，只见那个男子举止轻浮，淫声回
荡——

"宝贝儿，你可想死我了。"男子拉过女子的手。

"李公子，别这样，被人看见就麻烦了。"女子抽出手，后退
两步。

"你放心，这儿没人。"男子把女子搂入怀中。

"可我还是害怕，我不敢。"女子战战兢兢。

"不要怕，有我呢，谁敢惹我？"男子在女子身上乱摸。

"李公子，不要，不要……"女子半推半就。

刘彻看得一清二楚，大喝一声："李季，你好大的胆子！"

原来，这个男子是李夫人的四弟李季。

刘彻一生宠爱过五个女人，第一位是陈皇后，第二位是卫子夫，第三位是王夫人，第四位是李夫人，还有第五位是赵婕妤，史称勾弋夫人。

第一位陈皇后。陈皇后是刘彻亲姑姑馆陶公主的女儿，是刘彻的第一位皇后。正史中没有记载陈皇后的名字。《汉武故事》是关于刘彻的传记，该书完成于魏晋时期。在这部书中，陈皇后的小名叫阿娇，后人便称之为陈阿娇。人们熟知的成语"金屋藏娇"，就出自这本小说。金屋藏娇的意思是，造一间华丽的房子，给自己心爱的女子居住，比喻一个男子对一个女子十分欢喜。这是书中的刘彻对陈阿娇的承诺。但是，据史学家考证，在汉朝至魏晋的典籍中，找不到"金屋藏娇"这个词，只是在南北朝至隋唐五代的文学作品中才出现"金屋贮娇"。因为"金屋藏娇"的故事流传甚广，后人就把这件事当成真实的历史。

第二位卫子夫。卫子夫是刘彻的第二位皇后。卫子夫的身世前面已经讲过，这里就不多说了。

第三位王夫人。史书中记载，元朔六年（公元前123年），王夫人生下刘彻的次子刘闳。元狩二年（公元前121年），王夫人病故。刘彻害了相思病，请方士李少翁为王夫人招魂，这段故事我们前面也讲过。可是，《汉书》把招魂的对象写成李夫人，一些史学家没有表示疑义。但是，宋代大文学家司马光在《资治通鉴》中，没有采用《汉书》的说法。司马光对此做了纠正，他在《资治通鉴》中记载，刘彻是为王夫人招魂，而不是李夫人。从史料考证上看，招魂发生在公元前121年，而李夫人死于公元前105年左右。也就是说，招魂时，李夫人还健在，在招魂的十六七年后，李夫人才病故。相反，招魂发生的时间和王夫人去世的时间是同一年。因此，本书倾向于司马光的结论。

第四位李夫人。与陈阿娇相似，李夫人在史书中也未留下名字，只是文学作品中把李夫人写为李妍。我们在前文中采用了。李夫人出身歌舞世家，父母兄弟都以歌舞为业。李夫人得宠，与他的二哥李延年的一首歌词密不可分。

在音乐方面，李延年是史上少有的奇才。有一天，李延年为刘彻表演节目，他唱了一首《佳人曲》——

> 北方有佳人，
> 绝世而独立，
> 一顾倾人城，
> 再顾倾人国。
> 宁不知倾城与倾国，
> 佳人难再得。

刘彻听完感慨道，世间怎么会有如此漂亮的女子？平阳公主也在场，她对刘彻说，李延年的妹妹就这么漂亮。刘彻顿时来了精神，当即把李妹妹叫了出来。李妹妹一曲舞还没跳完，刘彻就动了情。李妹妹很快被封为夫人，李延年平步青云，被封为协律都尉，成为二千石官员。不久，李夫人生下第五个儿子刘髆，李氏一门就飞黄腾达了。

李夫人在皇宫里过了十七八年好日子。在李夫人病入膏肓之时，刘彻前去探望，李夫人却用被子蒙住头，死活不让刘彻看自己的脸。李夫人在被子里哭着求刘彻，她死后，好好照顾儿子刘髆和她的三个同胞兄弟。

刘彻无奈地走了，宫女问李夫人："陛下对夫人这么好，夫人为什么不和陛下见最后一面？"李夫人留下一段千古名言："以色事人者，色衰爱弛，爱弛则恩义断绝。"李夫人又解释说，陛下之所以来看我，是因为我容颜姣美。可现在我都病得脱了相，如果陛下见我变得如此丑陋，一定会嫌弃我，当然也就不可能照顾我的儿子和三个兄弟。宫女恍然大悟。

果然，刘彻不忘李夫人的临终嘱托。李延年已经是二千石官员，可李夫人的大哥李广利和三弟李季还都是白丁。在封李广利为贰师将军西征大宛的同时，刘彻把李季召进宫，准备好好培养他，以不辜负九泉之下的李夫人。

哪知道，李广利兵败大宛，刘彻正在气头上，又见李季调戏宫女。

刘彻火冒三丈，说："来人！把这个淫贼拿下！"

金日磾把李季绑了起来，李季吓坏了，连声喊："陛下饶命！陛下饶命啊……"

刘彻一脚把李季踹倒，说："朕对你不薄，对你们李家不薄，你竟然淫乱朕的后宫，你还有点良心吗？"

刘彻命金日磾把李季押往廷尉府。李季招认，自从他进宫以来，先后胁迫数名宫女与其发生奸情。

李季虽然住在皇宫，可宫外也有家。李延年没有妻儿，他们兄弟二人把家安在一起。刘彻迁怒到李延年，想起李延年曾被处以宫刑，他的火又上来了，便把李延年也关了起来。

然而，在廷尉过堂时，又牵出一个人。这个人是李延年的好友。在这个人的设计下，李家人才一步步飞黄腾达。

廷尉把这件事上奏给刘彻，刘彻喝问："这个人叫什么名字？"

廷尉道："回陛下，此人叫卫律。"

卫律的父亲是匈奴人，卫律出生在汉朝，他与李延年是平贱之交，二人相互赏识。在卫律的策划下，"李家班"被平阳公主招进府中。可是，半年后，李延年与长安城某有夫之妇偷情，被人当场拿获，官府将李延年处以宫刑。之后，李延年的家人都嫌弃他，怨恨他，只有卫律安慰他，鼓励他。卫律说，福兮祸之所伏，祸兮福之所倚。朝廷需要净了身的男人，只要进宫，凭你在音乐方面的才华，前途不可限量。

果然不出卫律所料，李延年伤愈没多久，皇宫就找上门来，李延年成了宦官。宦官是不能出宫的。可是，在平阳公主府的"李家班"能唱的歌都唱了，能跳的舞都跳了，平阳公主有点看腻了，于是就向刘彻提出，把李延年带回府，创作新的歌舞，刘彻答应了。

回到平阳公主府，李延年创作了许多歌舞，平阳公主十分满意。这期间，卫律与李延年多次见面，卫律向李延年提出一个大胆的设想——让李延年的妹妹接近皇帝。果然，一曲《佳人曲》打动了刘彻，李妹妹得以见到皇帝，被封为夫人。

李夫人有心机，加之卫律给她出主意，李氏一门富贵无比。为报答卫律，李延年推荐卫律进了大行府。卫律也确实有才，一路升迁，很快就当上了千石官员。

赵破奴兵败被俘，刘彻担心赵破奴投降，威胁汉朝安全，想派人到匈奴谈判，把赵破奴赎回来。在李延年的推荐下，刘彻命卫律到匈奴龙庭交涉。

刘彻认为，这是卫律给他设的圈套，就想把卫律和李延年、李季兄弟家满门抄斩。可是，卫律出使匈奴还没回来，廷尉就派人埋伏在卫律家周围，只等卫律自投罗网。

在匈奴，赵破奴拒不投降。到了匈奴之后，卫律向乌师庐单于提出赎回赵破奴，乌师庐单于当场拒绝，给多少钱也不换。

卫律只得返回长安。长安城外五十里有个驿站，卫律一行人来到驿站时，天色将晚，于是准备休息一夜，明天进城。然而，就在吃饭时，驿站过往的官吏议论，李季在皇宫中淫乱，李家被抄，李延年和李季兄弟入狱。

卫律反应非常快，李家兄妹一步步接近皇帝，都是我给出的主意，自己这个官是李延年推荐的，皇帝会放过我吗？

君子不立危墙之下。长安城凶险，我不能回去。

可是，只要在汉朝，我就逃不出皇帝的手心。卫律想到匈奴，凭我三寸不烂之舌，不愁在匈奴谋个前途。

当天夜里，卫律溜出驿站一路向北。他手中还拿着大行府的官文，沿途的官府见卫律又回来了，虽然觉得奇怪，但朝廷的事不便多问。只是要过长城时，卫律被守军拦住了。可是，卫律早就想好了对策，谎称匈奴日逐王有意降汉，他把日逐王的降书落在日逐王庭。守军信以为真，卫律顺利进入草原。

半个月后，刘彻才得知卫律逃到匈奴。他愤怒之余，把李延年、李季一家和卫律一家全部处斩。此时，李广利仍在敦煌，对京城发生的事一无所知。

匈奴历来重视投降的汉人。得知卫律来降，乌师庐单于非常高兴。卫律急于取得乌师庐单于的信任，对乌师庐说："大单于，受降城是汉朝打入草原的楔子，时刻威胁着匈奴，尽快拔掉。"

乌师庐单于打过受降城，但没有攻下，便问："怎么才能拔掉受降城？”

卫律觉得汉朝抓捕自己的公文肯定还没到受降城。卫律建议匈奴兵埋伏在受降城附近，卫律利用自己的汉使身份，诈开城门，匈奴大军就可一举拿下这座城。

乌师庐单于大喜道：“如果攻进受降城，我就封你为王！”

乌师庐单于调集人马，然而大军还未出发，他突然暴病而亡，攻打受降城被搁置下来。

乌师庐单于没有儿子，按照亲疏长幼顺序，句犁湖当了匈奴单于。

句犁湖单于安葬完乌师庐单于，攻打受降城的机会就错过了。

句犁湖本来就是个好战分子，现在当上单于，终于可以放开手脚了。

句犁湖单于召集匈奴的诸王、首领和将军，说：“匈奴流传一首民谣，‘失我祁连山，使我六畜不蕃息。失我焉支山，使我嫁妇无颜色’。汉军不但占领了我们的祁连山、焉支山，还占领了我们的阴山草原，占领了我们的河南地。这些都是水草丰美的牧场，我们要像狼一样主动出击，向汉朝复仇，收复我们的领土！”

听了句犁湖单于的话，一些人激动起来，喊道：“向汉朝复仇！向汉朝复仇！”

这时，狐鹿姑匆匆而来，说：“大单于，不好了，鲜卑和乌桓联军八万人进攻我东部，现已深入匈奴五百余里。”

句犁湖单于的火一下子就上来了，说：“我上次没把鲜卑灭了，他们居然拉乌桓一起来了，这是跟我捣乱，坏我大事！”

句犁湖单于打算兵分两路，一路反击鲜卑、乌桓联军，一路南下收复失地。

且鞮侯单于劝道："大单于，匈奴的实力虽然有所恢复，但还没有两线开战的实力。"

句犁湖单于不屑道："老三，你的胆子总是像土拨鼠一样小，两线开战怎么了？如今的汉朝，没有卫青，也没有霍去病，能打的只有公孙贺和赵破奴。可赵破奴已经成了我们的俘虏，只剩一个公孙贺。我们打汉朝，就像狼和牛搏斗，无论牛多么庞大，都是狼的美餐。"

狐鹿姑把话接了过来，对句犁湖单于说："大单于说得不错，可是我们现在不是和一头牛搏斗，而是和三头牛搏斗。"

卫律开口道："大单于、左大都尉、右大都尉，我们能不能先把汉朝这头大牛困住，使它进不得，退不得。等我们吃掉鲜卑和乌桓那两头牛，再回过头来吃汉朝这头大牛。"

句犁湖单于、且鞮侯、狐鹿姑等人的目光都转向卫律。

句犁湖单于道："你详细说说。"

卫律口若悬河，滔滔不绝。大意是，匈奴一方面派重兵攻打鲜卑、乌桓，力求速战速决；另一方面留下小股军兵，向汉朝皇帝下战书，引刘彻到漠北一决雌雄。刘彻争强好胜，又注重面子，一定不服气。而漠北北海附近有座库次山，库次山地形险要，留下的这支小股军兵把汉军引入库次山，扰而不打，与汉军兜圈子，拖延时间。等匈奴重兵从鲜卑、乌桓凯旋，利用库次山的地形，一鼓作气，把汉军消灭在山中。然后，乘胜南下，收复阴山，收复河南地，收复祁连山、焉支山。

实际上，卫律这是一个险招。按正常来说，应该先平定鲜卑、乌桓联军，然后再把汉军引入库次山。可卫律知道句犁湖不会接受，因此提出这个折中的方案。

卫律一番话，既展示了自己的才干，又谁也没得罪，句犁湖单于、且鞮侯和狐鹿姑都对卫律刮目相看。

句犁湖单于亲自率十万人马反击鲜卑、乌桓联军，留下且鞮侯、狐鹿姑父子和卫律向汉朝挑战。

卫律给刘彻写了一封十分傲慢的信，匈奴使者带着这封信来到长安城。

金日磾把这封信呈给刘彻，刘彻大怒道："北虏自不量力，居然敢向朕下战书！"他吩咐金日磾，"驸马，拟诏！给匈奴回信，朕要发举国之兵，不踏平匈奴，誓不还朝！"

金日磾"扑通"就跪下了，说："陛下，主不可怒而兴师，将不可愠而致战哪！"

金日磾的话不多，但掷地有声。

"主不可怒而兴师，将不可愠而致战"，刘彻一连重复两遍，好像这是哪部兵书上的话。他猛然想了起来，是《孙子兵法》。

刘彻问："驸马，你在看兵书吗？"

汉朝，兵书都收在太仆寺，只有金日磾这样的近臣才能看到。

金日磾摇了摇头道："臣没有看兵书。"

刘彻纳闷："那你怎么知道孙子的这句名言？"

金日磾道："是臣的老母告诉臣的。"

刘彻很奇怪，叫金日磾平身，问："你母亲看过《孙子兵法》？"

金日磾道："回陛下，母亲从没看过兵法。只是母亲的记忆力特别好，读到、听到的箴言警句就会熟记在心，并能与自己所学的儒家经典融会贯通。母亲常以这句话告诫臣，君父，君父，忠于陛下要像忠于父亲一样，如果哪一天陛下怒而兴师，你一定要劝谏陛下。刚才，臣突然想到母亲这句话，一着急就说了出来。"

刘彻暗道，金母是匈奴人，可是，她曾引用《诗经》中的句子，教弄儿背诵《中庸》，还告诫金日磾以《孙子兵法》劝朕，不简单，实在不简单！

刘彻思索着，孙子是兵圣，他的话都是至理名言，我到底该不该听呢？

/ 第二十六章 /

如果不带翁娣回长安，翁娣千辛万苦找到自己，对她的
伤害太深了。翁娣性格刚烈，那就是把她往死里逼。金日磾
一筹莫展，我该怎么办呢？

金日磾发觉刘彻的火消了一些，就旁敲侧击："陛下，秦朝席
卷八荒，囊括六国，结束了春秋战国五百五十年的纷争，书同文，
车同轨，统一度量衡。秦军所向披靡，始皇定于一尊，但还是修筑
万里长城，以阻挡匈奴南下。"

刘彻问："你和徐自为不是修过长城了吗？可长城并没有挡住
匈奴啊！"

金日磾深有感触地说："陛下，要阻挡匈奴南下，需两法并
用：一是加固长城，二是和亲。加固长城能挡住匈奴地上的铁骑，
和亲可挡住匈奴心中的铁骑呀！"

刘彻的心一动，说："'加固长城能挡住匈奴地上的铁骑，和
亲可挡住匈奴心中的铁骑'，这话很有道理！"霍光也在场，刘彻

问霍光："霍光，你以为如何？"

霍光向刘彻深鞠一躬道："陛下，驸马之言令臣耳目一新，臣佩服之至。"

刘彻背着手，踱了几步道："可是，李广利兵败大宛，此时加固长城，西域和四方属国会不会小视我大汉？"

金日磾道："陛下，能屈能伸，方为丈夫。人如此，国家亦然。"

"能屈能伸，方为丈夫"，刘彻思索着，突然灵机一动，我何不在秦长城的基础上向北推进一百里，另修长城，朕不提和亲，也不拒绝和亲，朕"屈"也要"屈"得有尊严！至于"伸"，怎么"伸"？李广利西征大宛，西域多国在背后捅刀……哼！刘彻眼中放出一道寒光，朕要以泰山压顶之势严惩大宛，索取汗血马，警示西域，震慑匈奴！

刘彻扣留匈奴使者，然后，大手一挥道："北筑长城，西征大宛！"

太初三年（公元前102年），在西部，汉朝集结二十四万大军，由贰师将军李广利指挥，兵锋直指大宛。同时，把全国所有的囚徒和七科谪召集起来，又征调十万头牛，三万匹马，驴、骆驼等数以万计，由上官桀任搜粟都尉，为李广利保障粮草辎重。如此一来，李广利能调动的军兵和民夫不下五十万。在长安通往敦煌的道路上，汉朝的车辆首尾相望，连绵千里。

在北方，东西两条长城齐头并进：在西部，强弩都尉路博德在居延一带修筑长城；在东部，徐自为出五原、朔方修筑长城。

两年前，刘彻改郎中署为光禄寺，改郎中令为光禄勋，徐自为被任命为光禄勋。金日磾在驸马都尉的官职上，加光禄大夫衔，成为徐自为的副手。不过，刘彻仍习惯称金日䃅为"驸马"。

光禄勋是皇帝身边的高级武官，负责宫廷安全。在这次修筑长城中，光禄寺除了保障皇帝的安全和仪仗，其他大小官员全部出动。

刘彻下诏，征发全国几十万青壮年奔赴草原，与数十万军兵共同修筑长城。

秦长城主要建在山上，是用石头垒成的。徐自为放弃秦长城的修筑方式，选择平坦空旷的草原，就地挖沟，用取出的土夯筑长城。这样一来，晴空之下，汉军站在长城上，能看到好几里之外。匈奴骑兵出动，很快就能发现。当匈奴骑兵进攻时，首先拦在他们面前的是一条深沟，然后才是长城的高墙。这相当于两道障碍，大大增加了匈奴进攻的难度。

徐自为这种修筑长城的方式，对金朝女真人产生很大的影响。金朝为了阻挡蒙古部落南下，采用"徐自为模式"也修了一道长城。因其沟挖得更深一些，后世也把金长城称为金界壕。

徐自为修的这条长城，是中原王朝最北部的长城，史学界称之为汉外长城北线，原因是，在这条长城南部约五到几十里处，又修了长城复线，这条复线，史学界称之为汉外长城南线。

汉朝设想，即便匈奴突破第一道长城，有第二道长城拦路，就可把匈奴骑兵夹在两道长城之间。匈奴骑兵受困，他们携带的食物和水耗尽，汉军出击，匈奴必败。一千五百年后，明朝也在一些重要的地段修了两道长城。然而，即使这样，长城也没有挡住草原民族南下——汉长城没有，明长城也没有。

汉外长城北线，东起呼和浩特市武川县后石背图村，向西北横贯阴山北部草原，经包头市的固阳县、达尔罕茂明安联合旗，巴彦淖尔市的乌特拉中旗、乌特拉后旗转向西北，进入蒙古国境内，全长一千多里，与路博德修筑的居延段汉长城相连。

汉长城地基宽约4～8米，高4米左右。经过两千多年的风雨侵蚀，草原上还有数十处驻军的障城、哨所和烽火台遗址。

或许是因为徐自为是光禄勋，他负责修筑的长城叫光禄塞。公元前51年，匈奴呼韩邪单于南下附汉，曾居住在光禄塞下。公元前33年，昭君出塞出的就是光禄塞。这段汉长城见证了匈奴和汉朝的冲突，也见证了两个民族的友好。

闲言少叙，书归正传。

草原上，人山人海，一眼望不到边。人多好干活，汉外长城北线四月开工，秋天就已经初具规模了。

金日䃅负责往长城工地运送粮草。这天，粮草车队再次来到草原。平川之上，远远地望见长城。突然，斜刺里跑来一匹马，马上骑着一个人，此人头戴一顶旧毡帽，身着汉装，衣服破烂。后面追来三匹马，马上是三个汉军。

三个军兵在后面高喊："抓住他——别让他跑了——"

有个押粮兵上前拉住破衣人的马笼头，后面三个汉军赶了上来。三个人跳下坐骑，其中一人把破衣人拉下马，骂道："大胆刁民，不好好干活，还想逃跑！"

另外两个军兵把破衣人绑住，说："走，跟我们回去干活！"

金日䃅看见了，催马而来。

破衣人挣扎着说："我不是刁民，我是匈奴人，我是驸马金日䃅的妹妹。"

众军兵一下子愣住了。

金日䃅来到近前，一个押粮兵道："驸马，这个人说是你妹妹。"

金日䃅奇怪，心想，我没有妹妹呀！怎么凭空出来一个妹妹？他跳下马，走向破衣人。

破衣人听见军兵和金日䃅说话，一抬头，看见金日䃅。破衣人头一晃，在一个军兵身上蹭掉了帽子，十几条又细又长的辫子垂了下来。

破衣人大呼："日䃅，是我，是我呀！"

金日䃅一看，此人身材修长，双肩偏窄，瓜子脸，高鼻梁，明眸皓齿，额头上系着一条皮绳，看上去很美，这种美是自然之美，古朴之美，美得和谐，美得庄重。只是眉宇之间藏着淡淡的哀伤。

金日䃅不禁道："翁娣！"

翁娣心花怒放道："日䃅！"

翁娣从军兵处挣脱出来，扑到金日䃅怀中，说："日䃅，我可找到你了……"

翁娣泪如泉涌。

几年前，翁娣女扮男装，为了见金日䃅，随哥哥狐鹿姑到长安请求和亲。长安一别，翁娣无时不想念金日䃅，热切盼望汉朝与匈奴和亲，使自己和金日䃅有一个美好的结果。

这次洽谈和亲，乌维单于和刘彻都付出很大的努力，翁娣以为万无一失。翁娣的脸上时时洋溢着笑容，心想，只要和亲成功，自己马上就能成为金日䃅的夫人，结束近二十年的相思之苦。可万万没想到，右骨都侯呼延青莫名其妙死在长安，和亲骤然逆转，匈奴与汉朝再次爆发战争。翁娣如遭五雷轰顶，从希望的巅峰跌落到失望的深渊，一口鲜血喷了出来，一病不起。

翁娣久病不愈，父亲且鞮侯、哥哥狐鹿姑非常着急。且鞮侯叹气，翁娣和日磾的婚事不是一波三折，而是一波多折。看来，是长生天不让他们在一起呀！天意不可违，人生短暂，翁娣再也经不起这样的折磨了。翁娣的病情稍有好转，且鞮侯要把翁娣嫁给一个诸王。可是，翁娣以死抗争，且鞮侯毫无办法。

翁娣想到长安找金日磾，可是汉匈关系紧张，长城上的守军不准她通过。翁娣横下一条心，我等！我等到天荒地老！我就不信，长生天会永远跟我过不去！

且鞮侯担心翁娣想不开，终日派人看着她。

有一天，翁娣听到两个军兵议论，句犁湖单于在反击鲜卑、乌桓的战争中，因急于求胜，中了埋伏，损失很大，东部的战争陷入胶着状态。二人还说，卫律写战书向汉朝挑战，汉军没有应战，却在两千多里的草原上修起新长城。她的天仿佛要塌了，以前的长城我都过不去，一旦这条长城修好了，我今生就再也别想见到日磾了。她打定主意，趁长城还没有修好，我必须翻过长城，我要与日磾在一起，永远也不分开。一天夜里，趁看守她的两个侍女睡着了，翁娣偷偷地溜了出来。她骑上马，一路向南。数日后，翁娣望见长城工地，见工地上人山人海，军兵和民夫一起忙碌。

有了以前的经历，翁娣把马带住，琢磨着，不能再像上次那样冒冒失失地过长城，不然，汉军再把我拦住，插上翅膀也飞不过去。

从中午等到天黑，翁娣扔掉马，悄悄地靠近长城，躲在较高的草丛里。

军兵和民夫白天黑夜轮流上工。一些人在长城北侧挖沟取土，把取出的土运上去，筑成墙体，再用大石头把土夯实。

秋天的草原，夜里很冷，翁娣一直等到后半夜，也没找到机会。

这时，有个民夫戴着一顶破毡帽，从沟里上来，奔自己而来。翁娣的心"怦怦"直跳，难道这个人发现我了？翁娣从靴子筒拔出短刀，准备自卫。可是，那个民夫在离翁娣六七步远的地方蹲下了。

原来，这个民工出来解手。翁娣的脸一红，把脸扭到一边。可灵机一动，有了！翁娣把短刀插入靴子筒，把额头皮绳上的碧玉揪了下来。她用眼角的余光留意那个民夫。不一会儿，民夫站起来，系上裤子。

翁娣低声道："大哥？"

那民夫吓了一跳，以为有人不干活，躲在这里，问："你是谁？"

翁娣猫着腰来到民夫近前，把手中的碧玉递了过去，说："大哥，我想用这块玉，换你身上的外衣和帽子。"

民夫一看翁娣的穿着，惊道："你是匈奴人！"

"大哥，我不是匈奴人，我是五原郡九原城的汉人。几年前被人拐卖到匈奴日逐王庭，如今好不容易逃了出来。我要回家，可是，长城上的人把我当成匈奴人，不让我过去。"翁娣把手中的碧玉塞到民夫手中，还挤出几滴眼泪，"大哥，我家中有丈夫，还有两个孩子。孩子是娘的心头肉啊，我不能没有孩子……大哥，你行行好，可怜可怜我的孩子，请把你的外衣和帽子换给我，我会感激你一辈子的。大哥，求你了。"

说着，翁娣给民夫跪下了。

这个民夫的心眼儿还挺好，说："你的玉我不要，我这身衣服也不值几个钱，就送给你了！"说着，把玉还给翁娣，翁娣说什么也不要。

翁娣穿上民夫的外衣，戴上民夫的帽子，虽然这衣服和帽子的汗味直呛鼻子，但翁娣还是十分感激。民夫把翁娣带进沟中，翁娣假装和大家一起干活。

天亮了，太阳升了起来，人们换班，沟里的人攀梯子爬上去，翻过长城，来到长城南侧。另一批人开始上工。翁娣的心就跟开了两扇门一般敞亮，长生天，我总算过来了！

下了工的民夫和军兵吃饭，翁娣也跟着蹭了一顿。吃完饭，这些民夫和军兵钻进帐篷睡觉去了。

翁娣心想，我还等什么？走吧！翁娣向左右看了看，见不远处的一顶帐篷前有匹马。翁娣来到这匹马前，趁人不注意，解开缰绳，飞身上马，向南而去。

翁娣跑出没多远，就被巡逻的军兵发现了。当头的把翁娣当成逃跑的民夫，派三个军兵追了下去。

没想到，在这里巧遇金日磾。

翁娣一肚子话不知从何说起，失声大哭起来。

金日磾安慰了好一会儿，翁娣这才破涕为笑。她脱去民夫的衣服，露出匈奴女装。

三个军兵吓坏了，老天爷，这下我们可闯祸了。

他们跪在金日磾面前，说："我等有眼无珠，请驸马责罚。"

金日磾没有怪他们，放他们离去。

金日磾带着翁娣，把粮草运送到长城工地。本来，金日磾卸下粮草就应该回长安复命。可是，他没有动身，他不知如何对待翁娣。如果把她带回长安，桑弘羊那些主战的大臣很可能参劾自己，说我怀有二心，对朝廷不忠，陛下一旦查下来，我百口莫辩；如果不带翁娣回长安，翁娣千辛万苦找到自己，对她的伤害太深了。翁娣性格刚烈，那就是把她往死里逼。金日䃅一筹莫展，我该怎么办呢？

月光格外明亮，大地披上了银装。草原褪去了绿色，芨芨草虽然垂下叶子，但仍倔强地挺着脊梁，昂着头，风吹不折，霜打不弯。

帐篷里，金日䃅翻来覆去无法入眠。也不知过了多长时间，他想出来方便，就披上衣服，走到帐外。一阵风袭来，他打了个寒战。

方便之后，金日䃅觉得身子轻松多了。可是，心中的压力却没有丝毫减轻。翁娣的帐篷就在旁边，金日䃅不由自主地转过头，驻足看着，轻轻地叹了口气："唉……"

夜深人静，金日䃅刚叹过气，翁娣的帐里也传出叹气声："唉……"

金日䃅的心一紧，现在已经过了午夜，翁娣居然还没入睡。金日䃅又望了望夜空。圆圆的月亮已经偏西，北方乌云涌来，前锋袭向月亮，不知要下雨还是下雪。

金日䃅转身回到帐中。他躺在榻上更睡不着了，往事一幕幕浮现在眼前——一会儿是小时候和翁娣玩过家家；一会儿是秦长城脚下，翁娣用马鞭抽打自己；一会儿是翁娣洁白酥软的胸前裹着长长的白绢，等待金日䃅上药；一会儿是金日䃅对长生天发誓，今生要娶翁娣；一会儿是翁娣女扮男装，站在宣室殿中……

突然，远处传来呐喊声——

"杀呀——杀呀——"

金日䃅侧耳听了听，喊杀声越来越近，越来越大。

金日磾翻身而起。就在这时，帐外有人高喊："驸马，大事不好！匈奴骑兵杀过长城，快走！"

/第二十七章/

"驸马的三句话至今言犹在耳：其一，'主不可怒而兴师，将不可愠而致战'；其二，'加固长城能挡住匈奴地上的铁骑，和亲可挡住匈奴心中的铁骑'；其三，'能屈能伸，方为丈夫'。"

金日磾提刀冲出帐外，乌云挡住了月亮，天空飘起了雪花，雪花落在脸上融化成水。金日磾放眼望去，长城方向灯球火把，照得跟白昼一般，汉军和匈奴兵混战在一起。

十几个押运粮草的军兵集中到金日磾身边。他们举着火把，要保护金日磾离开，金日磾怒道："后退者斩！随我迎敌！"

有人把金日磾的马牵了过来，金日磾飞身上马。这时，一支匈奴骑兵旋风般到了金日磾面前。为首之人高喊："自家的猎狗，去给别人家放羊。金日磾，你这个叛逆，我杀了你！"

为首之人举大枪就刺，金日磾一挥手中刀，二人打在一处。匈奴军兵一拥齐上，汉军也迎了上去，双方短兵相接。

可是，匈奴军人多势众，金日碑被困在当中。

翁娣跑了过来，双臂一横，挡在为首之人面前，说："大单于、二伯父，不要打了！不要打了！"

原来，这个为首之人正是匈奴单于句犁湖。

在反击鲜卑、乌桓联军过程中，句犁湖单于因急于求胜，中了鲜卑、乌桓联军的埋伏。而卫律给刘彻下战书，刘彻不但没有应战，却修筑长城，对匈奴采取防守态势。句犁湖单于担心，一旦长城修好，匈奴南下收复失地就更难了。他有心放弃鲜卑、乌桓联军，又怕联军抄他的后路。他一想，既然汉军不会北上，干脆，我先彻底解决鲜卑和乌桓。

经过大半年的鏖战，句犁湖单于终于取得胜利。他回到龙庭，得知汉朝修筑长城还没有竣工，便兵分东西两路南下。东路由句犁湖单于率领，进攻五原段长城；西路由且鞮侯和狐鹿姑率领，进攻朔方段长城。

句犁湖单于把卫律带在身边，在离长城三十里时，卫律建议句犁湖单于停止前进。卫律假装放羊，接近长城，见长城已经修了五六尺高，而且北侧还挖了又宽又深的大沟。

回来之后，卫律给句犁湖单于出主意——每个匈奴骑兵带一大袋子沙土，大军来到沟前，把沙土填进沟中。

数万匈奴骑兵，每人一大袋子沙土，不但填平了一段深沟，还堆到了长城一样的高度。汉军沿两千里长城布防，兵力过于分散。句犁湖单于攻击一点，又是突然袭击，五原段长城的汉军哪里顶得住，句犁湖单于很快杀了过来。

一见翁娣阻拦自己，句犁湖单于勃然大怒道："没有出息的东西，我匈奴有那么多英勇无畏的勇士你不嫁，却偏偏要嫁给一个撕咬主人的猎狗。来人！把她给我抓回去。"

卫律带两个军兵要抓翁娣，翁娣大叫："我不回去！我不回去！"

金日磾举刀劈向卫律，句犁湖单于大枪一晃，直刺金日磾，金日磾只得把刀撤回来，拨开句犁湖单于的大枪。

金日磾对身后的汉军吼道："把翁娣带走！"

可是，匈奴军人数太多，而且大多是骑兵，金日磾不但人少，还大都是步兵，汉军往上一冲，就被匈奴骑兵拦了回来。

卫律把翁娣拖到一旁，翁娣大叫："放开我！放开我！"

金日磾几次想救翁娣，可都被挡住了。他急得通身是汗，向卫律高喊："放开翁娣！放开翁娣！"

金日磾一分神，句犁湖单于的大枪就到了金日磾的咽喉，金日磾在马上一闪身，可还是慢了点儿，"噗"这枪正扎在金日磾的肩窝上。"啊——"金日磾大叫一声，手中刀落地，摔于马下。

"日磾！"翁娣的心都要碎了，她一口咬在卫律的腕子上，卫律疼痛难忍，手一松，翁娣挣了出去。

卫律眼睛一瞪，手中刀高高举起，可他没敢往下落。翁娣是句犁湖单于的侄女，是且鞮侯的女儿，自己刚刚投降，如果杀了翁娣，就算句犁湖单于能原谅自己，且鞮侯也不会放过自己。

卫律稍一犹豫，翁娣跑向金日磾。

金日磾倒在地上，挣扎着要爬起来。句犁湖单于一抖大枪，直刺金日磾的胸口。就在这千钧一发之际，翁娣疯了一般扑向金日磾。

句犁湖单于本来要一枪结果金日磾的性命，翁娣却扑到金日磾身上，他急忙收枪，可哪里收得住，这枪扎进翁娣的后背。

"啊——"翁娣一声惨叫，倒在金日磾身上。

金日䃅强忍剧痛，捧着翁娣的脸，肝胆皆裂，喊："翁娣！翁娣！翁娣——"

翁娣喃喃地说："日䃅，我们，我们永远在一起……"

句犁湖单于眼睛一瞪，说："把这个没出息的东西拖下去！"

卫律心有芥蒂，不愿上前，向身后一挥手，两个匈奴兵跳下马，架起翁娣。翁娣还想挣扎，可眼前一黑，什么也不知道了。

金日䃅吃力地站了起来，歇斯底里地大叫："翁娣……"

句犁湖单于怒火万丈道："金日䃅，是你害了翁娣，我要你的命！"

句犁湖单于再次举起大枪，眼看金日䃅命悬一线，一支箭直奔句犁湖单于的面门。句犁湖单于脑袋一晃，右耳被箭射穿，吓得他差点扔了手中枪。

"啊！"句犁湖单于一捂耳朵。

一支汉军杀了过来，为首之人正是光禄勋徐自为。

徐自为的军营离此地三十里。在未修长城之前，徐自为首先筑起了无数烽火台。遇到敌情，烽火台白天燃起狼烟，夜里点起大火。他手下的哨兵发现这里火光冲天，徐自为立刻率军前来增援。

就在句犁湖单于愣神之际，汉军趁机把金日䃅抢了回去。

虽然句犁湖单于的耳朵被徐自为射穿，可他毫不退却，双方一场恶战。徐自为寡不敌众，且战且退。

几乎与此同时，且鞮侯和狐鹿姑父子也突破了朔方段长城，匈奴两支军队会合于九原城下。句犁湖单于指挥大军，对九原城发起猛攻。金日䃅因伤被转移到九原城。他顾不上自己的伤痛，下令四门紧闭，并把九原城的男女老少组织起来，男人轮流守城，女人和孩子送水送饭。句犁湖单于一连攻了七天，没有拿下九原城。

句犁湖单于转攻定襄和云中，定襄、云中相继失守。然而，正当匈奴军节节胜利之时，却突然撤军了。

句犁湖单于占领定襄、云中，大摆筵宴。夜里，句犁湖单于多喝了几杯，躺在床上，觉得太热，无法入睡，便把窗户打开，微风一吹，舒服多了，很快进入梦乡。可是，第二天清晨，句犁湖单于嘴歪眼斜，头痛欲裂，一下子病倒了。

就在这时，刘彻征发各路汉军向句犁湖单于反扑，且鞮侯劝句犁湖单于撤兵。句犁湖单于虽然爬不起来，但仍不想撤兵。且鞮侯把句犁湖单于突发疾病，说是长生天示警，句犁湖单于这才点头。

回到漠北龙庭没多久，句犁湖单于病故。他仅仅当了一年单于。他没有儿子，单于之位传给且鞮侯。

金日磾伤愈后返往长安，途中经过甘泉山驿站，驿站的军兵把金日磾带进甘泉宫。

一进甘泉宫，霍光迎了上来。霍光把金日磾领到一间大殿，刘彻面向墙壁，双手垂立，不知在看什么。

金日磾跪倒道："臣金日磾叩见陛下。"

刘彻转过身，面有哀伤道："驸马，过来，拜见令堂大人。"

金日磾一愣，令堂大人？陛下在说我母亲吗？我母亲在哪？刘彻闪到一旁，金日磾往对面一看，呆住了，墙上竟然挂着一张画像，画下写着"休屠王阏氏千古"。画像前是张几案，几案上放着水果、点心和祭肉。

"休屠王阏氏"？"休屠王"是我阿爸，阿爸被浑邪王杀死快二十年了，从没有人提起；"阏氏"是匈奴语后妃的意思，这是肯定了母亲的王妃地位，是对母亲的尊重；"千古"是说一个人已经故去，难道母亲去世了？再看几案上的供品，金日磾确信，母亲走了……

刘彻神情哀婉道："你去长城运送粮草没几天，自君公主就来找朕，说老人病了。朕派太医去给令堂诊治，可还是没能留住老人家。朕感谢她，感谢她为朕培养出一个国家栋梁。"

刘彻把金日䃅称为"国家栋梁"，这不但是对金母的赞美，也是对金日䃅的高度评价。

"陛下……"金日䃅泪流满面。

刘彻道："驸马，跟令堂大人说几句话吧。"

"娘，您老人家怎么没等儿回来就走了……"金日䃅跪在画像前，哭得死去活来。

刘彻担心金日䃅哭坏身子，安慰道："驸马，人死不能重生，节哀吧。"

霍光上来搀金日䃅道："驸马，陛下为臣子的母亲画像，又专门在行宫中为令堂大人设祠堂祭奠，自高皇帝创立大汉以来，从未有人受此殊荣，老人家可以含笑九泉了。"

霍光说的是肺腑之言，金日䃅给母亲磕了三个响头，又转过身给刘彻磕了三个响头，说："陛下圣恩，臣感激涕零，虽万死不能报其一！"

且鞮侯单于封卫律为丁灵王，封狐鹿姑为左贤王。经过与群臣商议，且鞮侯单于采纳了卫律的建议，休养生息，鼓励生育，发展畜牧生产，逐渐化解匈奴与汉朝之间的矛盾。因此，汉匈之间相对平静。

翁娣的伤已经痊愈。且鞮侯单于一想到女儿就发愁。翁娣已经是三十多岁的人了，这个年龄的女人都抱孙子了，可翁娣还是孤身一人。狐鹿姑灵机一动，卫律精明能干，谋略过人，有中行说和赵信之才。他提出把翁娣嫁给卫律，以拴住卫律的心，也使妹妹有个归宿。

且鞮侯单于正有此意，父子二人一起去开导翁娣。然而，翁娣一口回绝，自己生是金日磾的人，死是金日磾的鬼。

且鞮侯单于摇头叹气，对这个倔强的女儿打不得，骂不得，说不得，劝不得。不久，且鞮侯单于把另一个女儿嫁给卫律。从此，卫律一心效忠匈奴。

汉军势如破竹，李广利很快就打到大宛腹地。汉军包围大宛国都贰师城，贰师城被困四十多天，里无粮草，外无救兵。大宛贵族杀了国王，派使者带着国王的人头来见李广利。使者说，汉军如果不再攻打我们，我们就把所有的汗血马赶出来，任由汉军挑选；如果汉军要灭我们，我们就杀死所有汗血马，与贰师城同归于尽。李广利接受了大宛贵族的条件，汉军挑选了雌雄汗血马共三千多匹，又立了一位新的大宛王，双方订立友好盟约。

太初四年（公元前101年）春，贰师将军李广利班师返回长安。沿途西域各国君主听说汉军取了大宛国王的人头，决胜于万里之外，竞相派其子弟跟随李广利赴长安，并主动留在长安充当人质。

刘彻大喜，封李广利为海西侯，食邑八千户；随同李广利一同出征的搜粟都尉上官桀被封为少府，位列九卿；众将之中，被封为二千石官员者达百余人；七科谪一律改为良家子，所有从军的囚徒一律赦免；对于普通的士卒，每人赏赐四万钱。

然而，有一件事使刘彻稍感遗憾，就是从大宛得到的三千多匹汗血马，途中死了三分之二，到达长安时只剩下一千余匹。

李广利在西域大捷的消息传到匈奴，匈奴上下无不震惊。且鞮侯单于叫狐鹿姑把卫律和一些诸王、将军、首领召集到一起，商议对策。

卫律提出，匈奴虽大，但人口太少。匈奴凭借快马弯刀，虽然可以出奇制胜，但没有粮草供应，只能掠夺一些财物就撤。不然，汉军大队人马一到，就有全军覆没的危险。所以，匈奴要想长治久安，和亲才是上策。

且鞮侯单于命卫律以自己的口气给刘彻写了一封信，信中言辞十分恳切。大意是，我的祖母是孝景帝的侄女，皇帝是孝景帝的儿子，这样算来，我是皇帝的晚辈。希望匈奴与汉朝罢兵息武，重修旧好。同时，且鞮侯单于还做出善意的表示，下令把囚禁在匈奴的汉使路充国、郭吉、任敝等人，全部送回长安。

刘彻接过信一看，"重修旧好"，什么是"旧好"？信中没有明说，但刘彻已经领会到其中的含义。朝堂上，刘彻满面春风，他把且鞮侯单于的这封信展示给满朝文武，群臣跪倒向刘彻道喜。

刘彻一摆手道："各位大人平身。"

众人站起，刘彻往下看了看，目光在金日䃅脸上停留片刻，然后面向群臣道："西域臣服，匈奴致书，我大汉威名远扬，声震寰宇。各位大人，你们知道为什么会有今日之盛吗？"

上官桀出班道："陛下'北筑长城，西征大宛'，决策英明，方有今日之盛。"

刘彻点点头道："'北筑长城，西征大宛'说得好！可是，你们知道，朕根据什么做出这样的决策吗？"

桑弘羊手捧笏板道："陛下天资聪慧，神明睿智，高瞻远瞩，英明果敢，做出这样的英明决策是情理之中的事。"

谁都听得出来，桑弘羊奉迎皇帝。

刘彻却摇了摇头道："非也。"

霍光的心一动，两年前，句犁湖单于向朝廷下战书，陛下盛怒之下要亲率大军与匈奴决一死战，是金日磾劝阻了陛下。霍光不由得转过头，向金日磾微笑。金日磾也想到了这层，他和霍光对视一下，便低下了头。

可是，群臣并不知道怎么回事，面面相觑，齐声道："臣等愚昧，请陛下明示。"

刘彻笑道："朕告诉各位大人，是因为朕听了驸马的劝谏。前年，匈奴派人来下战书，激朕到漠北决战，驸马的三句话至今言犹在耳：其一，'主不可怒而兴师，将不可愠而致战'；其二，'加固长城能挡住匈奴地上的铁骑，和亲可挡住匈奴心中的铁骑'；其三，'能屈能伸，方为丈夫'。这三句话字字珠玑，句句打动朕的心。"

金日磾脸一红道："陛下过谦了，臣不敢贪功。"

霍光也为金日磾高兴。

桑弘羊想把话岔开："陛下，西域各国纷纷向我天朝示好，匈奴又送来书信，这说明，匈奴畏惧我天朝。此时应趁热打铁，派人出使匈奴，让匈奴臣服于大汉，以绝后患。"

上官桀也表达了自己的看法："陛下，来而不往非礼也。臣以为，我大汉应把先前扣留的匈奴使者送回，乘机打探且鞮侯此举的真实意图。"

刘彻点点头道："桑大人和上官大人所言有理。何人愿意出使匈奴啊？"

话音刚落，苏武出班道："陛下，微臣不才，愿出使匈奴。"

张胜也出班道："陛下，微臣愿往。"

苏武和张胜同为中郎将，都是比二千石官员。刘彻考虑苏武办事沉稳，便以苏武为正使，张胜为副使，命二人携带厚礼，出使匈奴。

然而，谁也没想到，苏武此行，却引来杀身大祸！汉匈关系再次出现重大危机！

/ 第二十八章 /

这个宫女先是吓了一大跳，继而半推半就。两个人走进
屋中，宽衣解带，弄儿销魂蚀骨，飘飘欲仙……有了这次，
弄儿便一发不可收拾。

自从卫律成了且鞮侯单于的女婿，且鞮侯更加信任他，无论
什么事都先听卫律的意见。当年那些追随在且鞮侯身边的人受到冷
落，其中一部分人恨上了且鞮侯和卫律。

得知苏武、张胜出使匈奴，这伙人中有人与张胜相识，此人找
到张胜说，前些年，乌师庐和句犁湖两位单于南下，都是卫律的主
意，现在卫律天天和且鞮侯在一起，不知道卫律又给且鞮侯出了什
么坏主意。他们想杀掉卫律，绑架且鞮侯的母亲，逼迫且鞮侯向汉
朝称臣。事成之后，请张胜在汉朝皇帝面前多尽美言。

张胜闻言大喜，如果能逼且鞮侯称臣，卫青、霍去病的功绩也
无法与我相提并论。张胜怕苏武抢自己的功，便叮嘱那人，苏武为
人胆小，事成之前，千万不能让他知道。

且鞮侯、狐鹿姑父子外出打猎，那伙人趁机发动政变。哪知，他们没杀了卫律，反被卫律一网打尽。原来，卫律早就注意到这伙人，且鞮侯、狐鹿姑父子打猎是假，设下圈套是真。

经过一番严刑审讯，这伙人供出张胜。卫律审罢张胜又审苏武，苏武无比惊诧，称自己一无所知。可按正常思维推理，张胜是副使，苏武是正使，这么大事不经过苏武同意，张胜怎么可能有这么大胆子？

卫律把审讯结果上奏且鞮侯单于，且鞮侯单于恍然大悟，原来苏武和张胜是来发动叛乱的，这跟当年汉使挑拨乌师庐单于和句犁湖的关系如出一辙。且鞮侯单于火冒三丈。他又想到呼延青之死。当年，右骨都侯呼延青去长安洽谈和亲，却莫名其妙地死在驿馆。乌维单于说是你们害死了呼延青，我还不相信。现在看来，这肯定是你们的诡计。

狐鹿姑也对汉朝失望了。

然而，苏武以死明志，拔剑刺进自己的胸膛，幸亏卫律及时相救，苏武才死里逃生。张胜却是个软骨头，当卫律再次提审他时，他"扑通"跪倒，痛哭流涕，投降了。

且鞮侯单于敬佩苏武的气节，想让苏武为己所用，可苏武至死不降。且鞮侯单于将苏武押往北海，令其放羊。这就是历史上苏武牧羊的缘由。

这件事激起匈奴对汉朝的切齿痛恨，匈奴贵族一致要求南下，匈奴骑兵进攻汉朝相对薄弱的酒泉、居延、西河等地，沿边百姓背井离乡。

张胜事件虽然汉朝理亏，但面对匈奴的进攻，刘彻还是决定第十一次北击匈奴。

　　天汉二年（公元前99年），汉军东西中三路人马北上。东路，因杅将军公孙敖领兵一万出西河，与强弩都尉路博德在涿邪山（今蒙古国境内满达勒戈壁附近）会合，无功而返。西路，李广利率三万骑兵出酒泉，于天山斩敌万余，然而回师途中被匈奴包围，三万人马阵亡两万，李广利侥幸生还。中路，飞将军李广的孙子李陵出居延北上，因汉军马匹不足，刘彻给了李陵五千步兵。李陵在浚稽山遭遇匈奴主力，兵败投降。

　　太史令司马迁为李陵辩护，刘彻一道圣旨，把司马迁关入大牢，施以宫刑。

　　刘彻觉得李陵投降有点蹊跷，就派人潜入匈奴打探李陵的情况。回来的人说，李陵帮助匈奴训练军兵，攻打汉朝。刘彻大怒，把李陵家灭了三族。可怜飞将军李广，在中原连一个后人也没剩。后来才知道，帮助匈奴训练军兵的不是李陵，而是一个叫李绪的汉朝降将。但是，大错已经酿成，无法挽回。

　　李陵本是诈降，没想到造成这般后果，痛苦万分。且鞮侯单于得知此事，封李陵为右校王，并把自己另一个女儿嫁给他。此后，李陵再也没回中原。

　　汉军第十一次北击匈奴失败，匈奴乘胜进攻雁门。

　　刘彻大怒，天汉四年（公元前97年），汉朝调集二十万大军，第十二次北击匈奴。李广利率主力十四万精兵与且鞮侯单于的十万匈奴骑兵在余吾水（今蒙古国土拉河）相遇，双方激战十余日，汉军伤亡很大，李广利突围而归，另外两路人马无功而返。第十二次北击匈奴失败。

　　第二年，且鞮侯单于去世。他有两个儿子，长子狐鹿姑因病重没有回龙庭奔丧，匈奴群臣立狐鹿姑的弟弟为单于。没多久，得知哥哥的病好了，弟弟坚持让位给哥哥，狐鹿姑推辞不过，到龙庭就任匈奴单于。

狐鹿姑单于在丁灵王卫律、右校王李陵的辅佐下，大力发展生产，汉匈之间关系缓和下来。

随着年龄的增长，刘彻一天天变老，长生不死成了刘彻刻不容缓的大事。他不断修建神坛，给神仙造了一个又一个游乐场，请神仙降临；此外，他还派出大批方士，到蓬莱山、瀛洲山、方丈山、渤海、东海、南海……上山、入地、下海寻找神仙。

这一天，刘彻闷坐在书房，沉思不语。天黑了，宦官来问晚上由哪位妃子侍寝。刘彻摆了摆手，宦官退了出去。

今天由霍光当值，刘彻把霍光叫到面前，问："霍光啊，驸马还算是匈奴人吧？"

霍光纳闷，金日磾虽是匈奴人，但多年来一直是陛下的近臣，陛下怎么突然问起这个问题？

霍光含糊地说："嗯，应该算吧。"

刘彻犹豫一下道："金日磾有个女儿叫婉儿，好像还没出嫁吧？"

金日磾在娶自君公主之前，他的匈奴妻子萨兰因难产而亡，留下一个女儿，被陛下赐名婉儿。前不久，霍光到金日磾家中做客见过婉儿，婉儿出落得端庄漂亮，楚楚动人。霍光想，婉儿应该还没有嫁人，不知陛下是何用意？

刘彻张了张嘴，似乎下了好大决心："你觉得，你觉得……汉朝和匈奴和亲好不好？"

霍光更糊涂了，自从我服侍陛下以来，从没见过陛下吞吞吐吐，今天这是怎么了？他小心翼翼地说："陛下，和亲就不用打仗了，不打仗朝廷就能省下大笔开支，为陛下寻找神仙……"

刘彻的目光游移不定，说："如果，朕是说如果，如果朕把婉儿纳为夫人，你觉得如何？"

"好！当然好！"

刘彻笑道："既然你觉得好，那你就去一趟金府。"

霍光恍然大悟，陛下跟我绕了半天，原来是想让我为其提亲哪！看来，陛下要娶金日磾的女儿，是因为金日磾的匈奴血统。想到这儿，霍光更吃惊了，陛下不会是通过金日磾的女儿，暗示他有意要娶匈奴公主，与匈奴和亲吧？

霍光离开皇宫，纵马奔金日磾的家而去。

金府书房里的烛光燃着，金日磾正在灯下看书，霍光走了进来。

金日磾起身，二人寒暄几句，然后落座，侍女献茶。

金日磾问："霍兄不服侍陛下，怎么有空到寒舍来了？"

霍光答非所问："驸马，你这老宅子年头可不短了，也该换了吧？"

金日磾一笑道："我家人口不多，够住就行了。"

霍光神秘地说："驸马不想换，有人可要为驸马换喽！"

金日磾道："霍兄拿我开心了，谁能给我换宅子？"

霍光注视着金日磾道："驸马很快就要成为皇亲国戚，霍光怎敢随便开玩笑。"

金日磾一愣，问："什么皇亲国戚？"

霍光把刘彻要纳婉儿为夫人的经过说了一遍，金日磾半晌无言。

霍光疑惑道："这可是许多大臣梦寐以求的好事。驸马，你还犹豫什么？"

金日磾目光凝重道："霍兄，你说得没错，这的确是天上掉下来的好事。可是，日磾本是匈奴人，婉儿的母亲也是匈奴人。婉儿虽生在汉朝，长在长安，可她毕竟流着匈奴人的血。中原人把血统看得比生命还重要，如果婉儿进宫，必然引起惊天巨浪！"

霍光辩驳道："驸马多虑了，就因为你是匈奴人，陛下才要纳婉儿入宫，没准将来陛下还要娶一位匈奴单于的女儿呢。"

金日磾连连摇头道："霍兄差矣！汉朝传到当今皇帝，已立五帝，从没有一位皇帝娶匈奴单于的女儿。别的先例陛下可以开，唯独这个先例断不可行。你我都是陛下身边的人，恕日磾直言，如果陛下开了这个先例，天下人、满朝文武，还有刘氏皇族，一定会形成一股洪流，共同向陛下兴师问罪！"

霍光瞠目结舌。

金日磾又说："日磾不愿婉儿入宫，还担心一件事，就是犬子弄儿。弄儿从小长在宫中，因陛下宠爱，谁都不放在眼里。如果婉儿进宫，他就会更加肆无忌惮，不知闯出什么祸来。陛下雄才伟略，对金家恩宠备至，哪怕金家给陛下带来一丝贬损，日磾都会抱恨终生啊！"

金日磾说得非常诚恳，霍光深有感触地说："还是驸马想得周到，霍光自愧不如。"

回宫之后，霍光把金日磾的话原原本本地转述给刘彻，刘彻感慨道："朕没看错，驸马是忠臣，不是庸臣；是人才，不是奴才！"

边境安定，刘彻继续他的成仙之旅。不过，这次神仙没有找到，却找到一个仙女般的姑娘。

刘彻从东海归来，路过河间县，沿途的男女老少都往两旁闪，可是，有个少女却立在路中间。刘彻撩开帷幔一看，见少女貌美无双，十分可人，便叫宦官把少女带到近前。少女称，一年前，父亲因受宫刑羞愧而死，临终前留下一个小玉钩。少女手捧玉钩，睹物思人，想起父亲。可是，行人为了回避皇帝，撞了少女，少女手中的玉钩落地。为找玉钩，少女挡了圣驾。少女腕如玉藕，手若凝脂。刘彻轻轻地掰开少女的手，果然见她手中有一个小玉钩。

刘彻将此女带回皇宫，不久便封她为钩弋夫人，这就是刘彻宠爱的第五位夫人赵氏。

弄儿已经长成英俊少年，刘彻对弄儿仍是百依百顺。可是，自打刘彻从河间回来，弄儿一直没有见到他。

太阳偏西，弄儿的功课该写的写了，该念的念了，便想去看看刘彻。皇宫对于弄儿来说，就跟自己的家一样随便。

弄儿来到高门殿，宦官说，陛下去了明光宫。他又来到明光宫正殿，刚要往里走。一个老宦官拦住他道："公子，陛下在里面，你不能进。"

弄儿嘴一撇道："我就是来找陛下的。"

弄儿要推门，老宦官把弄儿拉到一旁，压低声音说："公子，你找陛下，过一会儿再来，现在不行。"

弄儿不以为然，心想，我想什么时候见陛下就什么时候见，你管得着吗？弄儿很不高兴地问："为什么现在不行？"

老宦官没有解释，而是把弄儿推出十几步，说："公子，你先去玩一会儿，一会儿再来，一会儿再来。"

弄儿走出百余步，越想越奇怪，老宦官神秘兮兮的，搞什么名堂？为什么让我一会儿再来？我现在就去看个究竟。

弄儿拐了个弯儿，悄悄地溜到明光宫正殿的后窗之下。弄儿拔开窗户上的绸布，往里一看，顿时呆住了——见刘彻和钩弋夫人一起行男女之事……

弄儿正值青春期，对男女之事似懂非懂。他血脉贲张，头上青筋绷起，喘着粗气，撒腿就跑。跑回自己院中，他的心仍狂跳不止。

这时，外面传来脚步声。弄儿回头一看，见一个宫女走来。他知道这个宫女是皇后卫子夫身边的侍女，他跟她很熟，平时姐姐长姐姐短地叫她。

弄儿觉得体内的洪水冲天而起，一浪又一浪地拍向堤岸。他向这个宫女招手，宫里的人都知道皇帝宠着弄儿，因此，谁都巴结弄儿。

宫女微笑着走进院中。弄儿一下子就把这个宫女抱住了，说："姐姐，姐姐，我想你，我想你……"

这个宫女先是吓了一大跳，继而半推半就。两个人走进屋中，宽衣解带，弄儿销魂蚀骨，飘飘欲仙……

有了这次，弄儿便一发不可收拾。

阳光照在高门殿的东墙上。刘彻批完奏章，觉得有点乏了。他站起身，对金日磾说："这段时间怎么没见弄儿？弄儿在做什么？"

金日磾道："回陛下，臣也有一阵子没见他了。"

刘彻吩咐金日磾把弄儿叫来，金日磾答应一声，走出殿外。

然而，金日磾去找弄儿，却发现惊天一幕！

/ 第二十九章 /

> 公孙贺大怒，心想，什么人这么大胆，竟敢闯丞相
> 府……公孙贺刚要骂，却见为首之人是金日磾，在金日磾身
> 后跟着一支皇宫卫队，公孙贺惊得目瞪口呆。

弄儿住的地方位于皇宫前殿、后殿之间，在当年李季住所的西侧。这是两个院，中间隔着一道墙。以往，金日磾一到弄儿院外，就能听到弄儿的读书声。可今天院里却静悄悄的。金日磾心想，难道弄儿睡着了？就在这时，房中传来猫叫。金日磾有点不高兴，这孩子，不好好读书，怎么玩起猫了？金日磾推门走进屋中，猫叫是从屏风后传出的。金日磾转过屏风，一下子惊呆了。哪有什么猫叫，是弄儿和一个宫女在床上交欢，那声音是宫女发出的喃喃私语。

金日磾的脑袋"嗡"地一下。此情此景，实在不堪入目，金日磾扭过脸道："畜生！畜生！"

弄儿和宫女吓得魂飞魄散，二人慌乱地拽过被子遮掩身体。

弄儿和宫女跪在床上，弄儿哀求："爹，孩儿错了，孩儿错了，孩儿再也不敢了。"

金日磾斥道："畜生，还不把衣服穿上？"

弄儿和宫女手忙脚乱地穿上衣服。宫女夺门而去，弄儿跪在地上。

金日磾转过头，手指弄儿道："畜生！你跟多少宫女做了这种下流勾当？"

弄儿吞吞吐吐道："没，没，就她一个……"

金日磾怒道："逆子！到现在你还不说实话吗？"

弄儿浑身发抖，说："三个，不，五个……不，孩儿记不清多少了。爹，孩儿错了，孩儿再也不敢了，你饶了孩儿吧！"

金日磾一个耳光扇了过去，说："逆子啊逆子，你这是错了吗？你这是忤逆！是大不敬！是犯下滔天大罪呀！"

弄儿被骂醒了！

弄儿哭道："爹，你是陛下的宠臣，你救救孩儿吧！"

金日磾痛心疾首道："逆子啊，你从小被接进宫中，李季就住在你的隔壁，难道你忘了李季之祸吗？李季是陛下宠妃李夫人的弟弟，是昌邑王刘髆的舅舅，他大哥是贰师将军李广利，二哥是协律都尉李延年，李氏兄弟都是二千石官员。李家备受恩宠，可因李季与宫女淫乱，李季和李延年被灭门，李广利领兵在外，才得幸免。我们是匈奴人，在朝中毫无根基，爹这么多年小心谨慎，虽然得到陛下信任，但也只升到比二千石，官阶不及李氏兄弟，受皇恩远不及李家。陛下不放过李家，能放过我们金家吗？"

弄儿连连磕头道："爹，只要你不说，陛下就不会知道，这件事就过去了。"

金日碑骂道："畜生，到现在你还心存侥幸？你把陛下当成什么了？陛下那么好糊弄吗？你和多名宫女淫乱，就算他今天不知道，过几天也会知道。他最恨对他不忠诚的人，如果他知道爹蓄意欺瞒，那我们全家会死得更惨！"

弄儿瘫在地上，哭道："爹，那孩儿可怎么办哪……"

金日碑心如刀绞，说："子不教，父之过。爹可以为你而死。可是，爹死了，你娘就能保全吗？你姐姐就能保全吗？你的两个弟弟就能保全吗？你这个不成器的东西，全家都会跟着你掉脑袋呀！"

弄儿跪爬几步，说："爹，你不能死，你要是死了，全家就都完了。求你救救娘，救救姐姐，救救两个弟弟，也救救孩儿吧，爹……"

金日碑的眼泪也落了下来，说："你能想到爹娘，想到你的姐姐和弟弟，还算有孝心，有兄弟之情。或许爹能救你娘，能救你姐姐和两个弟弟，但是，爹救不了你呀……"

弄儿的眼泪一串串滚落，说："爹，为什么不能救孩儿？爹！"

金日碑气得直跺脚道："逆子啊，你怎么不明白？爹只能用你的命换全家人的命；爹只有杀了你，才能保住全家呀！"

说着，金日碑拽出佩刀，指向弄儿。

弄儿缩成一团，说："爹，爹，爹，你饶了孩儿吧，你饶了孩儿吧……"

金日碑泪流满面，说："虎毒不食子。天下哪个父亲忍心杀自己的儿子？可是，你不死，全家就一个也活不了。这是你罪有应得，是死有余辜啊……"

金日䃅一刀刺进弄儿的胸膛。

金日䃅杀了弄儿，双脚如同踩着棉花，踉踉跄跄地回到高门殿。在殿外，金日䃅把佩刀交给宦官，然后缓缓地走进殿中。

刘彻只见金日䃅，不见弄儿，又见金日䃅面无血色，脸上带有泪痕。

刘彻一愣，问："驸马，你怎么了？弄儿呢？"

金日䃅"扑通"跪倒，说："陛下，臣罪该万死，臣把弄儿杀了。"

刘彻大怒道："金日䃅，弄儿犯了什么罪，你为什么杀他？"

金日䃅把刚才的经过说了一遍，他痛苦难当说："陛下，臣没有管教好弄儿，请重重处罚微臣吧……"说着，金日䃅泣不成声。

刘彻呆立许久，眼泪也掉了下来。过了一会儿，他向金日䃅挥了挥手，低沉地说："你去吧，把弄儿葬了。"

弄儿的尸体被抬回家，自君公主当时就昏了过去。金日䃅吩咐家人，丧事简办，不得惊动四邻。第二天清晨，几个男仆赶着一辆车，把弄儿的尸体拉到城外悄悄地埋了。

皇城之内原有两大建筑群，一个是未央宫，另一个是长乐宫。未央宫是汉朝的第一宫，高门殿、宣室殿都在未央宫。不过，刘彻觉得这两大宫还不够，又修建了三座宫，即建章宫、桂宫和明光宫。尤其是建章宫，规模非常宏大，与未央宫、长乐宫并称汉室三宫。

征和元年（公元前92年），刘彻出巡四个多月，但寻仙之旅仍然一无所获。他垂头丧气，一回来就住进建章宫。

随着一天天变老，刘彻小病小疾不断。人逢喜事精神爽，闷上心来瞌睡多。中午，刘彻有点困倦，躺在床上，两个宫女为他扇风纳凉，金日䃅和霍光一左一右站在殿门前。可刘彻的脑袋一挨枕头，困劲儿就没了。

刘彻心情有些烦躁，坐了起来，往外一看，忽见有个陌生人手中持剑，鬼鬼祟祟地来到窗前。那人往里一看，和刘彻的目光正好碰在一起，那人急忙闪身，瞬间就不见了。

刘彻大叫："有刺客！抓刺客！"

金日䃅迅速做出反应，对霍光道："你保护陛下，我带人去抓刺客！"

金日䃅飞身出了大殿，率领皇宫卫队搜查。可是，前殿后殿、左殿右殿都搜遍了，并没有发现陌生人。

刘彻吼道："搜！就是掘地三尺，也要把刺客搜出来！"

"是！"金日䃅又去搜未央宫、长乐宫、桂宫、明光宫。

金日䃅刚走，鄂邑公主匆匆而来，问："父皇，出什么事了？"

刘彻脸色阴沉道："有个陌生人持剑闯入宫中，朕怀疑有人杀朕！"

鄂邑公主大惊道："父皇，皇宫把守这么严，连只鸟都飞不进来，怎么可能有陌生人闯入？不是父皇眼花了吧？"

刘彻坚信自己的眼睛，说："不可能！朕绝不会看错！"

鄂邑公主又问霍光："霍大人，你看见陌生人了吗？"

霍光摇了摇头。

刘彻怒了，说："一派胡言！难道朕撒谎不成？"

见父皇生气，鄂邑公主哄着他道："父皇怎么会撒谎？父皇心明眼亮，肯定不会看错。"

鄂邑公主安慰几句，刘彻的怒气才消了一些。

金日磾把皇城里所有的宫殿都搜遍了，还是没有看到刺客的影子。

刘彻的怒气又上来了。他传旨，把建章宫当值的二十四个门军全部处死，又下令关闭长安城，全城搜捕。

军兵抓了好几百人，廷尉得到的供词都与刘彻说的对不上。不过，有人供出一条线索——有个叫朱安世的人，家住阳陵县，民间称其为阳陵大侠。这位朱大侠常年在京城一带活动，神出鬼没，行踪不定，手中有多起人命案子。刘彻怀疑刺客与这位朱安世有关，当即传旨，命廷尉抓捕朱安世。

然而，一连三个月，朱安世如同人间蒸发一般，一点消息也没有。刘彻更加怀疑这位朱大侠。

刘彻怒道："朕悬赏黄金万两，必须把朱安世抓来！"

廷尉战战兢兢答道："是，陛下。"

廷尉刚走，金日磾来报："陛下，丞相公孙贺求见。"

早在太初二年（公元前103年），丞相石庆病逝，刘彻要提拔公孙贺当丞相。可是，公孙贺跪在地上，哭着不肯接受。

公孙贺本是一员武将，出将入相，这是多少人梦寐以求的事，可他居然执意推辞。只因他耳濡目染，知道丞相是个高危职位，因此，辞之不受。刘彻脸一沉，非让他当丞相不可，公孙贺不得不接过相印。

有了前几位丞相的先例，公孙贺勤勤恳恳，任劳任怨，刘彻没挑出公孙贺什么毛病，还提升公孙贺和卫君孺夫妇唯一的儿子公孙敬声为太仆，位列九卿。

公孙贺如履薄冰，如临深渊，总算当了十一年平安丞相。可是，他的儿子公孙敬声出事了。

公孙敬声年轻得志，但不知天高地厚。他胆子越来越大，居然贪污皇宫卫队的军饷，赃款多达两千万钱。刘彻火冒三丈，命廷尉将公孙敬声投入监狱，准备秋后问斩。

公孙贺不敢向皇帝求情，便叫夫人进宫去找皇后卫子夫。可卫子夫也是泥菩萨过河，自身难保。刘彻天天待在钩弋夫人身边，她几个月都见不到皇帝一面。子以母贵，皇帝对太子刘据也疏远了。

实在没招儿，公孙贺硬着头皮来找刘彻。刘彻正在为抓不到朱安世而憋了一肚子火，一听公孙贺求见，以为公孙贺来为儿子求情，火更大了，便吩咐金日磾："叫他滚进来！"

"是……陛下。"他答应一声来到外面。

金日磾委婉地说："丞相，陛下正在发火，你可要小心哪！"

公孙贺的汗当时就下来了，向金日磾一抱拳道："谢驸马！谢驸马！"

公孙贺一进大殿，"扑通"就跪下了。他跪爬几步，来到刘彻近前。公孙贺以头触地道："陛下，听说朱安世至今没有抓到，罪臣愿为陛下分忧，哪怕上刀山下油锅，罪臣也要把朱安世捉拿归案！"

刘彻一听，噢，公孙贺不是为他儿子求情，刘彻的心得到少许安慰。刘彻想，这么多天，廷尉连朱安世的影子都找不到，让公孙贺也去抓捕或许希望能大一些。

刘彻道："嗯，也好，你就下去安排吧。"

公孙贺跪着往后爬了几步，却又爬了回来，公孙贺连磕了三个响头道："陛下，罪臣还有一言。"

刘彻道："嗯，说吧。"

公孙贺老泪纵横道："陛下，罪臣只有一个儿子，他要是死了，我公孙一家就绝后了。罪臣别无所求，只希望抓到朱安世之后，陛下开天恩，饶我儿一命，就算陛下可怜可怜老臣吧……"

公孙贺的年龄和刘彻的差不多，刘彻见公孙贺眉毛胡子都白了，心有不忍，便答应了。

公孙贺当了这么多年丞相，人脉极广，没过多久，就抓到了朱安世。

可朱安世也不是善茬，威胁公孙贺说："公孙丞相，你放了我，咱们井水不犯河水。不然，我就让你祸灭九族！"

公孙贺救子心切，哪把朱安世的威胁放在心上？他奏明刘彻，几天后，刘彻将公孙敬声从狱中放了出来。

公孙敬声回到家中，卫君孺搂住儿子，放声痛哭。可刚哭没几声，外面一阵骚乱，"咣当"门就被撞开了，一队人马闯入院中。

公孙贺大怒，心想，什么人这么大胆，竟敢闯丞相府……公孙贺刚要骂，却见为首之人是金日磾，在金日磾身后跟着一支皇宫卫队。

公孙贺惊得目瞪口呆，问："驸马，这……这……这是干什么？"

金日磾向公孙贺一抱拳道："公孙丞相，对不起，下官奉旨捉拿公孙丞相和公孙公子。"

公孙贺问："驸马，这到底是怎么回事？"

原来，朱安世入狱之后，供出两件惊天大案：第一件是公孙敬声指使人在甘泉宫的驰道埋下巫蛊，诅咒皇帝；第二件是公孙敬声与皇后卫子夫的女儿阳石公主通奸。

巫蛊是一种迷信，通常是在小木头人身上写下某某人的名字，或贴上符咒，或用针扎，咒某人早死。

廷尉押着朱安世找到巫蛊。刘彻恍然大悟，说我近两年经常得病，原来都是他们咒的！朕走遍天涯海角寻找神仙，求长生不死之药，他们却在背地里害朕！于是，他命金日磾捉拿公孙父子。

在查阳石公主时，又牵出皇后卫子夫的另一个女儿诸邑公主以及卫青的长子卫伉。他们不但与公孙敬声有关系，而且也用巫蛊诅咒皇帝。

公孙贺、公孙敬声入狱没几天就自杀了。刘彻还不解恨，传旨，将公孙家满门抄斩，又将自己的两个亲生女儿阳石公主和诸邑公主以及卫伉全部处死。

刘彻觉得长安城晦气，便带着金日磾、霍光等赴甘泉宫养病去了。

然而，这仅仅是巫蛊案的冰山一角，刘彻一走，巫蛊事件全部爆发。

后宫佳丽三千，然而刘彻每天只在钩弋夫人那里过夜，许多人羡慕嫉妒不已。胆小的嫔妃默默地祈祷、祈求、期盼皇帝的雨露能落到自己的土地上；胆大的嫔妃则偷偷地请女巫进宫。在女巫的指导下，她们在屋中埋下木头人，诅咒钩弋夫人。

皇宫里，有人告发对方用巫蛊之术诅咒钩弋夫人。更有甚者，竟无中生有，说对方诅咒皇帝。

一场塌天大祸降临了。

/第三十章/

> 每当夜里如厕，他都要看看周围是否安全。外面的灯笼
> 燃着，四周一片寂静。忽见看守寝殿大门的两个小宦官把一
> 个黑影放了进来，那黑影贴着墙鬼鬼祟祟。

刘彻最忌讳别人说他死，得知这一情况，当即传旨，不分青红
皂白，将诅咒自己和钩弋夫人者全部斩首。

中午，刘彻犯困，梦见几千个木头人手持棍棒袭击他，他一下
子从床上跳起来，原来是个梦。从此，刘彻的身体越发不适，精神
恍惚，记忆力减退。

刘彻身边有个酷吏，名叫江充。江充心术极其不正，害得许多
大臣家破人亡。太子刘据从来不正眼看他。江充担忧，将来一旦太
子继位，自己性命难保。他竟想出一个逆天的想法，利用巫蛊除掉
太子。要除掉太子，首先应除掉皇后卫子夫。江充对刘彻说，陛下
的病是因为巫蛊引起的，只有把与巫蛊有关的人全部处死，陛下的
病才能好。刘彻当即命江充严查巫蛊。

　　江充带人从甘泉宫回到长安城皇宫，从普通妃嫔宫女的房间搜起，一直搜到皇后的椒房殿和太子宫。别的宫殿确实搜出不少巫蛊，可椒房殿和太子宫的犄角旮旯都找遍了，什么也没有。江充下令，挖地！两座宫殿虽然没有挖地三尺，但深度都超过一尺半，以致皇后和太子连放床的地方都没有，可仍然一无所获。江充冒汗了，我的祸闯大了，这要是找不到巫蛊，太子和皇后绝不会善罢甘休。江充想再往下挖！

　　这次挖的时候，江充指使手下人事先埋了一些巫蛊。江充一挖就挖了出来，刘据惊得目瞪口呆。他想向父皇说明此事，可刘彻远在甘泉宫。万般无奈！刘据假传圣旨，擅自动用皇宫卫队处死了江充。

　　江充的死党跑到甘泉宫，诈称太子造反。刘彻一道圣旨送到长安城刘屈氂手中。刘屈氂是刘彻九哥中山靖王刘胜之子。公孙贺死后，刘屈氂当了丞相。刘彻命刘屈氂领兵抓捕皇后，剿杀太子。太子刘据兵败逃走，妻儿全部遇害，皇后卫子夫也上吊自杀。刘彻下令，把刘据身边曾经出入过皇宫的门客一律斩首，曾随刘据发兵的将领全部灭族。

　　有个叫令狐茂的老人实在看不下去了，冒死上了一道奏章。刘彻虽有醒悟，但因顾及自己的颜面，没有停止追杀太子，致使刘据也上吊自杀，刘据的两个孙子也遇害了。至此，人们都以为刘据全家被杀光了，但是包括刘彻也没想到，有好心人秘密地把刘据的一个刚刚满月的孙子藏了起来，这个孩子就是后来中兴汉室的汉宣帝刘询。

　　巫蛊事件还没完，刘彻的身体一天不如一天，册立储君就成了群臣最关注的大事。

刘彻有六个儿子，刘据是长子，也是唯一的嫡子，其他五子都是庶出。老二刘闳早亡。老三刘旦在诸子中年纪最长，便盘算，太子之位非他莫属。然而，刘彻认为他心术不正，不堪大用。老四刘胥身高力猛，经常赤手与熊、野猪等猛兽搏斗。刘彻认为他四肢发达，头脑简单。老五昌邑王刘髆是李夫人所生，本来刘彻挺喜欢这个五皇子，可是考虑到五皇子刘髆的二舅李延年、四舅李季被灭门，刘彻犹豫不决。六皇子刘弗陵是钩弋夫人所生，刚刚咿呀学语。刘彻老来得子，对这个六皇子格外疼爱。

刘弗陵出生的时候，也不知是钩弋夫人记错了，还是有人暗动心机，说刘弗陵是怀孕十四个月生的。人们都知道，十月怀胎，一朝分娩。刘彻大为惊奇道："帝尧就是怀了十四个月才降生的！"数日后，刘彻把钩弋夫人居住的宫殿改为"尧母门"。

群臣明白了，陛下要立六皇子为太子。可是，立太子的事却迟迟没有动静。李广利非常关注五皇子刘髆。李广利的女儿是丞相刘屈氂的儿媳，因此，李广利和刘屈氂都想立刘髆为太子，特别是李广利更为急切。然而，就在这时，汉匈边境又出事了。

狐鹿姑成为匈奴单于之后，汉匈双方五年没有发生冲突。

翁娣常常眼望南方，以泪洗面。狐鹿姑单于看在眼里，痛在心上。妹妹一步步进入老年，再不与金日磾成亲，这辈子就没指望了。要使这对苦命的有情人终成眷属，匈奴与汉朝必须和亲。但是，因张胜事件、苏武北海牧羊、匈奴出使汉朝的使者先后被扣，双方的关系一直得不到改善。

狐鹿姑单于再次派使者奔赴长安。可是，使者到了长城，长城的守将不但不放他们过去，而且开弓放箭，造成匈奴使者一死三伤。

和亲无望，狐鹿姑单于调集十万大军南下。

征和三年（公元前90年）正月，匈奴骑兵分东中西三路突破长城。东路进攻上谷（今河北省张家口市怀来县），中路进攻五原，西路进攻酒泉。汉军全线溃败，大批边民逃亡。

刘彻第十三次北击匈奴。他封李广利为大将军，领兵十三万，分三路北上。三月，李广利率中路七万人马抵达五原。

卫律建议把汉军引入漠北，利用地理上的优势，把汉军拖垮，然后一举全歼。狐鹿姑单于采纳卫律的计谋，大军北撤，留卫律率五千骑兵袭扰李广利，引诱李广利追击。

狐鹿姑单于的主力撤到郅居水（今蒙古国色楞格河）、姑且水（今蒙古国乌兰巴托西南）一线。汉军东西两路进入匈奴腹地，没有什么战果。李广利的七万大军追到大漠深处，卫律却不见了。

因战线太长，汉军粮草供应不上，李广利派人回去催押粮草。然而，此人却带来一个噩耗——李广利全家入狱！

原来，李广利出兵前，丞相刘屈氂为他饯行，李广利叮嘱刘屈氂，要尽快想办法立刘髆为太子，刘屈氂表示不遗余力，全力以赴。可是，刘彻对丞相过于严苛，多次当众训斥刘屈氂，刘屈氂没有机会，也不敢提册立太子之事。

刘屈氂闷闷不乐，刘夫人看在眼里恨在心上。她偷偷地在土地庙埋下巫蛊，诅咒刘彻早死。有人把这件事连同刘屈氂、李广利要立五皇子刘髆为太子的事告发。丞相刘屈氂被腰斩，刘屈氂的妻儿被枭首于市，李广利全家被投入大牢，五皇子刘髆被查。

李广利犹如五雷轰顶，不知何从？他思索再三，要想全家活命，只有立功赎罪。他挥师北进，汉军渡过郅居水，杀死匈奴的一个左大将军和百余名敌兵。

这点功劳远远不够，李广利想乘胜追击，打个大胜仗。然而，几个部将认为，这是匈奴的诱敌之计，他们苦劝李广利停止进兵。李广利求胜心切，不予采纳。这几个部将暗中谋划软禁李广利，李广利察觉后，把这几个部将全部斩首。

李广利此举引起汉军将士的强烈不满，他们背后议论，李广利要他们当替死鬼，换取李家人不死。李广利担心军中生变，只得退兵。可是，汉军一撤，狐鹿姑单于便率五万骑兵追来。汉军丧失斗志，李广利的七万人马全军覆没，李广利走投无路，被迫投降。汉朝第十三次北击匈奴惨败。

消息传回长安，刘彻把李广利家满门抄斩。

匈奴大获全胜，狐鹿姑单于对和亲已经不抱希望，但是，为了妹妹翁娣，他还是让卫律给刘彻写了封信。卫律在信中言辞傲慢——南有大汉，北有强胡。胡者，天之骄子也，不为小礼以自烦。现在，我们想与汉朝和亲，汉朝按以往惯例，要每年送给匈奴酒一万石，粮食五千石，各种布帛一万匹。

匈奴这般无礼，人们以为，刘彻肯定会第十四次北击匈奴。然而，刘彻只是皱了皱眉。

这与当初那位不惜卖官鬻爵，推行皮币、白金币，也要北击匈奴的大汉天子判若两人。

是刘彻屈服了吗？

是刘彻厌倦战争了吗？

是刘彻不想与匈奴开战了吗？

都不是。是因为汉朝发生了内乱。

这年夏秋时节，汉朝发生了大面积蝗灾，粮食大幅减产，许多老百姓交完皇粮国税，连粥都喝不上了。朝廷有心救济，但刘彻没完没了地寻找神仙，加上第十三次北击匈奴、巫蛊事件，桑弘羊有限的聚敛手段无法满足朝廷无底洞般的花费，府库空空。老百姓背井离乡，卖儿卖女，一些流民啸聚山林，杀人抢劫，淮阳郡一个卸任县令举旗造反。

史载："天下断狱万数，赋烦役重，寇贼并起，军旅数发，父战死于前，子斗伤于后，女子乘亭障，孤儿号于道，老母、寡妇饮泣巷哭。"这段话的大意是：天下审理和判决的案件多达几万起，赋税频繁，徭役沉重。山贼草寇并起，军队多次出动，父亲刚刚在前方战死，儿子又因战事而负伤。女人守卫长城哨所，孤儿在路上啼哭，老太太、寡妇在小巷的陋室中饮泣。

刘彻当年的锐气、霸气荡然无存，变得务实了。他不但没有难为匈奴使者，而且派人随匈奴使者赴龙庭与匈奴和解。可是，没有信任，怎么可能和解？汉使到了匈奴，双方发生语言冲撞，狐鹿姑单于把汉使全部扣留。

李广利在汉朝是大将军，位列三公。投降后，狐鹿姑单于把自己的女儿嫁给李广利，对李广利的尊宠超过卫律，卫律不服，产生了恶念。

狐鹿姑单于的母亲卧病在榻，草原缺医少药，只能由萨满请天神驱鬼。卫律暗示萨满，萨满借天神之口说，只有杀了李广利，狐鹿姑单于母亲的病才能好。就这样，卫律把李广利害死了。

这年冬天，草原发生雪灾，牲畜冻死不计其数。开春之后，这些牲畜腐烂，造成大面积瘟疫。匈奴陷入困境，狐鹿姑单于自顾不暇，汉匈边境恢复平静。

因巫蛊事件先后有十数万人丧命，其真相逐渐浮出水面。刘彻认识到自己的错误，只是顾及面子，难以启齿。汉高祖刘邦祭庙的郎官田千秋适时上疏，为太子刘据鸣冤。刘彻就坡下驴，对田千秋说："是高祖的神灵派您来指教我呀！"

刘彻将江充家满门抄斩，一大批江充的爪牙被处决，另有一些人被投入大牢。刘彻修了一座思子宫，为太子刘据招魂祈祷。

刘彻老了，更老了，感到来日无多，便开始反躬自省，往事一遍又一遍地浮现在脑海中……这天早朝，他对群臣说："朕自即位以来，做了很多狂妄悖谬之事，比如寻找神仙，比如巫蛊事件，比如……"刘彻想说北击匈奴，但话到嘴边又咽了下去，支吾一下，"这些事，使天下愁苦，朕后悔莫及。从今以后，凡是伤害百姓、浪费天下财力的事，一律废止。"

金日䃅百感交集，跪在地上道："陛下圣明啊！就寻找神仙来说，如果人真能成仙，长生不死，那些方士肯定自己首先成仙，快乐逍遥，然后才能顾及陛下。可那些方士不但没有成仙，而且天旱无法求雨，地涝无法拒洪，蝗灾无计可施，陛下有恙不能祛病……臣斗胆认为，方士都是骗人的。"

霍光也跪下说："陛下，驸马说得极是。天下不可能有神仙，如果有，我们寻了几十年，又建了那么多请仙台，神仙早就该降临了。"

刘彻深深地点了点头，说："没错，这些方士都是胡说八道，把他们统统赶出皇宫！"

桑弘羊不知趣，说："陛下，西域轮台一带的各国很不安分，臣建议在轮台屯田，修筑长城，震慑西域各国，牵制匈奴。"

上官桀也道："狐鹿姑单于对陛下傲慢无礼，又扣留汉使，臣请陛下招募囚徒，以封侯作为奖赏，让他们去匈奴诈降，寻找机会，行刺狐鹿姑！"

刘彻沉思片刻，说："朕累了，乏了，今天就到这儿吧。"

几天后，刘彻命金日磾起草了一封诏书。在诏书中，刘彻检讨自己的错误，否定桑弘羊的轮台屯田，否定上官桀的匈奴行刺。刘彻提出，禁止压榨百姓，禁止增加赋税。

后人把这封诏书称为《轮台诏》，史学家称之为刘彻的罪己诏。

司马光在《资治通鉴》中称：汉武帝穷奢极欲，刑罚繁重，横征暴敛，对内大肆兴建宫殿，对外征讨四方蛮夷，又迷恋长生不死，巡游无度，致使民不聊生，社会的混乱与秦始皇晚期相差无几。然而，秦朝失去天下，汉朝却在汉武帝之后重新崛起。

司马光认为："晚而改过，顾托得人，此其所以有亡秦之失而免亡秦之祸乎！"

汉武帝晚年改正了自己的错误，把幼主刘弗陵托付给值得信赖的大臣。那么，刘彻把幼主托付给谁了呢？

在甘泉宫，皇帝的寝殿是座四合院，正殿是皇帝起居之所，东侧的偏殿住着宫女，西侧的偏殿住着金日磾和侍卫，南侧住的是宦官。正殿中间是大厅，东屋是皇帝的书房，西屋是刘彻和钩弋夫人的寝室。入夜之后，刘彻在大厅里听钩弋夫人弹琴。可是，钩弋夫人弹了一会儿，刘彻困意袭上心头，宦官就服侍他和钩弋夫人进了寝室。

这两天，金日磾身体不舒服，头重脚轻，昏昏沉沉。见皇帝寝室的灯熄了，他就打起精神，带领侍卫围绕寝殿巡查一周，然后走进西偏殿。一个侍卫已经把药熬好，他喝完药，上床休息。

第二天凌晨，天还没亮，金日磾起来如厕，头仍然晕晕乎乎，浑身乏力。他在便桶前，一边方便一边四下张望。这是他多年服侍皇帝养成的习惯——每当夜里如厕，他都要看看周围是否安全。

外面的灯笼燃着，四周一片寂静。忽见看守寝殿大门的两个小宦官把一个黑影放了进来，那黑影贴着墙鬼鬼祟祟。

借着灯笼的光，金日磾一惊，那不是侍中仆射马何罗吗？

金日磾警觉起来，心想马何罗这么早进殿干什么？他立刻把旁边房中的几个侍卫唤起，几个侍卫匆匆到大门前，把两个小宦官看了起来。几个侍卫插好大门，站在门内。

马何罗只往前面看，后面发生的事一无所知。他沿着东偏殿廊下走到尽头，又向正殿摸去。他来到大厅前，回头看了看，不见有人。他从袖中掏出一把短刀，轻轻地拨开门闩，推门而入。

马何罗刚进大厅，后面有人低喝："马大人，你要干什么？"

马何罗猛一回头，见是金日磾。他离金日磾只有十几步，离刘彻寝室的门只有五六步。马何罗不理金日磾，持刀直奔刘彻寝室，可一着急，他的身子撞在琴上，"咣当"琴落在地上。就在马何罗愣神之际，金日磾冲上前飞起一脚，马何罗的短刀飞了出去，一个趔趄差点摔倒，金日磾就势从后面抱住他的腰。

金日磾身材高大，如果是平时，两个马何罗也不是他的对手。可他有病在身，想把马何罗抱起来摔在地上，然而心有余而力不足。他一时无法将马何罗制服，两个人扭打在一起。

金日磾大呼："马何罗行刺陛下！马何罗行刺陛下！"

十几个侍卫跑了进来，一拥而上，举刀就砍。

刘彻大喝一声："且慢！"

/ 第三十一章 /

突然，对面尘土飞扬，一支骑兵旋风般来到长城下。长城上的汉军一个个弓上弦，刀出鞘，准备反击。可是，匈奴骑兵并没有进攻，其间闪出一人……

刘彻提刀从寝室里出来，他担心侍卫砍杀马何罗时伤到金日磾，便下令把马何罗团团围住。

一见刘彻，马何罗顿生怯意。金日磾趁机抬起右脚，猛地踹向马何罗的小腿，马何罗"扑通"就跪下了，侍卫就势把他摁倒在地，捆了个结结实实。

就在这时，殿外传来两声惨叫，接着是剧烈的砸门声——

"开门！开门！快开门！"

马何罗哈哈大笑道："刘彻，外面都是我的人，你现在投降还不晚！"

金日磾当机立断道："保护陛下，封锁大门，任何人不得入内，违者杀无赦！"

殿内，一部分侍卫保护刘彻，另一部分跑到大门前，与金日磾安排的那几个侍卫一起把护殿门。宦官一个个拎起棍棒，宫女有拿剪刀的，有提擀面杖的，还有攥着锥子的，实在没有拿的就把花瓶抱起来，准备拼命。

刘彻怒斥道："马何罗，你竟敢造反，你好大的胆子！"

马何罗哼了一声道："这都是你逼的。你昏庸残暴，嗜血成性，不但杀了五位丞相，还杀了你的两个女儿，逼死皇后，又把太子一家赶尽杀绝。你如此狠毒，即使我不杀你，你也不会放过我！"

马何罗的话不多，但句句都像刀一般扎在刘彻的心上。是啊，李蔡、庄青翟、赵周、公孙贺、刘屈氂，这五位丞相都是因我而死，我的亲生女儿阳石公主、诸邑公主、皇后卫子夫，还有太子刘据全家……

刘彻只觉得眼前一黑，身子晃了晃。金日磾连忙扶住刘彻，说："陛下身体要紧，别听马何罗胡说。"

刘彻鼻子一酸，眼泪涌了上来，说："马何罗没有胡说，汲黯、颜异、狄山他们也都死在我手！我确实是昏庸残暴啊……"

"刘彻，你也有伤心的时候，哈哈哈……"马何罗一阵狂笑。

金日磾对侍卫道："把这个狂徒押下去！"

马何罗对金日磾啐了一口，说："金日磾，你张狂什么？你不过是个匈奴人，刘彻最擅长的就是卸磨杀驴，你的下场也好不了！"

金日磾怒道："塞上他的嘴！"

"杀呀——"

砸门声停了，殿外传来喊杀声、刀枪的撞击声和惨叫声……

金日碑心头一喜道："陛下，我们的救兵来了！"

仅仅一盏茶的工夫，喊杀声停了。

金日碑来到殿门前，从门缝往外一看，见霍光带着卫队把一些陌生人五花大绑，地上横七竖八躺着很多人。

霍光在外面高喊："陛下受惊了，臣已把叛乱者一网打尽，请陛下放心！"

这是怎么回事呢？原来，马何罗和他的两个弟弟马二、马三都是江充的死党。眼看江充的爪牙一批批被杀，兔死狐悲，马何罗对马二和马三说，与其坐以待毙，不如把江充的余党召集到一起，来个先下手为强，把皇帝宰了，嫁祸给金日碑，立燕王刘旦为皇帝。马二、马三都说，燕王刘旦一直想当太子，如果把他立为皇帝，咱们兄弟就一步登天了。于是，马氏兄弟分头行动。

近来，金日碑发觉马何罗行为诡异，便注意上他了。马何罗也察觉金日碑看他的眼神不对，而且，无论是不是金日碑当值，金日碑都不离开皇帝身边，所以马何罗一直没敢动手。昨天，马何罗听说金日碑带病当值，霍光不在，以为机会来了。当晚，马何罗与马二、马三碰头，三个人决定在凌晨人最困倦的时候动手。

马二、马三和几十个江充的死党换上皇宫卫队的衣服，马何罗把这些人带到寝殿外隐藏起来。为了避免被皇宫卫队发现，马何罗与马二、马三商定，由马何罗一人进寝殿行刺。万一行刺不成，马二、马三就冲进殿中，把刘彻杀掉，把金日碑杀掉，诬陷金日碑是杀人凶手。马何罗来到寝殿门前，两个守门的小宦官都认识他，就把他放了进去。

里面守门的两个小宦官都是马何罗的人，马何罗让两个小宦官看守大门，可万万没想到，金日碑把两个小宦官换成皇宫侍卫。

里面一乱，马二、马三带人往里冲。然而，大门从里面被插得死死的，马二、马三砸了半天，也没砸开。

虽然霍光不在寝殿内，但是，这边一乱，霍光就得报了。霍光火速率皇宫卫队前来救驾，与马二、马三的人打在一起。皇宫卫队都是经过严格训练的，而江充这些余党却是乌合之众。双方一交手，马二、马三的人就倒下一大半，剩下十几个人束手就擒。

刘彻将马氏兄弟灭了九族，其他造反者全部斩杀。刘彻要晋封金日磾和霍光为列侯，金日磾坚持不受，霍光也没有接受。

刘彻渐感来日无多，叫人画了一幅周公辅佐成王的画。周公是武王姬发的弟弟。在灭纣两年后，武王就去世了。其子成王幼年继位，周公担心诸侯叛乱，就把成王背在身上，接受诸侯朝拜，并亲自摄政治理天下。周公摄政七年，江山巩固之后，把政权交给成王。由于周公打下了良好的基础，在周成王和其子周康王统治期间，国泰民安，因无人犯罪，刑法闲置四十多年用不上，史称"成康之治"。"成康之治"是中国历史上的第一个太平盛世。

刘彻在画前低头沉思良久，然后命人把画收起来送给霍光。这时，钩弋夫人献茶，刘彻一转身，茶碗被打落在地。刘彻眼睛一瞪，大声斥责钩弋夫人。钩弋夫人摘去首饰，叩头请求宽恕。

刘彻扬了扬手，对金日磾说："把她拉出去，关进狱中！"

金日磾道："是，陛下……"

钩弋夫人跪在地上连连叩头道："陛下，臣妾知错了，臣妾知错了……"

刘彻很不耐烦道："去去去！"

金日磾命宦官架起钩弋夫人出了大殿。刘彻转过身，眼圈发红。

钩弋夫人刚到狱中，宦官便端来一杯毒酒，钩弋夫人大哭道："陛下，臣妾无大错，为什么要杀臣妾？为什么……"

宦官催促道："夫人，陛下是听不见的，上路吧。"

钩弋夫人只得把毒酒喝了下去。

钩弋夫人死后数日，一个老宦官给刘彻献茶。刘彻喝了一口，问老宦官："宫里的人对朕处死钩弋夫人有什么议论吗？"

老宦官支吾道："这，陛下……"

刘彻道："不必吞吞吐吐，你大胆地说。"

老宦官道："是，陛下。人们都说，陛下宠爱钩弋夫人，要立她的儿子六皇子为太子，为什么还处死钩弋夫人呢？"

刘彻道："是啊，这不是你们这些愚蠢的人能明白的。自古以来，国君幼小，太后年轻独居，往往滋生邪念，干预朝政。太后大权独揽，外戚专权，刘氏的江山就危险了。当年的吕后就是前车之鉴，朕不得不除掉她。"

几个月后，刘彻病倒了。金日磾和霍光都站在门外，刘彻让宦官把霍光叫进去。

霍光见刘彻脸色蜡黄，眼窝沉陷，都脱相了，急忙跪倒。

刘彻气息微弱，说："霍光啊，朕不行了。"

霍光眼中含泪，说："陛下不会的，不会的……"

刘彻微微摇了摇头，说："现在，朕全明白了，人都逃脱不了一死啊！"

霍光担心刘彻一口气上不来，擦了一把眼泪，问："陛下万一不幸，由谁继承大统？"

刘彻凝视霍光，说："难道你没理解朕给你那幅画的用意吗？立朕的六皇子，你担任幼主的周公。"

霍光诚惶诚恐地说："陛下，臣的才智不如驸马，臣恐不能胜任哪！"

刘彻沉思片刻，说："去，把驸马叫来。"

霍光站起身，把金日磾叫了进来。金日磾跪爬到刘彻榻前，泪水扑簌簌地流下来，说："陛下，陛下……"

刘彻道："驸马，不要哭，朕有话对你说。"

金日磾忙道："陛下，臣洗耳恭听。"

刘彻道："朕想让你像周公一样辅佐幼主，你可愿意？"

金日磾瞪大眼睛，说："陛下，臣不能啊！臣本是匈奴人，由臣辅佐幼主，匈奴会轻视朝廷的，群臣也会有非议的。臣以为，霍光才是最合适的人选。"

刘彻闭上眼睛，良久才说："你先下去吧，容朕再想想。"

两天后，刘彻命金日磾写下诏书，立八岁的六皇子刘弗陵为太子。

夜里，刘彻病情加重。次日一早，他躺在榻上，任命霍光为大司马、大将军，金日磾为车骑将军，上官桀为左将军，由他们三人共同辅佐幼主刘弗陵。霍光为三公之首，金日磾和上官桀位同三公。然后，他又任命桑弘羊为御史大夫，监察百官。考虑到刘弗陵太小，刘彻让鄂邑公主入宫，专门照顾刘弗陵。

一切都安排妥当，刘彻眼望金日磾，金日磾立刻上前。

刘彻气息奄奄道："朕……朕知道，翁……翁娣，你……你们从小有婚约，她……她还独身，还在等你……"

金日磾失声痛哭道："陛下……"

刘彻喘了喘气道："你……你把翁……翁娣接到长安，成……成亲，朕……朕就可……可以瞑目了……"

刘彻头一歪，闭上了眼睛。

后元二年（公元前87年）阴历二月十四，刘彻驾崩于五柞宫，享年七十岁。次日，幼主刘弗陵即位。

刘彻死后不久，匈奴骑兵进攻朔方、五原两段长城，朔方段长城失守。朝廷调兵增援，由金日磾亲临前线，慰劳军队，激励将士，同时巡访翁娣，化解双方矛盾，实现刘彻临终嘱托。

初秋，金日磾离开长安，一路向北。越往北，荒芜的田地越多。在一个山沟里，金日磾终于见到大片庄稼，一些人正在忙碌着。其中，有老翁，有老妪，有妇女，有儿童，唯独没有青壮年男子。老百姓衣衫褴褛，面黄肌瘦。他们手推肩扛，把收割的庄稼往回运，却不见牲畜拉车。

金日磾奇怪，三春不赶一秋忙。这些老百姓家的青壮年男子呢？牲畜呢？男子为什么不来收秋？为什么不用牲畜拉运粮食？

金日磾让大部分人在路旁等候，带着两个随从走进田间。老百姓一见金日磾头戴官帽，身着官衣，人人惊慌失措，个个匍匐在地。

有位老人哆哆嗦嗦地说："大老爷，我们家中的粮食都被充了军粮。这些粮食刚刚收割，还没打下来，求大老爷给我们留点粮食救命吧！"

金日磾把老人搀起来道："都起来，大家都起来，我不是来征粮的。"

人们刚刚站起，却又跪下，老人老泪纵横道："大老爷，前几年，先皇没完没了地寻找神仙，接着是李广利全军覆没、巫蛊事件、老天爷闹蝗灾、盗贼四起、流民造反，我们老百姓太苦了。现在匈奴骑兵又来了，家家都没男丁了。我三个儿子全死在战场上，只剩一个孙子，还不到十二岁。大老爷实在要抓壮丁，就抓我吧……"

老人失声痛哭，其他百姓也跟着哭。

金日磾心中凄楚道："老人家，快起来，我也不是抓壮丁的。"

老人顿时不哭了，睁着惊奇的眼睛，问："大老爷既不征粮，又不抓壮丁，难道是要征牛马送军粮？"还没等金日磾答话，老人又道，"大老爷，你看，我们家，我们这个村，我们这个县，家家都是人推肩扛，牲畜早就被官府征走了。"

一股酸水涌到金日磾的喉咙，他用力咽了下去，低沉地说："老人家，我也不是征牛马的，我什么也不征，我是来看你们的。"

老百姓都愣了，那位老人莫名其妙地问："看我们？当官的看我们？"

金日磾撩衣坐在地上，并向人们招手说："来来来，坐坐坐，大家坐下说。"

只有老百姓才往地上坐，从没见过当官的往地上坐，双方的距离一下子拉近了。老人向众人高呼道："大伙都过来，大老爷看我们来了！大老爷看我们来了！"

老百姓围坐在金日磾身边，老人坐在金日磾对面。众人你一言我一语。金日磾从中了解到，这几年，官府征钱粮、征牲畜、抓壮丁，老百姓流离失所，苦不堪言，虽然没有十室九空，可半数人家都没有人了。

老人越说越激动："大老爷，草民我活了七十年，我也活够了。说句悖逆的话，当今天下，比孝景帝时差得太远了，简直一个天上，一个地下！孝景帝时，我娶了媳妇，成了家，年年都有余粮。春种秋收，田野里牛马遍地。普通老百姓都能穿绫罗绸缎。可如今，不要说绫罗绸缎，就连粗布衣裳都缝了又缝，补了又补。我年轻的时候还听我爹说，孝文帝时，日子也很好，可现在太难了，一年之中，三四个月没吃的，山上的野菜都挖光了，可还是填不饱肚子。"

金日磾问："孝文、孝景二帝时的日子为什么那么好？"

老人脱口道："和亲哪！和亲就不打仗，不打仗就不用征粮，不用征牲畜，不用抓壮丁，家家都有劳力，也没有什么巫蛊乱七八糟的，日子能不好吗？"

金日磾握住老人都是老茧的手，郑重地说："老人家，您的话我记住了！放心吧，你们一定会过上文景二帝时的日子！"

老百姓都愣了，大家相互对视，老人疑惑地问："听大老爷的口气，好像是京城里的大官？"

金日磾的一个随从说："老人家，这位是先帝的托孤大臣驸马金大人。"

"托孤大臣！驸马金大人！和我们坐在地上？"老百姓简直不敢相信。

有人窃窃私语："驸马金大人？他不是匈奴人吗？"

金日磾点点头道："不错，我从小生在匈奴，是匈奴休屠部人，就是现在武威郡人。"

一个人小声嘀咕："先帝把幼主托付给匈奴人？"

另一个人也悄悄地说："让匈奴人当官管我们？"

老人打断了这两个人的议论："不管是哪的人，能为我们老百姓做事就是好人！不管是什么官，能为我们老百姓做事就是好官！"

老人第三次跪在金日磾面前，说："大老爷，不要说让我们过上文景二帝的日子，就是能赶上文景二帝时的一半，我们就满足了！大老爷。"

其他人也随老人跪倒，说："是啊，大老爷！"

金日磾起身把众人一一搀起，激动地说："我对天发誓，绝不辜负你们的希望！"

众人齐声呼唤："青天大老爷！青天大老爷呀……"

辞别了这些老百姓，金日磾沿着秦直道策马飞奔。他刚到九原城，就听说朔方的匈奴兵撤了。

奇怪，匈奴兵为什么会撤了呢？金日磾登上五原段长城，勉励将士，保家卫国，将士们纷纷表示要为国尽忠。

金日磾手扶垛口，放眼北望。突然，对面尘土飞扬，一支骑兵旋风般来到长城下。长城上的汉军一个个弓上弦，刀出鞘，准备反击。可是，匈奴骑兵并没有进攻，其间闪出一人，此人身材高大，肩宽背厚，皮肤偏黑，二目炯炯。他头戴一顶翅飞鹰盘龙金冠，身披赭黄袍，衣襟左衽，胯下一匹白龙马，脚上穿着鹿皮靴，看上去威风凛凛，超凡脱俗。

金日磾一眼认了出来，是他！

/第三十二章/

金日磾无法忘记那位老人的话，回想汉朝十三次北击匈奴，匈奴仍可突破长城，金日磾顿悟：长城并非牢不可摧，和亲才是最坚固的长城；要想国泰民安，汉匈之间只有和亲。

来人是金日磾的结义兄长狐鹿姑单于。

金日磾不禁叫了一声："义兄！"

狐鹿姑单于用马鞭一指金日磾道："谁是你的义兄？你这个没有情义的禽兽！"

金日磾不解，问："此话怎讲？"

狐鹿姑单于怒道："你还有脸问我？三十九年前，你和翁娣订下婚约，如今翁娣都快五十岁了，还在苦苦地等你。她曾经救过你的命，对你也算有恩吧？你嫌她老了，不漂亮了，我不怪你，可你竟然派人杀她！你简直比恶狼还狠，比蝎子还毒！"

金日磾被骂蒙了，说："什么？杀她？翁娣怎么了？"

狐鹿姑单于咬牙切齿道："死了！这回你满意了吧！"

金日磾顿觉天旋地转，说："你瞎说！三十九年来，我从没有忘记翁娣，我绝没有派人杀她！"

狐鹿姑单于一摆手，丁灵王卫律催马上前，在卫律的马鞍上押着一个被五花大绑的瘦男人。卫律一松手，瘦男人摔在地上。

狐鹿姑单于一指瘦男人道："你不是大侠吗？既是大侠，就敢做敢当。你把对我说的话对金日磾说一遍！"

瘦男人一挺身，站了起来。

金日磾觉得好像在哪里见过他，定睛一瞧，猛然想了起来。当初，匈奴右骨都侯呼延青来长安洽谈和亲，住在驿馆。鄂邑公主从呼延青的房中出来，身边有两个随从，一个身材魁梧，很像金日磾，他叫丁外人，另一个就是眼前这个瘦男人。

金日磾喝问："你是什么人？"

瘦男人冷冷一笑道："大丈夫行不更名，坐不改姓，我就是前朝皇帝要抓的阳陵大侠朱安世。"

金日磾惊道："朱安世，你不是被先帝处决了吗？你怎么还活着？"

朱安世反问："我那么容易死，还能叫大侠吗？"

金日磾喝问："那被处死的人是谁？"

朱安世得意道："是个替死鬼。"

金日磾万分惊诧："替死鬼？是谁救了你？"

朱安世怒目横眉道："你管不着！"

金日磾心中出现一个人，难道是那个人救了他？对，只有那个人才有能力救他。

金日磾想到呼延青之死，又想到太医令曾说的暗器绣花针……

金日磾怀疑过那个人，但他一直压在心底，没对任何人讲过。

金日磾话题一转："是你杀了翁娣？"

朱安世把胸脯一挺，说："不错，是我又怎么样？"

金日磾锥心刺骨一般痛苦，但他必须要问个水落石出，不然，狐鹿姑单于还误以为真是他干的。

金日磾再问："你为什么要杀翁娣？"

朱安世没说话。

金日磾提高嗓音问："是谁指使你杀翁娣的？"

朱安世还是没说话。

长城下的狐鹿姑单于急了，说："朱安世，你不是说金日磾指使你杀翁娣的吗？你怎么不说话？"

朱安世的目光黯淡下来，仍不开口。

金日磾眼中喷火道："朱安世，你敢做不敢当，还算什么英雄？算什么大侠？"

朱安世低下了头。

狐鹿姑单于也怒了，问："朱安世，到底是谁指使你来杀翁娣的？"

朱安世的头更低了。

金日磾已经猜到八九分了，突然道："朱安世，你用绣花针暗器杀死呼延青，你以为我不知道吗？"

朱安世一下子抬起头，问："你是怎么知道的？"

狐鹿姑单于和卫律都呆住了，难道呼延青死于朱安世之手？

金日磾更加确信朱安世是受那个人指使。他强行压抑住对翁娣之死的悲愤，又问朱安世："鄂邑公主好吗？"

朱安世连眨了几下眼，又不说话了。

金日磾用手一指说："朱安世，你不说，那好，我告诉你，是鄂邑公主指使你来杀翁娣的，对不对？"

朱安世呆若木鸡。

金日磾分析得一点没错——

鄂邑公主知道，只要汉匈和亲，金日磾就会把翁娣娶到身边。她银牙一咬，金日磾，你不娶我，也休想娶翁娣！时值乌维单于要与刘彻约为兄弟，然后和亲，刘彻在长安为乌维单于改建了一座行宫，乌维单于派右骨都侯呼延青来长安洽谈和亲细节。鄂邑公主准备刺杀呼延青，便带朱安世和丁外人到驿馆了解情况，却意外地遇上了金日磾。当天夜里，朱安世用他的独门暗器绣花针，对呼延青下了毒手。偏巧，下了一场暴风雨，朱安世没有留下任何痕迹。只是在验尸的时候，被太医令看出破绽。

太医令对金日磾说出自己的看法，虽然金日磾怀疑呼延青之死与鄂邑公主有关，但考虑到她毕竟是皇帝的女儿，金日磾没敢声张。匈奴方面不相信呼延青是暴毙，由此引发一场冲突。

鄂邑公主本想给丁外人生个儿子，却意外怀上了盖侯王充耳的孩子。鄂邑公主又气又急，喝了很多药，也没打掉这个孩子。鄂邑公主又恨上了金日磾，于是派朱安世去杀金日磾。可朱安世胆大妄为，居然白天闯进皇宫，偏偏被刘彻看见了。

刘彻误以为这个刺客是来杀自己的，先后派出金日磾和廷尉抓捕刺客，都一无所获。刘彻做梦也想不到，是他的女儿鄂邑公主把朱安世藏了起来。因没有人敢到鄂邑公主府上搜查，当然也就找不到朱安世。

早先，公孙敬声利用朱安世杀过异己，他发现，朱安世经常出入鄂邑公主府。后来，公孙敬声因贪赃枉法，被刘彻关进死牢。公孙贺到牢中探视儿子，提到刘彻悬赏重金抓捕朱安世。公孙敬声认为朱安世一定与鄂邑公主有关，便向父亲公孙贺提出，用朱安世换自己出狱。刘彻急于抓到朱安世，公孙贺一说，刘彻就答应了。

但是，公孙敬声并不知道，朱安世多次跟踪过他。公孙敬声在甘泉宫的驰道埋巫蛊诅咒皇帝，以及公孙敬声与阳石公主那些见不得人的事，朱安世都了如指掌。

公孙贺不敢擅闯鄂邑公主府，便派心腹买通鄂邑公主府厨房买菜的人，心腹三天两头为鄂邑公主府送菜。数日后，公孙贺的心腹发现朱安世在鄂邑公主府的住所。夜里，心腹潜入府中，向朱安世房中吹了迷药，把朱安世背到长安城郊外的一座土地庙中。

朱安世醒来时，发觉自己落入公孙贺之手。朱安世求公孙贺放自己一马，公孙贺救子心切，当然不放。结果，朱安世把公孙敬声的事供了出来。刘彻大怒，公孙父子双双入狱，畏罪自杀。

刘彻要处决朱安世。临刑前，鄂邑公主又找到一个与朱安世相貌相似的人。她让丁外人给这个人灌下哑药，换出朱安世，朱安世从此开始隐居生活。

刘彻驾崩前留下遗言，让金日磾把翁娣接到长安成亲。鄂邑公主以姐姐的身份入宫照顾幼主刘弗陵。得知这件事，她妒性大发，绝不能让金日磾和翁娣走到一起！于是，她派朱安世以金日磾的名义，到匈奴龙庭去"接"翁娣。

翁娣和金日磾分离太久，等得太苦。翁娣对朱安世的话毫不怀疑，高兴得如同驾云一般。翁娣恨不得一步迈到长安，和金日磾共度余生。当局者迷，旁观者清。卫律发现朱安世的目光游移不定，便产生了疑心。他对狐鹿姑单于一说，狐鹿姑单于便和卫律率一支人马暗中跟了上来。当翁娣随朱安世快到长城时，前面出现一个高坡。朱安世露出狰狞面目，一剑刺进翁娣的胸膛。狐鹿姑单于痛断肝肠，当即把朱安世拿获。

卫律审讯朱安世，朱安世咬定是金日磾派来的。狐鹿姑单于大怒，兵分两路，一路派右贤王进攻朔方段长城，一路由自己率军进攻五原段长城。

这一切都是鄂邑公主搞的鬼。

金日磾心如油烹，问狐鹿姑单于："义兄，翁娣埋在哪里？"

狐鹿姑单于没有回答。

金日磾再问："翁娣埋在哪里？"

狐鹿姑单于痛苦地摇了摇头。

金日磾哀求道："狐鹿姑义兄，求你告诉我，翁娣到底埋在哪里？"

狐鹿姑单于甩出一句话："你没有资格知道！"他转过身，押着朱安世就走。

此时此刻，金日磾的心里只有翁娣，所以一定要到翁娣墓前看看。金日磾飞身上了垛口，从长城上跳了下去。长城上的汉军惊呆了，谁也没想到金日磾会往下跳。

金日磾是托孤大臣，这要是落到匈奴人手里，怎么向朝廷交代？汉军将士也纷纷跳下长城。

金日磾紧跑几步，拦住狐鹿姑单于的马头，泪流满面地说："义兄，告诉我，翁娣到底埋在什么地方？我要挖出朱安世的心肝，祭奠翁娣！"

狐鹿姑单于的眼泪也流了下来，喃喃地说："翁娣说，她死后把她埋在高坡上，让她的头朝着南方……"他停了一下，继而吼道，"她说，她的鬼魂也要和你在一起！"

金日磾歇斯底里地大叫："我要去看翁娣！告诉我！"

卫律实在看不下去了，对金日磾说："我知道翁娣埋在哪儿，随我来。"

卫律把金日磾带上一个高坡，地面上有一片新土。匈奴人下葬，有棺有椁，有随葬品，但不留坟头。

卫律手指这片新土说："翁娣就在这里。"

金日磾"扑通"就跪了下来，失声痛哭："翁娣，翁娣，我对不起你，我对不起你……"

"哇"一口鲜血喷出来，他的身子一歪倒在地上。

"驸马！驸马！驸马……"

几个汉军上前来扶金日磾，又是抚前胸，又是捶后背。金日磾胳膊一扬，几个汉军被甩到一旁，金日磾摇摇晃晃地站了起来。他眼中已经不是含泪，而是含血，牙都要咬碎了，说："把朱安世给我押过来！"

狐鹿姑单于示意匈奴兵把朱安世推了过来。两名汉军上前，一人一脚把朱安世踹倒——

"跪下！"

"跪下！"

两名汉军一人压着朱安世一条胳膊，朱安世跪在新土前。

金日磾拽出佩刀，双手紧握刀柄，对准朱安世的胸口刚要刺，突然，有人轻声说："日磾！"

金日磾一愣，这声音怎么这么像翁娣？难道翁娣显灵了？

金日磾望着新土说："翁娣！翁娣！是你在说话吗？是你在说话吗？"

"日磾，是我，我在这儿。"

金日磾这下听清了，声音不是从新土里发出来的。他一回头，见狐鹿姑单于搀着翁娣走来。

金日磾跑到翁娣面前，抓住翁娣的双手道："翁娣，你还活着！你还活着！"

翁娣眼中含泪，有气无力地说："我还活着。"

原来，就在朱安世的剑刺进翁娣胸膛之时，狐鹿姑单于和卫律及时赶到。翁娣以为自己活不成了，就让哥哥把自己埋在这个高坡上。狐鹿姑单于命军兵迅速在地上挖了一个坑，里面放入火炭，把翁娣架在火坑上，狐鹿姑单于用手拍打翁娣的后背，使瘀血流出。这是匈奴人治疗重度刀剑伤常用的方法。

翁娣从鬼门关绕了一圈，又回来了，匈奴兵把这个坑填平。可是，翁娣的伤太重，不能远行，狐鹿姑单于就在低洼之处支起帐篷，为翁娣治伤。狐鹿姑单于无比悲愤，这才调兵遣将，分别进攻朔方和五原两段长城。因他不放心妹妹翁娣，他率领的这支军兵没有突破五原段长城。

"日磾！"

"翁娣！"

一对有情人紧紧地拥抱在一起。

两个月后，翁娣的伤痊愈。金日磾把翁娣接回长安，自君公主愉快地接纳了翁娣，并尊翁娣为姐姐。金日磾奏明刘弗陵，金日磾和翁娣正式结为连理。

朱安世被押回长安，鄂邑公主无地自容，给朱安世一杯毒酒，朱安世一命归阴。

然而，天妒英才，转年，也就是汉昭帝始元元年（公元前86年），金日磾因操劳过度，病入膏肓。

金日磾无法忘记那位老人的话，回想汉朝十三次北击匈奴，匈奴仍可突破长城，金日磾顿悟：长城并非牢不可摧，和亲才是最坚固的长城；要想国泰民安，汉匈之间只有和亲。

霍光闻听此言，如醍醐灌顶一般。他陪刘弗陵来到金日磾病榻前，刘弗陵加封金日磾为秺侯，并亲手把列侯的印绶挂在金日磾胸前。霍光握着金日磾的手，向金日磾郑重承诺，一定恢复汉匈和亲。

金日磾离开人世后，刘弗陵把金日磾的墓与卫青、霍去病的墓并列在一起，共同陪葬在刘彻茂陵的旁边。今天，如果您到陕西省兴平市的茂陵旅游，仍能看到金日磾、卫青、霍去病三个人的墓葬。

金日磾死后，翁娣坚持要为金日磾守墓，自君公主挽留不住，派专人服侍翁娣。三十年后，翁娣八十岁无疾而终。金日磾的后人把翁娣与金日磾合葬在一处。

始元六年（公元前81年），在霍光的努力下，汉匈终于恢复和亲。史书载，"百姓充实，稍复文景之业焉"，文景之治的迹象再次显现。

然而，鄂邑公主执意要给丁外人封侯，遭到刘弗陵的拒绝。鄂邑公主不顾汉武帝的嘱托，不顾姐弟之情，毅然与燕王刘旦谋反。事情败露后，鄂邑公主和燕王刘旦上吊自杀。托孤大臣上官桀、御史大夫桑弘羊也因参与这场政变，被满门抄斩，汉朝的大权落到霍光一人手中。霍光以周公为榜样，精心辅佐汉昭帝、汉宣帝，对"昭宣中兴"功不可没。汉宣帝地节二年（公元前68年），霍光病逝。可是，霍光驭妻无术，教子无方，他死后不久，霍氏子孙叛乱，霍氏被诛灭全族。

而《汉书》对金日䃅及其子孙评价甚高，称之为"羁虏汉庭，而以笃敬寤主，忠信自著，勒功上将，传国后嗣，世名忠孝，七世内侍，何其盛也！"金日䃅作为匈奴俘虏被扣押在汉朝，凭借他的人品和才智打动了汉武帝。金日䃅以忠诚守信闻名，官至托孤大臣，封国传于后人。金日䃅及其子孙历经武帝、昭帝、宣帝、元帝、成帝、哀帝、平帝七朝，皆为皇帝近臣，家族兴盛达一百二十多年，历史上极其罕见！

金氏家族为巩固西汉政权，维护汉匈民族团结做出重要贡献，至今仍被传颂。